KB008876

악랄하게 품다

은빈 장편소설

단글

악랄하게 품다 2

초판 1쇄 인쇄 2017년 2월 24일
초판 1쇄 발행 2017년 3월 3일

지은이 은빈
발행인 오영배
기획 박성인
책임편집 김보나
표지 · 본문 디자인 권지연
제작 조하늬

펴낸곳 (주)삼양출판사 · 단글
주소 서울시 강북구 도봉로 173
대표 전화 02-980-2112 팩스 / 02-983-0660
출판등록 1999년 3월 11일 제9-00046호

ISBN 979-11-283-9101-9 (04810) / 979-11-283-9099-9 (세트)

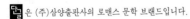 은 (주)삼양출판사의 로맨스 문학 브랜드입니다.

아롱하게
물다

은빈 장편소설
vol. 2

달

| 차 례 |

1장

눈은 떴어도 깨어 있는 시간이 불규칙했다. 이젠 어느 정도 의식을 완전히 회복했고, 감각도 하나둘씩 돌아오고 있었다. 목소리도 대화가 가능할 정도로 잘 나왔다.

그러나 몸의 관절들이 굳어 있어, 조금씩 재활치료를 병행하기 시작한 상태였다.

하성은 침대에 누운 채로, 병원에 찾아왔던 수현을 떠올리며 입술을 말아 올렸다.

'결국은 나한테 돌아올 거면서.'

서늘함과 섬뜩함 사이의 미소는 그녀를 다시 만나기만을 기다리고 있었다. 그렇게 하성은 늘 그랬듯 여유로웠다. 언제나 제가 빠진 여자들이 으레 했던 밀고 당김을 즐겨왔기에.

목숨을 바쳐가며 구해 줬는데, 이 정도면 수현도 제 진심을 알아줄 거라 믿었다.

아니, 당연히 알아줘야 할 것이다.

생명의…….

은인이니까.

의식을 되찾은 후 그가 한 일은, 1년 동안 이 세상이 어떻게 돌아가고 있었는지에 대해서 파악하는 것이었다.

특히 제 사고에 관한 이슈에 관해 면밀히 살폈다.

결론은 재벌 3세가 자신을 희생해 위험에 처한 여성을 구했다는 아름다운 이야기였다. 물론 수현과 생면부지의 관계로 되어 있던 건 좀 슬프지만.

하긴, 서지현과 마찬가지로 사고 이전에 워낙 철저히 수현의 존재를 숨기기는 했었다.

문제는 한 가지 의아한 구석이 있었다.

자신이 혼수상태에 있던 지난 1년 동안, 수현의 입단속을 철저히 시킨 사람이 있어야만 저 아름다운 시나리오가 완성될 수 있었을 것이다.

아니면 애초에 수현이 그날 일에 대해 입을 다물어 주고 있었다든가.

이내 하성은 가만히 입꼬리를 올렸다.

그날 일을 계기로 수현이 진정으로 제게 반해 마음을 연 거라면, 불가능한 일도 아니었다.

그렇지 않고서야, 이렇게 깨어났다는 소식에 한달음에 달려와 울먹이며 자신을 바라봤을 리가 없다.

아마 미안한 마음에 뛰쳐나가, 지금껏 찾아올 용기를 갖지 못하는 것이려나. 하성은 어쩐지 수현이 더욱더 보고 싶어졌다.

똑똑.

병실 문을 열고, 그의 심복인 강 비서가 안으로 들어왔다.

"찾으셨습니까, 이사님."

비서는 정갈한 걸음으로 그의 앞으로 다가와, 고개를 숙였다.

"알아보라고 했던 건."

"한수현 씨는 현재 정하균 이사님과 같은 오피스텔에 머물고 있었습니다. 그것도 같은 층, 맞은편 집입니다."

"뭐라고?"

하성의 얼굴이 단숨에 일그러졌다.

감히 네가 날 두고 어디에 살고 있었다는 거야……?

정하균 그 녀석은 한수현에 대해 모르는 건가? 아니면 한수현이 그가 내 동생인지 모르는 거야?

어떻게, 정하균 그 새끼와 같은 곳에서.

'……한수현. 넌 그러면 안 되는 거잖아.'

어둡게 가라앉았던 얼굴이, 곧바로 차갑게 식어버리자 비서가 침을 꼴깍 삼켰다.

'정하균 그놈은 항상 모든 걸 손쉽게 가지더니…….'

설마, 내게서 수현이까지 뺏으려는 건 아니겠지.

이윽고 하성은 비서를 향해 나직이 지시했다.

"전부 어떻게 된 건지 알아봐."

"예, 알겠습니다."

"정하균 쪽은 알아봤어?"

전에 병실에 찾아왔던 것 이후로 하균을 통 보지 못했다.

회사 업무가 그리도 바쁘신 건가. 하나뿐인 동생을 떠올리는 하성의 눈빛이 싸늘하게 식었다.

"이사님을 대신해 가온전자 대표로 있으면서 무시 못 할 성과를 거둬냈다는 건 이미 아셨겠지만…… 현재 이사회의 신임이 점점 더 두터워지고 있는 상황입니다."

"……그래?"

하성은 느릿하게 어금니를 깨물었다.

그러나 곧 흥미롭다는 듯 혀로 입술을 핥았다.

"뭐, 그 녀석은 날 배신할 놈이 아니야."

하성은 하균을 아주 잘 알고 있었다. 적당히 관심을 주고, 적당히 예뻐해 주면 말을 아주 잘 듣는 동생.

언제나 제 위치와 역할이 뭔지 정확히 인지하고 있다는 게, 그나마 모든 것이 짜증스러운 그에게서 마음에 드는 점이었다.

"재활치료가 끝나면 난 바로 회사에 복귀할 거고, 그놈은 자연스럽게 영국으로 돌아가게 해야지."

하루빨리 독하게 재활치료에 성공해야만 하는 이유들이 늘고 있었다.

"수현이도 보러 가야겠고."

* * *

"수현 누나한테 아직도 연락 없어?"

카페 퇴근 길, 지원이 옆에 있던 은각을 보며 물었다.

"아직."

은각은 짤막하게 대답했다. 무신경한 얼굴 속, 실은 그도 오랫동안 카페에 나오지 않고 있는 수현을 걱정하고 있었다.

혹시나 수현이 카페에 출근할까 버스정류장에 일찍 나와 기다렸다 오곤 했지만, 그녀는 한 번도 나타나지 않았다.

전화도 해 보았지만 휴대폰은 늘 꺼져 있었다.

"전화도 안 되고. 누나한테 무슨 일이 생긴 게 아닐까."

"쓸데없는 소리하지 마."

"걱정되잖아. 수현 누나가 이렇게 말도 없이 그만둘 사람이 아닌데."

"사정이 있는 거겠지."

지원의 말도 일리가 있었다. 지금까지 지켜봐 온 수현은 말도 없이 하던 일을 그만두고, 연락까지 끊어 버릴 사람이 아니었다.

'따로 알아봐야 하나.'

은각은 아주 잠깐 갈등했다.

하지만, 곧 고개를 저었다.

'내가 무슨 상관이야.'

걱정이 되는 것도 사실이지만, 그렇게까지 하는 건 동료로서의 걱정을 넘어서는 일이다.

버스정류장에 다다르자, 때마침 그가 타는 버스가 도착했다.

"나 먼저 간다."

지원과 헤어진 은각은 버스에 오르다 불현듯 눈썹을 구겼다. 가끔 수현과 같은 버스를 타고 카페 출퇴근을 하던 생각이 났다.

처음 만났던 것도 이 버스에서였고.

그는 피곤해진 눈을 감으며, 되뇌었다.

별일 없는 건지만 알아보는 거라고.

이윽고 은각은 버스 뒤편에 자리를 잡고 앉아 휴대폰을 꺼내 들었다.

"유 비서님. 알아봐 주셔야 할 사람이 있습니다."

＊　　　＊　　　＊

"다시는!!!"

성수가 미선의 옷가지들을 바닥에 던지며 고함쳤다.

"다시는 내 앞에도, 수현이 앞에도 나타나지 마."

"여보, 잘못했어요. 내가 잘못했어요."

미선이 두 손을 모아 싹싹 빌었지만, 성수의 분노는 더욱 거세질 뿐이었다.

"난 유라를 우리 수현이 못지않게 아끼고 사랑했어. 그런데 당신은 수현일 팔아서…… 당신 딸 유학을 보내? 수현이가 그동안 어떻게 살아왔는데! 우리한테 어떤 딸이었는데!"

"잘못했어요. 잘못했어요, 여보……."

미선은 눈물을 흘리며 성수의 팔을 붙잡았다. 성수는 그런 미선을 확 떨쳐냈다.

"용서는 수현이한테 가서 빌어."

그대로 바닥에 엎어진 미선이 고개를 숙인 채 눈물을 닦아 냈다. 미선을 보고만 있던 유라가 그녀를 일으키며 싸늘하게 말했다.

"일어나, 어차피 이 집구석 떠날 생각이었잖아."

"안 돼. 우리가 갈 곳이 어디 있다고……."

아무리 이 집을 떠날 생각이었다고 해도, 이런 식은 아니었다. 빚에 허덕이긴 했어도 입에 풀칠은 할 수 있고, 따뜻이 잘 수 있는 이곳을 떠나면 갈 데가 없었다.

"어디든 이 집 보단 나아! 빨리 일어나, 엄마."

유라는 성수를 노려보며, 미선을 부축했다.

"한수현과 날 똑같이 아끼고 사랑해 줬다고? 남들이 들으면 진짠 줄 알아요, 아빠. 처음부터 아빠한테는 한수현밖에 없었어."

수현과 성수의 다정한 모습을 떠올리는 그녀의 입가에서 쓴

웃음이 흘러나왔다.

성별과 나이까지 똑같은 바람에 늘 자연스럽게 수현과 비교를 당하며 살아왔다.

얼굴도 예쁘고, 공부까지 잘하는 친딸과 뚱뚱하고 못생긴데다가 머리까지 나쁜 제 자신이 감히 상대가 되었을까.

유라는 노기 어린 눈으로 말을 이었다.

"그나마 돈이라도 있었으니까 남편, 아빠 대접해 준 거지. 솔직히 아빠가 부도만 안 났어도, 우리가 그 돈 받을 일은 없었을 거야."

"한유라!!!"

성수의 눈에 참을 수 없는 분노가 서렸다. 유라는 그런 성수를 똑바로 마주 보며 덧붙였다.

"그러니까 우리 탓하지 마시라구요."

*   *   *

"한수현 씨가 지내고 있던 곳은 정하균 이사님과 같은 오피스텔이 맞았습니다. 실 소유자는 패션디자이너로 유명한 다니엘 박이고, 프랑스에 있다고 합니다."

"다니엘 박…… 누군지 알아. 그 디자이너의 개를 돌봐주면서 앞뒷집 사이로 지내고 있었단 말이지."

"뿐만 아니라 가온전자 사옥 내 카페에서 정직원으로 일하고 있었습니다."

"회사 안에까지 들어와 있단 말이에요?"

"일을 시작한 지는 얼마 되지 않았습니다만, 알아보니 그 과정에서 정 이사님의 지시가 있었던 건 분명합니다."

정 이사와 같은 오피스텔에 살면서, 가온전자 사내카페에서까지 일하고 있었다.

절대로 우연일 리가 없다.

'한수현…… 설마 기억이라도 되찾은 건 아니겠지.'

여자는 일그러진 얼굴로 책상 위에 올려놓았던 주먹을 꽉 쥐었다.

돈은 돈대로 받고 혹시나 허튼짓을 할까 봐 조금 신경 쓰이기는 했지만, 그나마 기억을 잃어서 다행이라고 생각했다.

1년이 지난 지금까지 조용했던 것을 보면 확실히 잘 덮은 줄 알았는데.

'하성 씨의 병원까지 찾아왔었어.'

여태까지 조용히 숨죽여 살다가 이제 와 정 이사의 주위를 맴도는 이유가 뭐지?

여자는 서늘한 눈으로 붉은 입술을 앙다물었다.

그때, 그녀의 휴대폰이 울렸다. 전화를 집어든 그녀는 한쪽 눈썹을 치켜 올렸다.

"네."

[저예요, 한수현 동생 한유라. 기억하시죠?]

                    *   *   *

　어두운 창밖에는 눈이 내렸다.

　수현은 담요를 덮은 무릎을 끌어안은 채, 소파에 앉아 있었
다.

　그녀의 옆에는 강아지가 조그마한 몸을 웅크린 채 꾸벅 꾸벅
졸고 있었다.

　완전히 머릿속에 자리 잡은 기억들은 끊임없이 재생되어 나타
났다. 혼수상태에서 깨어난 하성이 언제 찾아올지 모른다는 불
안감마저 들어 그녀는 꼼짝을 할 수가 없었다.

　그때, 누군가 초인종을 눌렀다.

　수현의 눈동자가 크게 흔들렸다. 혹시라도, 하성이 찾아왔을
지도 모른다는 생각에 그녀는 떨리는 입술을 굳게 다문 채 인터
폰을 확인했다.

　화면에 비쳐진 사람을 본 순간, 수현은 안도감에 참았던 숨결
을 토해 내며 시선을 아래로 떨어뜨렸다.

　수현은 문을 열어야 할지, 한참을 그대로 서 있었다.

　이윽고 한 가지 결심이 선 뒤에야, 그녀는 현관문이 있는 곳으
로 다가가 문을 열었다.

　여전히 창백한 그녀의 얼굴을 보는 하균의 가슴에 저릿한 감
각이 밀려들었다. 생기가 사라진 얼굴은 어제보다 야위어 있다.

평소에도 뭘 제대로 먹는 걸 보지 못했다. 물조차 먹지 않는 건 아닐까, 그의 눈은 그녀에게 묻고 싶은 걸 애써 참아 내고 있었다.

"아무것도 안 먹었다는 거, 알아."

하균은 포장해 온 죽을 든 채 말했다.

"생각 없어요."

갈라진 입술이 차갑게 거절했다.

"정하균 씨."

"⋯⋯."

"할 말이 있어요."

이내 수현은 뛰고 있는 심장을 부정하며, 흘러내리려는 눈물을 꾹 참았다.

"당신이 그랬었죠."

수현은 겨우 입술을 떼어 냈다.

"내가 기억을 찾으면, 우리의 계약관계는 끝이 나는 거라고."

그녀에게서 '끝'이라는 말을 듣는 순간. 가슴에서 뭔가가 쿵— 떨어지는 느낌이 강타했다.

"⋯⋯무슨 뜻이야."

중요한 건 오로지 그녀의 기억뿐이었을 때, 아무렇지 않게 내뱉었던 말이었다. 분명히 제가 했던 말이었고, 수현을 옭아매려 했던 방법 중 하나라는 것도 알고 있었다.

그런데 그 말이.

'안 돼.'

이렇게 되돌아와 가슴을 찢을 줄은 몰랐다.

"한수현."

"나도 몰랐던 과거를…… 당신 역시 알 리는 없었겠지만."

잃어버렸던 기억을 되찾은 순간. 정하성의 동생인 그에 대한 원망, 미움, 분노가 가득 들어차 그의 얼굴 따윈 보고 싶지 않았던 것도 사실이었다.

그러나 다시는 보지 않을 거라 했던 다짐은, 그를 보는 순간 무너져 버렸다. 그가 내밀었던 손마저 잡고 말았다.

그렇게 여전히.

여전히 당신을 미워하지 못하고 있는데도.

"난 아직……."

수현의 눈가가 뜨거워졌다.

"당신을 아무렇지 않게 마주할 자신이 없어요."

당신을 보면 당신의 형인 그 사람이 생각날 거고, 그 사람을 떠올리면. 끔찍했던 기억이 다시 재현될 테니까.

그 고통을 혼자서 견뎌낼 자신이 없었다.

수현이 그날처럼 울고 있다. 그때는 보이지 않았던 차디찬 눈 동자 속 가득했던 아픔, 뜨겁게 울부짖고 있는 고통이 고스란히 하균의 가슴에 박혀들었다.

스스로 기억을 지울 만큼 아팠던 수현에게 그 상처를, 그 고통을 기억해내라 다그쳤다. 기억을 지우는 것으로 그 고통을 잠시나마 덜 수 있었던 그녀를 끊임없이 질책해, 기어이 그 기억을 되살려냈다.

하균은 쉼 없이 일렁이는 눈동자로 수현을 바라봤다.

용서받지 못할 죄를 지은 건 그녀가 아닌 하성이었고, 그녀를 원망하고 괴롭혔던 자신이었다. 그동안 쌓아왔던 분노를 쏟아내야 하는 대상은, 수현이 아니라. 믿었던 형제였다.

"수현아."

그의 음성에, 수현의 심장이 떨림을 멈췄다.

그저 이름을 불러줬을 뿐인데. 고통으로 가득 찼던 가슴의 통증이 멎는 것 같은 착각을 불러일으킨다.

이내 하균의 눈동자가 짙어졌다. 위태롭게 자신을 바라보고 있던 그녀를, 그가 강한 힘으로 꽉 끌어안았다.

수현의 눈앞이 아득해졌다. 그의 품에 안기자마자 기다렸다는 듯이 잦아드는 고통. 밀어내야 하는데, 잊게 되는 두려움.

당신을 보면 고통스러울 거라고 생각했는데.

어째서 나는 이 안락한 도피처에, 또다시 이대로 영원히 숨고 싶어지는 걸까.

"날 믿어."

이기적이라는 것도, 어떤 말을 해도 소용없다는 것을 알고 있다. 수현이 원한다면 이대로 놓아주어야한다는 것도 알고 있다.

"……내가."

그런데도 난.

"전부 잊게 해 줄게."

너를 보지 않고는 살 수 없을 것 같아.

내게 기대 줘.

수현을 붙잡고 선 그의 젖은 눈동자는 꼭 그렇게 말하고 있는 것 같았다.

늘 흐트러짐이 없던 저 새카만 눈동자가 유독 슬퍼 보여서, 수현은 가슴 한구석이 욱신거려 왔다.

가까스로 독한 마음을 먹고, 독한 말을 내뱉었다. 그러나 그는 경계의 벽을 부수며 한층 더 깊숙이, 더욱 커다란 발걸음으로 다가왔다.

그를 보고 있으면 풍랑을 마주친 돛단배처럼 흔들리는 이 마음을 어찌할까.

그의 눈을 피하고, 밀쳐내 달아나야하는데, 바위처럼 무거워진 마음은 머리와 다르게 한 발자국도 움직이지 못하도록 한다.

"날 믿어."

아직도 귓가에 생생히 울리는 음성. 그 한마디가 만들어 내는 아릿한 전율이, 심장을 스쳐 지나갔다.

새엄마와 유라에겐 처절한 배신을 당했고, 아빠에게 의지할 상황은 되지 못했다. 기억의 고통을 담아내는 그릇은 흘러넘치는데, 그 누구도 믿고 의지할 사람이 없었다.

온몸을 감싼 채, 무릎 안에 얼굴을 묻고 덜덜 떨었다. 어두운 빈 방 구석진 곳에서 사형집행을 기다리고 있는 죄수처럼, 구원해 줄 이 하나 없는 절망감을 뼈저리게 느끼며 흐느꼈다.

그 순간, 그가 이렇게 안으로 들어왔다.

"전부 잊게 해 줄게."

한 번 더 그의 품에 왈칵 안기고 나서야, 뒤늦게 깨달았다.

그로 인해 고통스러워질지라도, 또 그로 인해 아픔을 잊을 수도 있다는 모순을.

흐릿했던 시야가, 점점 더 또렷이 하균의 얼굴을 담아냈다. 마주 보고 있던 사람인데, 더 가까이. 아주 가까이 다가와 있는 것만 같다.

이윽고 수현은 떨리던 손가락을 그러쥐었다.

"날 숨겨 줘요."

그리고 간절히 부탁했다.

"아무도 찾지 못하는 곳으로."

*　　*　　*

카페가 쉬는 날이라, 오후 내내 은각은 침대에 길게 누운 채 천장만 바라보고 있었다.

크게 신경 쓰지 않으려고 음악도 듣고 독서에도 집중해봤지만, 이상하게도 자꾸만 휴대폰 쪽으로 시선이 가는 걸 막기 위해서였다.

지이이잉—

밤늦도록 울리지 않던 휴대폰이 그제야 울렸다.

은각은 전화의 주인이 누군지 확인도 하지 않고, 곧바로 전화를 귀에 가져갔다.

"유 비서님?"

["아, 예. 접니다."]

휴대폰 너머 유 비서는 살짝 당황한 듯했다.

은각이 제 전화를 기다렸을 줄은 생각지도 못했기 때문이었다. 그는 늘 지시한 일에 대한 보고를 느긋하게 기다리는 편이었으니까.

은각도 순간 제가 너무 급히 전화를 받은 것 같은 느낌이 들어서, 말없이 눈을 깜박였다.

아주 짧은 침묵이 지나고, 은각은 몸을 일으켜 침대에서 내려오며 창가로 걸어갔다.

한쪽 주머니에 손을 찔러 넣은 채, 그는 다시 제대로 전화를 받았다.

"제가 부탁드린 건 알아보셨습니까?"

["어제까지의 위치는 확인 되었지만, 그 이후로는 확인이 되지 않고 있습니다."]

"거기가 어디죠?"

["도련님이 지내고 계신 곳과 10분 거리에 있는 오피스텔이었습니다."]

비서가 덧붙인 오피스텔 명을 들은 은각의 눈이 번쩍 뜨였다.

그 오피스텔이라면, 그도 아주 잘 알고 있었다.

거긴 지금 머물고 있는 이 오피스텔만큼이나 최상류층이 많이 거주하고 있는 곳으로 유명했다.

등하불명이라더니, 이렇게 가까운 곳에 두고도 모르고 있었다니. 매번 만나고자 하면, 만났던 탓일지도 몰랐다. 그동안 정확히 사는 곳을 물은 적은 없었다.

그러고 보니 뭔가 이상하다.

자신이야 목적이 있어서 가온전자 사내 카페에서 일했다지만, 그런 곳에 살만한 능력이 되는 수현이 어째서 카페 직원으로 일을…….

"설마 누나 이 회사 로열패밀리인데 언더커버보스, 뭐 이런 건 아니죠?"

지원이 농담처럼 했던 말이 떠올라서 은각은 살짝 소름이 돋았다.

수현이 아니라고 하긴 했지만, 그게 아니라면 이유가 대체 뭐였을까?

그녀가 그 오피스텔에 살고 있던 게 확실하다면, 그녀가 정하균 이사를 알고 지내는 것도 전혀 이해 못 할 일은 아니었다.

정 이사는 수현을 만나기 위해 카페를 찾아오기도 했고, 퇴근길 버스정류장에서 그녀를 차로 데리러 오기도 했다.

두 사람에게서 공통점을 찾을 수 없어서 의아했던 점이 조금은 풀리긴 했다만⋯⋯.

'한수현. 당신⋯⋯ 대체 누구야.'

가까운 곳에 있었으면서, 카페는 왜 나오질 않고 전화는 어째서 꺼둔 건데. 지금은 뭘 하고 있는 거지?

하나를 알게 되자, 그다음 알고 싶은 것들이 앞뒤를 다투어 끌려 나왔다.

"⋯⋯!"

은각은 또다시 그녀 생각에 빠진 제 스스로에게 흠칫 놀랐다.

그에게서 한동안 대답이 없자, 비서가 그를 불렀다.

["도련님?"]

"계속. 계속⋯⋯ 찾아봐 주세요."

이내 통화를 끝낸 은각은, 창밖을 응시하며 휴대폰을 꽉 쥐었다.

'한수현. 전화라도 받아라⋯⋯ 제발.'

＊　　＊　　＊

정하성과 한수현의 관계와, 사고의 진실을 알게 된 유한은 애써 침착하려 노력했다. 그저 옆에서 지켜보던 자신도 이렇게 강한 충격이 몰아쳐 머릿속이 아득해지는데, 하균은 어떨까.

당사자인 수현은 어떨까.

수현을 처음 만났던 날, 그녀에게도 하성을 두고 떠나야만 했을 사정이 있었을 거라 믿고 싶었고 실은 믿고도 있었다.

그러나 이건 단순한 사정이 아니었다.

하균에게 직접 듣지 않았다면 헛소리를 하는 거라고 치부해 버렸을지도 모를, 판도라의 상자나 다름없었다.

하균이 있는 집무실의 문고리를 잡은 그의 마음은 천근만근 무거웠다.

늘 그의 옆에서 적절한 조언과 충고를 해 주는 게 제 역할이었고, 그럴 수 있는 유일한 사람이 자신이었지만……

지금은 그를 위해 해 줄 수 있는 말이 떠오르지가 않았다.

딸칵─.

이내 유한은 문을 열고 뚜벅뚜벅 들어갔다.

입술을 한 번 적신 뒤, 하균의 책상 앞에 서서 소식 한 가지를 조용히 전달했다.

"서지현 씨 부검의. 일주일 후. 한국에 입국할 예정이야."

"입국하는 즉시, 회사로 데려와."

"여기로?"

"최대한 눈에 띄지 않게. 아니, 눈에 띄어도 상관없어. 형이 눈치채면 더 재밌는 상황이 벌어질지도 모르지."

하균의 음성에는 높낮이가 없었다.

유한은 시선을 아래로 떨어뜨렸다가, 다시 그를 바라봤다.

다시금 눈에 들어온 하균의 모습을 보면서, 직감적으로 느꼈다.

아무것도 없는 불모지와 같은 표정. 감정을 응축하고, 바닥 끝까지 눌러 바싹 마른 목소리.

작년 사고 이후, 하성이 그렇게 되고 수현을 마주친 후의 그의 모습이 꼭 지금과 같았다.

"수현 씨는 좀 어때."

유한에게서 수현이란 이름이 나오자, 하균의 눈동자가 살짝 흔들렸다.

"아파."

좀처럼 음식을 먹지 못하고, 계속해서 잠에 빠지면서 앓고 있었다. 마치 현실 속에 깨어나고 싶지 않은 사람처럼. 다시는 눈을 뜨고 싶지 않은 사람처럼.

숨겨달라는 말이, 지켜달라는 말처럼 들렸다. 한 사람을 구하면 한 사람이 떨어져 죽는 선택의 기로에 놓인 그에게, 그녀를 지킬 수 있는 방법은 한 가지 뿐이었다.

지키고 싶었으나 지키지 못해서 그동안 수없이 무너지고 무너졌던 사람을. 처절하게 버리는 것.

그러자 유한이 불쑥 입을 뗐다.

"진실은, 밝혀져야 하는 게 맞는 거다."

"……."

"그게 모두를 위하는 거야."

*　　　*　　　*

"그날 봤던 모습과는 상당히 달라져 있어서 못 알아볼 뻔했네요."

"칭찬으로 들을 게요."

유라는 앉아 있던 고급 소파의 가죽을 손으로 쓸며 대답했다.

"그래서, 날 만나고 싶어 한 이유가 뭐죠?"

"정하성 이사님께서 깨어났다는 소식, 들었어요."

유라는 여자의 앞에서 싱긋 웃어 보였다.

'그날도 주는 돈을 덥석 받더니, 무슨 생각으로 찾아온 거려나.'

여자는 배짱 좋게 제 앞에서 웃는 유라를 보면서, 그녀의 생각을 느긋하게 들어줄 요량으로 커피 잔을 들었다.

"우리 얘긴 그날 다 끝낸 걸로 아는데."

그날 밤과 하나도 다를 게 없는 표정. 오랜만에 다시 만난 그녀를 보며 들었던 막연한 기시감은, 정말 이 여자를 만나긴 했었구나 하는 현실감으로 확 다가왔다.

여전히 무섭도록 차분하고, 여유로운 기색이 가득한 여자는 유라를 은근하게 긴장토록 만들었다.

"상황이 좋지 않다는 거, 저희 엄마한테 들으셨다면서요."

유라는 조용히 침을 꼴깍 삼켰다.

"정하성 이사님의 동생 분께서 한수현 옆에 있어요. 한수현이 일을 하게 된 곳 맞은편 집이 그분의 집이라더군요. 어떤 기막힌 우연인지는 몰라도, 두 사람이 함께 있는 건 위험한 일이죠. 거기다 정하성 이사님이 깨어나신 마당에. 한수현의 기억이 돌아오기라도 하면⋯⋯."

유라가 나직이 속삭였다.

"문제가 커지겠죠."

여자의 눈썹이 꿈틀 움직였다.

그녀도 작금의 상황에 대해, 머리가 꽤나 지끈거리던 참이었다. 한수현을 더 이상 만나지 못하게 하도록 정하성을 철저히 단속하는 건 두 번째 일이고.

만약 한수현이 마음을 바꿔 그날 사고에 대해 터트리기라도 한다면, 모든 계획이 틀어진다.

사고 후 제가 내민 돈을 여기 동생이 친히 받았다는 걸, 기억을 잃은 한수현은 모르고 있었다.

만약 기억해 낸다면 그것 또한 처리하기 여간 귀찮은 일이 아니었다.

"그래서요."

"한수현을 정신병원으로 치워 버리는 게 좋을 것 같아요."

유라는 비릿한 미소를 머금으며 커피를 홀짝였다.

수현의 기억이 돌아왔다는 사실은 숨겼다. 기억이 돌아왔다는 건, 만일을 대비해 아직은 입을 닫고 있는 게 좋을 것 같아서였다. 어차피 정신병원에서는 아무리 떠들어봤자, 믿어 줄 사람 하나 없을 테니까.

"정신병원이라."

잠시 고민하던 여자는 곧 재미있다는 듯 웃었다.

'한수현과는 의붓자매라면서…… 나보다도 무서운 아가씨네.'

"고작 이 말을 하려고 날 찾아온 건 아닐 테고."

다리를 꼬고 있던 여자는 상체를 유라 쪽으로 숙이며 느긋하게 물었다.

"돈 필요해요?"

상대는 속에 천 년 묵은 뱀이 가득 들어찬 여자였다.

과연 이 제안을 받아들여 줄까.

유라는 다시금 침을 꿀꺽 삼킨 후, 최대한 담담하게 입을 열었다.

"정신병원에 넣으려면, 가족 동의 필요한 거. 아시잖아요."

*　　　*　　　*

"다시는 한수현, 만날 생각하지 말아요."

"서로의 일에는 터치하지 않기로 했던 것 같은데."

병실 침대에 기대앉은 하성이 조소를 지었다.

"당신이 거기 누워 있는 동안에, 내가 혼자서 얼마나 애를 썼는지 알면…… 그런 소리 못할 텐데."

그의 침대로 다가온 여자가 싸늘한 얼굴로 그를 바라봤다.

하성은 처음 눈을 떴을 때 이후로 오랜만에 보는 제 아내, 연주와 정답게 눈을 마주쳤다.

"당신이었어? 날 아주 멋진 영웅으로 만든 조물주가."

"당신이 내 앞길을 망치는 일은 절대 용서 못 하지."

마찬가지로 조소를 터트리는 연주의 붉은 립스틱이 반짝였다.

"서지현도 어떻게 처리했는지, 내가 모를 것 같아?"

"알고도 입 다물어 줬다."

하성은 가만히 입가에 미소를 띠었다.

오랜만에 봐서 그런지 배우만큼이나 다채로운 연주의 얼굴들이 신선하게 느껴지는 그였다.

"깨어나서 얼마나 다행이야?"

연주는 몸을 숙여, 그가 누워 있을 때 그랬던 것처럼 나직이 말했다.

"당신 사생활 따위엔 관심 없지만, 이런 식이면 곤란하지. 내가 어떻게 앉힌 가온그룹 후계자 자린데. 우리의 계약을 잊었어? 서로에게 원하는 걸 주기로 했던 계약."

"……."

사고만 일어나지 않았어도, 귀찮아질 일이 없었던 건 사실이었다. 1년이나 하균에게 자리를 내주는 일도 없었을 테고.

"하고 싶은 말이 뭐야."

입안을 그득 깨문 하성의 손등에 핏줄이 도드라졌다.

이내 연주는 상체를 세우며 낮은 목소리로 덧붙였다.

"한수현 때문에 여태껏 쌓아 놓은 모든 것들이 한 번에 날아갈 뻔했어. 이젠 당신 동생한테 가온이 넘어가게 생겼다고."

"쓸데없는 걱정하지 마. 내 자리, 곧바로 되찾을 거고 한수현 때문에 문제 생기는 일도 없을 거야."

"아니. 괜한 짓하려들지 마. 한수현은 당신에 대해 아무것도 기억 못 하니까."

"뭐라고?"

하성의 미간이 팍 일그러졌다.

"어떻게 날 기억 못 해?"

자신을 기억하지 못할 리가 없었다.

수현은 자신을 잊을 수도, 잊어서도 안 됐다.

내가 널 어떻게 구했는데. 내가 널, 어떤 마음으로 구해 냈는데.

폭발 직전인 하성의 표정을 가소롭다는 듯이 응시하던 연주는, 곧 한껏 구겼던 얼굴을 펴냈다.

"한수현은 내가 잘 처리할 테니까, 당신은 다시 회사 출근할 준비나 해 둬."

그리고 평온한 미소를 지어 보였다.

"또 올게, 하성 씨."

연주는 병원을 나서며, 지시해 둔 일의 결과를 확인하기 위해 비서에게 전화를 걸었다.

돈 달라고 내민 제안이란 건 이미 알아차렸지만, 만일을 위해 확실한 보험을 들어 두는 건 어렵지도, 나쁘지도 않은 일이었다.

"한수현, 처리는 잘 됐겠죠."

[저. 그게…… 한수현 씨를 찾을 수가 없습니다.]

"뭐라고요?"

*　　　*　　　*

계속 이렇게 살다간…….

평생 이 두려움 속에서 벗어나지 못하겠지.

느릿하게 눈을 뜨자마자 든 생각이 수현의 머릿속을 울렸다.

며칠이 지나서야, 기운을 차리고 눈을 제대로 떴다.

조금 어지러웠던 증세가 나아지자, 수현은 누군가의 품에 안겨 있다는 사실을 알아차렸다.

흔들리는 눈으로 고개를 든 수현에게로, 나직한 음성이 내려 앉았다.

"한수현."

그녀의 얼굴을 내려다보는 그의 손이, 작은 뺨을 어루만졌다.

"이제…… 나 좀 봐줘."

수현은 대답 대신 하균의 가슴에 얼굴을 묻었다.

따뜻함을 넘어 뜨겁고, 아늑하다. 이마에 닿는 심장의 울림. 꿈을 꾸고 있는 게 아니라는 걸 알 수 있게 돼서, 다행이었다.

꿈이면, 눈물을 왈칵 쏟아낼 것만 같았다. 이런 꿈, 다시는 꾸지 않게 해 달라고 빌만큼 괴로울 것 같았다.

"미안해."

죄책감에 젖어 있는 그의 눈동자를 보는 순간, 시간의 흐름이 멎었다.

"널 아프게 했던 거, 전부."

잠든 그녀의 옆에서 매일, 그녀를 보고 있을 때마다 수십 번, 수백 번 고치고 고치며 입 안에 가둬뒀던 말.

"전부, 내 잘못이었어."

그의 떨리는 목소리가 그녀의 심장을 아프게 찔러왔다.

"……."

심장에서 핏물이 뚝뚝 떨어졌다. 그로 인해 고여 있던 검은 피들이 흘러내리며, 상처를 씻어 내렸다.

그의 오해 때문에 괴로운 나날을 보냈던 건 분명한 사실이었다.

너무도 힘이 들어서, 당신을 용서하는 일은 절대로 없을 거라 다짐했던 적도 있었다.

그땐 오로지 나의 고통과, 나의 아픔만이 중요하다고 믿었고. 나 아닌 다른 사람은 돌아볼 겨를이 없었다.

그랬던 내가, 이젠 수없는 죄책감에 시달렸을 당신의 지난 시간들부터 떠올라. 당신도 나와 같은 이유였으리라고 믿고 싶어져.

무수한 자책과 질책을 오고간 상처가 드러난 눈이 가슴을 저릿하게 만들었지만, 수현은 더 이상 울고 싶지 않았다.

정하성 때문에, 새엄마와 한유라 때문이 아닌 정하균, 당신 때문엔 이제 울고 싶지 않아.

"당신을…… 용서하지 않으면."

수현의 손길이 그의 눈가를 어루만졌다.

"……내가. 안 될 것 같아요."

하균의 손이 그녀의 손등을 감싸고, 수현은 그의 온기를 느끼며 오랫동안 하지 못했던 말을 꺼냈다.

"이젠 나도, 당신이 없으면 안 될 것 같아."

수현이 입을 떼기까지, 하균은 지옥의 한가운데 있는 것 같았다. 돌아서는 수현의 등을 보는 것도, 수현이 사라진 암흑의 공간에 홀로 서 있는 것도. 그에겐 상상조차 할 수 없는 생지옥이었다.

"하균 씨."

수현은 그를 보며, 두려움에 자꾸만 뒷걸음질 치려는 자신을 간신히 붙들었다.

잃어버렸던 기억을 받아들이기까지 오랜 시간이 필요했고, 죽기 직전까지의 괴로움이 지속됐지만.

정하성 때문에 평생 이렇게 살 수는 없다. 그럴 가치도, 이유도 없다는 걸 이젠 깨달아야 했다.

이 사람이라면, 함께 견딜 수 있을 것 같다.

정하성을 떠올리면 흩어지려는 의식들을 이 악물고 붙들어서.

한 조각의 기억에 지나지 않을 때까지 표독히 기억의 응어리를 굳히고, 굳혀 단단해져야 한다.

도망치지 않고 처절하게 그라는 존재를 무너뜨려야 했다. 다시는 그 뱀 같은 눈으로 목을 죄어올 수 없도록.

"나, 그 사람을 만나야겠어요."

* * *

연주를 만나고 돌아왔던 날.

지이이이잉— 지이이이잉—

유라는 문득 울리는 휴대폰의 화면을 물끄러미 바라봤다.

호텔 침대에 누워 팩을 하고 있던 그녀는 전화의 주인을 보곤, 의아한 눈동자로 전화를 받았다.

["나다."]

무겁고 딱딱한 목소리의 주인은 성수였다.

"왜 전화하셨어요? 다시는 보지 않을 것처럼 구시더니."

유라의 비아냥대는 말투에도 불구하고, 성수는 곧바로 미선부터 찾았다.

["네 엄마, 대체 왜 이렇게 전화를 안 받아!"]

"엄마는 왜 찾으시는 건데요."

미선은 호텔 방에 들어오자마자, 계속해서 술을 들이켜고 있었다.

인연을 아주 끊어버리겠다는 심산으로 두 모녀를 쫓아낸 그였다. 그럴 땐 언제고, 그는 꽤나 다급하게 미선을 찾고 있었다.

유라의 의아함은 오래 지나지 않아 풀렸다.

["네 엄마한테 수현이 오피스텔 주소, 나한테 보내라고 해. 지금 당장."]

"한수현 오피스텔 주소요?"

["그날 그 애가 그렇게 가고서, 계속 연락이 안 되고 있다. 내가 직접 찾아가 봐야겠어."]

나중에 반찬이라도 가져다주겠다며 미선이 수현에게 오피스텔 주소를 알려달라고 한 적이 있었다.

옆에 있던 성수는 어느 동네의 무슨 오피스텔이라고 듣긴 했는데, 정확한 것까지는 기억하지 못해 미선을 찾아야만 하는 상황이었다.

'직접 찾아가 보겠다…….'

수현이 연락이 안 된다며 찾는 아빠의 모습에 유라는 울컥했다. 한편으로는 비참하고, 씁쓸했다.

내가 1년 동안 집 밖을 나가 있을 때는, 찾아보려 연락조차도 안 하더니. 한수현은…….

"글쎄요, 아빠 딸은 아빠가 직접 찾아요. 우린 이제 남이나 다름없잖아?"

유라는 곧바로 통화종료 버튼을 눌러 전화를 끊었다.

성수는 계속해서 전화를 해댔지만, 홱 눈을 감아버렸다.

'어차피 찾아가도 소용없을 텐데.'

정신병원에 강제 입원 당한지도 모른 채, 사라진 딸을 찾으며 평생을 사는 것도 나쁘지 않겠다.

지긋지긋한 한 씨 부녀는 이제 안녕이다.

유라는 피식 웃으며, 인상을 쓰느라 살짝 찌그러진 팩을 다시 곧게 폈다.

그러나 휴대폰은 계속해서 울렸다.

"진짜."

그녀는 전원을 아예 꺼버리려 다시 집어 들었다.

멈칫. 신경질적으로 전원을 끄려던 유라의 눈이 살짝 커졌다.

발신인은 성수가 아닌, 연주였다.

한수현의 일 처리가 벌써 끝난 건가. 유라는 기분 좋은 미소를 입가에 띤 채 전화를 받았다.

"네, 저예요."

["어떻게 된 거죠?"]

"네?"

["한수현 씨, 지금 어디 있냐고요."]

"이 시간엔 당연히 오피스텔에 있겠죠."

시간은 오후 10시가 넘어가고 있었다. 별다른 일이 없는 이상, 수현은 집에 있을 시간이었다.

["한수현. 어디 있냐고 물었는데."]

평소답지 않은 격앙된 목소리가 유라를 몰아세웠다.

"한수현이 어디 있는지는 이미 말씀드렸잖아요."

유라는 수분 팩을 떼어 내고, 미간을 찡그렸다.

["한수현이 어디 살고 있는지 내가 몰라서 묻는 것 같아요? 오피스텔이든 어디든 아직 찾지 못했다는데. 아니, 찾을 수가 없다고 하더군요. 뭐가 어떻게 된 거죠?"]

"뭐라고요……?"

'한수현 이게 무슨 생각인 거야?'

유라는 눈을 연신 깜박였다.

아빠의 집 앞에서 마주쳤을 때가 마지막으로 본 수현의 모습이었다. 되찾은 기억을 갖고 무슨 짓을 할지 몰라서 그전에 손을 써 두려고 했던 건데…….

"제가 연락해 볼게요."

["글쎄요, 우리 쪽에서 알아본 바로는 최근 통화기록, 카드사용 내역도 없어서 위치 파악이 안 되고 있다던데."]

"그럴 리가 없어요."

["한유라 씨도 모르는 일이다?"]

우선은 이 여자의 기에 절대로 밀려서는 안 된다. 유라는 곧 초조한 기색을 싹 지워냈다.

"설마 제가 한수현 그년을 빼돌리기라도 했다는 그런 생각을 하고 계셨던 건 아니겠죠."

하지만 연주는 차갑게 경고했다.

["뭐가 어떻게 된 일이든. 빠른 시일 내에 한수현을 찾아내야 할 거예요. 우리의 거래가 무효가 되길 바라진 않겠죠?"]

그러나 며칠이 흘러도, 수현을 찾지 못했다. 휴대폰도 아직까지 단 한 번도 켜진 적이 없었다. 사람을 시켜 오피스텔을 지켜보고 있어도 나타나지 않았다.

이러다 연주가 수현이 기억을 찾았다는 걸 알기라도 하면…….

뭐라도 방도를 찾아내야 한다. 뭐라도.

'맞다.'

연주의 집무실에서 그녀와 마주 앉아 있던 유라의 눈이 묘하게 빛났다.

그러고 보니, 정하성 이사의 동생인 정하균 이사도 모든 비밀을 알고 있을 텐데 왜 가만히 있는 거지?

한수현이 엄마를 찾아왔던 날, 두 사람은 함께 있었다.

수현의 기억이 돌아왔다는 사실을 숨기려면, 정하균 이사가 모든 걸 알았다는 사실 역시 숨겨야 했기 때문에 일부러 입을 다물고 있긴 했지만······.

그 또한 이상하리만치 조용하다.

아무리 그래도 제 형이라 이건가?

하지만, 한수현을 바라보던 그 눈빛. 그 눈동자엔 진실을 알게 된 충격만 담겨 있던 게 아니었다.

수현의 눈물과, 한수현의 아픔을 보고 있었다. 본인도 충분히 고통스러웠을 텐데. 그 순간에서도 수현의 감정을 헤아리고 있는 것처럼 보였어.

'그건······.'

유라는 눈을 가늘게 여미더니, 연주에게 넌지시 말했다.

"엄마의 말로는, 정하균 이사님이 우리 집을 찾아온 적이 있다고 했어요. 그것도 한수현과 함께."

연주가 유라 쪽으로 눈길을 돌렸다.

"무슨 일로요."

"한수현을 데려다준 것뿐이라는데. 그분이 한수현에 대해 알고 있었다면······ 그게 가능한 일일지, 궁금해지네요."

하성과 함께 사고를 당했으나, 이튿날 사라져 버린 여자에 대해 분노한 하균은 그날 직후 그녀를 찾아 헤맸다.

이미 수현에 대한 정보는 흔적조차 없이 모두 지웠고, 그녀를 다른 곳으로 숨겨버린 후 하균이 찾지 못하도록 마무리를 해 뒀다.

하지만 정 이사는 어느새 비밀리에 한수현을 찾아 같은 오피스텔에 살면서 회사 안에까지 들여다 놓았다.

여자를 찾았다 한들, 이미 기억을 잃어 원하는 진실을 알아낼 순 없었겠지만…….

유라의 제안을 받아들인 데에는, 하균이 계속해서 수현의 기억을 자극하기 전에 서둘러 치우려 했던 것도 있었다.

그리고 이번엔 절대로 찾아내지 못하도록 만들 계획이었다. 더욱 철저히. 완벽하게.

그러나 연주는 하균의 의중을 다시 되짚어봤다.

한수현이 그날 사고의 원인이자, 끔찍이도 아꼈던 형을 버려둔 채 사라지려 한 여자라는 걸 알았다면.

같은 오피스텔에 머물게 두지도, 회사에까지도 데려다 놓지 않았을 텐데.

한수현을 직접 데려다주기까지 했다고?

'대체…… 무슨 생각인 거지?'

똑똑.

그때, 비서가 사장실 문을 노크한 후 안으로 들어왔다.

"사장님. 이제 병원으로 출발하셔야 할 것 같습니다."

비서의 말에 연주는 자리에서 일어났다. 하성의 퇴원 때문이었다.

그녀는 곧바로 걸음을 옮기려다, 다시 유라를 바라봤다.

"다른 것을 떠나서. 한수현을 찾지 못했으니, 우리 거래는 무효가 되는 거겠죠."

"네……?"

"난 사업가고 가치 없는 거래에 돈을 쓰진 않아요. 보험이나 들어 두려 했던 건데, 한유라 씨도 쓸모가 없네."

'뭐라고?'

안 돼. 이럴 순 없어.

"제 얘길 끝까지 들으셔야죠."

다급해진 유라는 팔걸이에 올려 둔 손을 꽉 쥐었다.

"그 이후에 정하균 이사님이 저희 집에 한 번 더 찾아온 적이 있었어요."

그녀를 보는 연주의 눈썹에 힘이 들어갔다.

"그때 제가 뭘 봤는지 알면 놀라실 텐데."

이윽고 유라는 소슬한 눈으로, 입을 열었다.

"……어쩌면 정하균 이사님은 알고 있을 것 같아요. 한수현이 어디 있는지."

*　　*　　*

언론들은 하성의 퇴원소식을 앞 다투어 전했다.

하성은 본가로 들어와 휴식을 취하는 중이었다.

연주는 병원에서부터 본가까지 함께 왔다가 돌아갔다.

여전히 본인이 해야 할 도리는 완벽히 해내는 여자였다.

하성은 매섭게 드레스 룸 거울을 노려봤다. 그동안 독하게 재활치료를 받은 결과, 이제야 좀 걸을 만해졌다.

'수현이가 날 기억하지 못한다고?'

헛소리다. 수현과 제 관계를 차단시켜버리려 연주가 선수를 친 게 분명했다.

그녀와 함께 보냈던 시간이 아직도 가슴속에 생생히 살아 있는데.

'내 사고에 대한 죄책감 때문에 날 잊었다고 말했던 거겠지.'

하성은 천천히 고개를 돌려 꺾으며 스스로를 진정시켰다.

수현을 직접 만나 확인하기 위해 휠체어를 타고서라도 당장 퇴원을 하려했지만, 윤 회장의 눈 때문에 성급히 움직이는 건 불가능했다.

노인의 앞에서는 언제나 말 잘 듣고 성실한 정하성의 모습이어야 하니까. 의심을 살만한 일도, 걱정을 살만한 일도 만들어선 안 됐다.

퇴원하는 날에 맞춰 적당한 건물 안에 수현을 데려다 놓으라고 했는데……

"왜 이렇게 소식이 없어."

하성은 비서에게 전화를 걸어, 상황을 물었다.

"한수현 찾아서 가둬 놓으라고 했잖아."

["이사님. 어떻게 된 건지 한수현 씨를…… 찾을 수가 없습니다. 사람을 풀어 최대한 찾고 있는 중이니……."]

"그게 무슨 개소리야!!"

그가 집어던진 세면대 위 유리컵이 깨지며 바닥에 나뒹굴었다.

"당장 찾아내."

거친 숨을 몰아쉬는 그의 눈에서 광기와 살기가 비쳐졌다.

"당장!!"

수현이 제 눈에 보이지 않는 건, 제 곁을 떠나려 하는 건 참을 수 없다.

'내가 널 만나려고 얼마나 오랜 시간을 기다렸는데.'

휴대폰을 쥔 채 양손으로 세면대를 짚고 선 하성의 어깨가 들썩였다.

그때.

얼마 지나지 않아, 그의 휴대폰이 다시 울렸다.

비서임을 확인한 하성은 곧바로 휴대폰을 귀로 가져갔다.

"찾았어?"

["방금, 한수현 씨의 위치가 파악됐습니다만……."]

"어디야."

["위치가……."]

*　　*　　*

"서지현 씨의 부검을 맡았던 의사 말입니다. 오늘 입국한답니다.”

“입국하면 바로 만나러가죠.”

“예, 그런데 경찰 쪽 저희 사람 하나가 오늘 연락을 해 왔습니다. 본인 말고도, 서지현에 관한 자료를 찾아 넘긴 사람이 있다고요.”

그 말은, 서지현에 대해 캐내고 있는 사람이 또 있다는 소린가. 그간 소리 없이 그녀에 대해 알아보는데 철저한 공을 들였다.

이미 2년 전에 종결되어 먼지가 쌓인 사건을 누가 또 파헤치는 거지. 필히 단순한 이유로 움직이는 건 아닐 것이다.

이쪽과 마찬가지로, 조용히 덮인 그 사건 속에서 뭔가 시큼한 냄새를 맡았다는 거다.

경찰 쪽에 심긴 사람이 대체 몇이나 되는 거야.

이러니 사람 하나 죽어 나간 것도 손쉽게 덮였지.

남자는 괜스레 짜증이 나서 머리카락을 위로 쓸어 넘기며 낮은 목소리로 대답했다.

“알겠습니다. 서지현 사건에 대해 조사하고 있는 사람이 누군지, 파악해내세요. 공항 쪽에는 사람 미리 대기시키고.”

＊　　＊　　＊

[도련님. 방금 한수현 씨의 휴대폰이 켜졌습니다.]

슈트를 차려입고 외출 준비를 하던 은각이 하던 일을 멈췄다. 은각은 커프스버튼을 채우던 것도 잊고, 급히 통화를 종료 시켰다.

그는 곧바로 수현의 번호를 눌렀다.

그동안은 꺼져 있다는 말만 반복해서 들어왔다. 그런데 지금은 신호음이 가고 있었다.

은각의 심장이 빠르게 뛰었다.

제발. 제발…… 받아라.

'받았다.'

"한수현!"

은각은 조금 흥분해 목소리를 높였다.

'아.'

스스로도 흠칫 놀랐다. 반가움과, 안도가 섞인 이상한 기분이 가슴을 에우며 그를 혼란스럽게 만들었다.

혼자 이게 무슨 짓이야.

은각은 제가 머리가 어떻게 된 것 같았다. 이내 그는 다시 차분하게 물었다.

"……그동안 왜 이렇게 연락이 안 된 거야."

["미안. 일이 좀 있었어. 걱정했구나."]

애써 아무렇지 않게 말하고 있는 것 같았지만, 수현은 조금 지친 목소리였다.

'걱정.'

은각은 그동안 계속해서 수현을 생각했던 이유가, 그녀를 걱정해서였다는 걸. 깨달았다.

"……며칠 동안 카페에도 안 나오고, 거기다 전화기도 꺼져 있었으니까. 무슨 일인가 싶어서."

["사정이 있었어. 너희들한테는 미리 말하지 못해서 미안해."]

"괜찮은 거야?"

["그럼."]

'괜찮다…….'

은각은 여태 거짓말을 밝혀내는 일을 해 왔다.

상대의 거짓말을 입증해내는 일이, 얼마 전까지만 해도 제 역할이었는데.

그런 제게, 수현은 거짓말을 하고 있다.

손을 써서 위치를 숨길 정도면, 신변을 숨겨야만 하는 문제가 생긴 경우다.

만약 수현에 대해 알아보지 않았더라면, 믿었을 수도 있겠지.

할 수만 있다면 수현을 만나서, 그녀에 대해 좀 더 알고 싶었다. 어쩌면 더 자세히.

"……그래, 그럼."

은각은 더 이상 묻지 않았다.

그녀의 거짓말은 진실이 뭔지 밝혀내야할 이유가 없었다.

그저 함께 일하던 카페의 아르바이트생 관계일 뿐, 단순한 동료로서의 걱정을 넘어서는 건 이제 그만 둬야 한다.

말하고 싶지만, 말할 수 없는 비밀 같은 건 누구나 있는 법.

그건 수현 뿐만 아니라, 그에게도 존재했다.

목소리가 좋지 않아 보이든 말든, 일단은 무사해 보이니 다행이라는 걸로 만족하면, 되는 거였다.

"나도 이제 카페 그만 둬."

한편으로는 수현이 무슨 일인지 물어봐 주길 바랐다.

나만 네 일이 궁금한 게 아니라는 걸, 듣고 싶다.

["······그렇구나. 언제 지원이하고 같이 만나자. 내가 밥 한번 살게."]

하지만 수현은 역시 아무것도 묻지 않았다.

물었다고 해도 말할 수는 없었겠지만, 왠지 입 안이 쓰다.

은각은 찬 미소를 띠며, 혼잣말을 하듯 대답했다.

"바닐라 라떼도 아직이면서."

["아······ 그랬지. 그래, 그것도 같이."]

수현은 그것 또한 잊고 있었겠지만.

"별일 없으면 됐어. 난 일이 있어서 이만 끊는다. 잘 지내, 한수현."

은각은 한숨을 삼키며, 수현과의 전화를 끊었다.

다음에 따로 만나는 일은 아마 없을 것이다.

모든 일에는 목적이 있고, 그 목적을 이뤄내면 그 과정에 있던 것들은 언제나 정리되기 마련이었다. 사람도, 감정도.

그래서 정 같은 건, 들이지 않는 편이 좋았다.

그래도 지원이 녀석이랑은 술 한 잔 해야 하는데.

어쩐지 술이 생각나고 있었다.

*   *   *

한 중년 남자가 캐리어를 끌며, 공항 입국장을 나왔다.

남자는 오랜만에 온 한국이 반갑다는 듯 달뜬 얼굴로 주위를 둘러보고 있었다.

"안영모 씨."

그런 그에게, 누군가 다가왔다. 남자와 함께 있던 여자는 누구냐는 듯 눈길 보냈다.

하지만 중년 남자 역시 아는 얼굴이 아니었다. 그런데 제 이름까지 알고 있고, 입국 시간에 맞춰 찾아왔다.

"누구……시죠?"

그는 고개를 비스듬히 기울이며 물었다.

"이분께서 안영모 씨를 찾으십니다."

다가온 사람은 그에게 명함을 꺼내 건네주었다.

명함을 받아 들고, 그 위에 적힌 '가온전자'라는 사명을 본 남자의 얼굴이 천천히 굳어졌다.

미국에서 살고 있긴 했지만, 가온전자의 현 대표가 누구인지 그도 알고 있었다.

이 사람이 왜 나를…….

가온그룹과의 인연은 2년 전에 끝났다.

순식간에 남자의 관자놀이에 식은땀이 솟아났다.

"서지현 씨에 대해…… 긴히 할 말이 있다고 하시더군요."

"뭐라고요?"

서지현이란 이름을 듣자마자, 사색이 된 남자는 옆에 있던 아내를 황급히 바라봤다.

여자의 눈은 갑자기 다가온 이 젊은 청년이 무슨 얘기를 하고 있는 거냐고 묻고 있었다.

"이, 이봐요."

남자는 상대의 팔을 붙잡았다. 뭐든 하겠으니, 여기선 말을 아껴달라는 뜻이었다.

그러자 상대는 돌아서며, 그를 이끌었다.

"가시죠. 정하성 전 대표님께서도 함께 기다리고 계십니다."

* * *

"문제가 생겼습니다."

차 조수석에 앉아 있던 유 비서가 급히 뒷좌석을 돌아보며 말했다.

"우리 쪽이 한발 늦었나봅니다. 방금 부검의 쪽에 붙여뒀던 사람에게서 연락이 왔는데…… 이 사람이 입국장에 나와 안영모 씨를 데려갔다고."

"혹시 몰라 보내라고 하긴 했습니다만, 그 남자 인상착의입니다."

태블릿 PC 속 사진의 젊은 남자는 가온전자에 대해 조사하던 중, 주요 인물들의 관계도에 포함되어 있던 사람이었다.

회사에 오가다 꽤 자주 마주치기도 했었다.

"설마, 서지현을 조사하고 있던 사람이……."

하균의 휴대폰이 울렸다.

그는 휴대폰을 집어 들었다.

모르는 번호다.

의심의 눈초리로 전화를 받자, 낯선 저음이 흘러나왔다.

["정하균 대표이사님, 맞으십니까."]

"누구시죠."

["제 소개는 잠시 미뤄두고…… 단도직입적으로 묻죠."]

뭐야, 이놈은. 하균이 미간을 좁혔다.

["서지현 씨에 대해 왜, 언제부터 조사하고 계신 겁니까."]

하균의 눈이 번쩍 뜨였다.

서지현에 대해 알고 있다.

번호를 다시 확인했으나, 모르는 번호였다.

발신 번호 표시 제한을 하지 않은 걸로 봐서는 정체를 숨길 생각은 없어 보였다.

"그쪽이 누군지 알기 전까진 아무런 대답도 해 줄 생각이 없는

데. 그럴 이유도 없고."

하균이 싸늘하게 답했다.

["그럼 질문을 다시 하죠."]

뭔가를 알고 묻고 있는 것 같기는 하나, 이렇게 뒤에 숨어서 알 듯 말 듯한 질문을 던지는 것들은 대부분 같은 목적을 갖고 있었다.

대단한 비밀을 틀어쥐고 있는 양 미끼를 던져서, 상대가 물면 돈을 요구하려는 거겠지.

전화를 끊으려, 귀에서 휴대폰을 떼고 통화종료 버튼을 누르려던 순간.

["정하성이 서지현을 죽였다는 사실을 덮고 싶은 겁니까, 밝히고 싶은 겁니까."]

하균의 손이 멈칫했다.

그는 다시 휴대폰을 귀로 가져갔다.

"방금…… 뭐라고 한 거야."

["서지현의 부검의 안영모를 만나려하는 이유가 뭔지 궁금해서 말입니다. 제가 기다려 왔던 사람을 인터셉트해 가셨잖습니까."]

*　　*　　*

"위치가…… 가온전자 사옥입니다."

"아직 멀었어?"

"거의 도착했습니다."

"젠장!!!"

하성은 신경질적으로 팔걸이를 내려쳤다.

줄곧 깨물어 댄 입술에서는 피가 날 지경이었다. 비서에게서 직접 듣고도 믿을 수가 없었다,

"사내 CCTV 확인 결과, 한수현 씨가 대표이사실 안으로 들어
가는 것까지 확인되었습니다. 그것도 혼자서요."

어떻게 거기 있을 수가 있는 거지?

어떻게?

여태껏 사라졌다가 나타난 곳은, 하균이 있는 곳이었다.

정하균이 아니면 들어갈 수 없는 곳.

하균이 어떻게 수현을 알고 있고, 수현과 함께 있을 수 있었는지는 아직 알아낸 바가 없었다.

서로 마주 보며 살고 있었던 것부터가 수상했는데, 무슨 생각으로 한수현을 거기에 데려다 놓은 건지 짐작초자 가지 않았다. 또 한수현은 왜 하필이면 거기에 있는 건지도!

하성의 눈동자가 쉴 새 없이 이리저리 굴렀다. 불안과 분노가 뒤섞여 손에 집히는 것은 뭐든 던져 버릴 기세였다.

"정말 괜찮겠어?"

하균이 그녀를 보며 물었다.

그녀의 두 눈은 잔물결처럼 흔들렸다.

전혀 아무렇지 않다는 건 거짓말이었지만, 그가 있다는 이유.

그가 옆에 있다는 이유만으로도 이 자리에서, 하성을 기다릴 수 있었다. 손끝이 차가워지고, 심장이 떨려 와도 버틸 수 있었다.

"혹시라도 위험해지면……."

수현의 손이 그의 가슴에 얹어졌다.

"이번엔. 혼자가 아니잖아요."

하균이 그녀의 이마에 입을 맞췄다.

부드럽게 번졌다가 사라진 따듯함.

끝없이 네 곁엔 내가 있다고 확인시켜주는 그의 눈빛은, 불안감에 카페인을 들이켠 것처럼 뛰고 있는 심장을 진정시켜 주었다.

*　　*　　*

굳게 닫혀 있던 문이 열렸다.

하성이 사뭇 여유로운 발걸음으로, 들어왔다.

한껏 미간을 좁힌 그의 두 눈에 들어온 건.

넓은 소파에 앉아 있는 수현 뿐이었다.

"수현아."

하성은 그녀를 보고, 무의식적으로 대표이사실 안을 둘러봤다. 하균을 찾았지만, 역시 보이지 않는다.

여비서는 그가 잠시 자리를 비웠다고 했다. 돌아올 때까지 기다리겠다고 하고 안으로 무작정 들어오긴 했지만, 수현이 정말 있을 줄은…….

그것도 혼자 있다. 뭐가 어떻게 된 건지 파악이 불능해서, 그는 목덜미가 갑갑해졌다.

"너 대체……."

하성은 묻고 싶은 말들이 그득 차올라, 여기가 하균의 공간이라는 것도 잊을 뻔했다.

언제 하균이 돌아올지 모른다. 그는 다시 입을 닫고, 격분에 휩싸였던 눈동자를 되돌려 차분한 정하성으로 돌아왔다.

"수현아. 네가 왜 여기 있는 거야."

가면이 얹어진 하성의 얼굴을 보며, 수현은 비참한 웃음을 흘렸다.

"앉아요."

이내 그녀는 최대한 담담하게, 목소리를 짜냈다.

하성의 눈썹에 힘이 들어갔다. 한수현이 저렇게 나올 리가 없는데.

일 년 전에 그녀와 자신 사이에 있었던 일을 기억한다면, 저리 나오는 건 불가능했다.

아무리 붙잡아도, 죽을 각오로 도망쳤던 게 누군데…….

그러다 그 사고가 있던 걸 정말 잊은 건 아니겠지.

의아함이 비친 눈동자가 날카롭게 빛났다.

하성은 일단은 수현의 초대에 응해 주겠다는 듯, 저벅저벅 걸어와 그녀의 맞은편에 앉았다.

"보고 싶었어."

하성이 가볍게 미소 띤 얼굴로 첫 마디를 열었다.

그녀와 이렇게 마주 보고 앉아 있는 건 아무래도 처음인 것 같았다. 그 첫 장소가 아주 짜증이 나긴 하지만.

"나 때문에 너도 많이 힘들었겠지."

슬픈 눈으로 말하는 그의 목소리는 아릿함이 담겨 떨리기까지 했다.

"그래도 난, 너를 구한 걸 후회하진 않아."

그는 아무렇지도 않게 눈시울을 적셨다.

"그저…… 네가 무사해서 다행이라는 말을 하고 싶었어."

저 눈동자에서 눈물 한 방울 떨어지지 않으리라는 걸 알고 있는 기분도. 자신을 죽이려 했던 사람에게서 무사해서 다행이라는 소리를 듣는 기분도 참으로 묘하고 역겨웠다.

수현은 자칫하면 무너질 것만 같은 긴장감을 한 번 더 삼켜냈다. 언제, 어떻게 돌변할지 모르는 짐승 같은 남자였다.

"내가 어떻게 여기 있는 건지 궁금하지 않아요?"

"그래서, 지금 물으려고. 네가 왜……."

하성의 눈이 서늘하게 찢어지며 느릿하게 물었다.

"여기 있는 거지?"

음산한 목소리가 낮게 울려 퍼졌다.

여긴 내 동생의 집무실이고, 넌 내 동생과 함께 있을 이유도, 같이 있어서도 안 돼. 넌 내거야.

그렇게 말하고 있는 저 눈은.

1년 전과 달라진 게 없다.

무섭다. 두렵다. 도망쳐야만 할 것 같다.

이 자리에 오기까지 수십 번 수백 번은 갈등하고 결정을 번복했지만, 참아내야 한다. 견뎌내야 한다.

수현은 손바닥에 피가 맺힐 정도로 주먹을 더욱 세게 그러쥐었다.

그리고 천천히. 입을 열었다.

"당신 동생이 그동안 날 찾고 있었거든."

간신히 첫마디를 뗐을 때, 입안에 비릿한 맛이 스몄다. 아픈 감각도 그제야 느껴지고 있었다.

그의 느긋한 표정에도, 이성을 헤집는 혀 놀림에도 놀아나지 않으려면 절대 틈을 보여선 안 된다.

그를 직접 대면해야겠다고 각오했던 순간부터, 수현이 잊지 말아야할 사실이었다.

이내 그녀는 하성을 똑똑히 바라보며 말했다.

"사고 이튿날 새벽. 난 눈을 뜨자마자 병원에서 도망쳤어."

눈발이 날리던 그날 밤, 신발도 신지 못한 채 얼어붙은 발로 도망치고, 또 도망쳤다.

그와 한 공간에 있다는 것조차 끔찍했다. 의식을 잃은 틈을 타 신고를 하면 이번만큼은 그가 막을 수 없을 거라 생각했다.

"당신 동생은 이상했겠지. 화가 났을 거야. 당신이 날 구했는데, 왜 도망을 쳤을까. 왜 사라진 걸까."

1년 후, 그를 다시 만나게 된 그의 분노와 원망 섞인 눈동자가 눈에 선했다. 기억을 잃어 영문도 모르는 상황에서 만나게 된 그는 버겁기만 했지만, 모든 시간이 지나고 남은 건.

쓰레기 같은 정하성 당신 뿐.

수현은 비소를 머금은 입술로, 말을 이었다.

"재미있는 건……."

하성은 저 마른 입술이 담고 있는 의미심장함이 극히 거슬렸다. 제 앞에서 짓고 있는 표정과, 꺼내고 있는 말들의 진짜 의도가 뭔지 알 수가 없다.

"내가 새롭게 일하게 된 곳이, 당신 동생의 오피스텔, 그것도 같은 층의 앞집이었어."

하균과 같은 오피스텔에 살고 있던 이유가 그거였어?

뭐가 어떻게 된 건지는 이미 파악하라 지시해 뒀지만, 그는 한 가지 확실히 해 둘 사항이 있었다.

"……네가 누군지, 그 녀석도 알아?"

"당신 동생은 그날 사고현장에 있었어."

하성의 가면 위에 거미줄과 같은 틈이 투득, 벌어졌다.

"하균이가…… 사고 현장에 있었다고?"

흥분하지 않으려, 애써 목에 힘을 준 음성이 조용히 흘러나왔다.

"당신이 왜 날 구했는지, 당신과 난 무슨 사이고, 난 왜 당신을 버려두고 그 자리를 떠나려 했는지."

"……!"

"궁금한 게…… 아주 많았나 보던데."

하균이 사고 현장에 있었을 줄은 생각지도 못했다.

사고가 있던 날. 수현을 밀쳐내고, 몸이 차체에 부딪쳐 떨어지던 순간 이미 의식은 흐릿해졌다.

수현이 무사한지 확인하자마자 눈이 감겨서 그다음은 기억에 없었다.

그때 하균은 영국에서 지내고 있었는데. 런던에 있던 놈이 어떻게 사고 현장에 있었다는 거야?

하성은 서느런 눈길로 물었다.

"그래서, 하균이한테 전부 말하기라도 했어?"

"전부 어떤 거?"

수현의 눈동자에 냉기가 흘렀다. 떠올리고 싶지조차 않은 그 일을. 이 남자 앞에서 되뇌어야 한다는 게 죽을 만큼 고통스럽다.

"당신이 거머리처럼 내 뒤를 따라붙고, 날 감시하면서 시도 때도 없이 내 앞에 나타난 거?"

수현의 두 눈에 피가 들어차는 것처럼 서서히 붉은 기가 올라왔다. 분노가 끓어오른 목구멍이 타들어 가는 것처럼 뜨거워졌다.

"당신 오피스텔에서, 날 만지고 강제로 입을 맞춘 것도 모자라…… 내 목을 졸랐던 거?"

수현은 그를 똑똑히 보며 말했다.

뱃속에 가득 차있던 더러운 오물을 쏟아 내는 것 같은 기분이었다. 입 밖으로 꺼내고도 역겹고 수치스러워 눈물이 터져 나올 것만 같았다.

"다 널 사랑해서 그랬던 거야. 알잖아. 다른 뜻은 없었어."

그는 그녀를 부드럽게 회유하며 눈웃음을 지었다.

모든 건 널 사랑해서야. 사랑하면, 보고 싶고, 만지고 싶고, 안고 싶고. 영원히 함께하고 싶은 거잖아.

"사랑?"

"그래. 난 널 진심으로 사랑해, 수현아. 널 살리려고 내가 대신 그 길바닥에 뛰어들었던 거 잊었어?"

살인 미수범이 사람을 살렸다는 이 기가 막히는 이야기를, 그 누가 단번에 믿어 줄까?

"그날 도망치지 않았다면 당신 손에 먼저 죽었겠지."

"그땐……."

불현듯 심기가 긁히자, 조용히 삼켜내는 하성의 목울대가 느릿하게 움직였다.

"네가 나를 화나게 하니까 나도 모르게…… 그날 일은 내가 사과할게. 목…… 많이 아팠지?"

애틋한 눈길이 그녀의 몸 구석구석을 훑었다. 오랜만에 보는 수현을 어루만지고 싶은 충동에, 하성의 눈은 차츰 열기를 띠었다.

"많이 아팠냐고? 난 당신 덕분에 1년이나 기억을 잃었어."

"괜한 짓하려들지 마. 한수현은 당신에 대해 아무것도 기억 못하니까."

하성의 머릿속으로 연주의 말이 스쳤다.

'기억을 잃었다는 말이 사실이었어?'

그러나 지금은 서로 지극히 정상적인 대화를 하고 있었다.

그녀가 기억을 잃었다면, 불가능한 대화. 처음부터 자신을 알아보지도 못했을 것이다.

"당신 동생도 매일 같은 공간에서 날 보는 게 달갑지 않았겠지만, 어쩔 수 없었겠지. 내가 기억을 해낼 때까지 날 지켜봐야 했거든. 당신 동생이 아무리 내게서 사고의 기억을 끄집어내려고 해도, 내가 기억을 잃은 이상 알 수는 없었을 테니까."

"그래서 지금은 기억을 찾은 상태고, 마침 나도 깨어났겠다…… 이젠 그 녀석한테 모든 걸 말하겠다는 협박. 그런 걸 하고 있는 거야?"

하성은 수현의 발악이 귀엽다는 듯 안타까움이 담긴 미소를 지었다. 그날 일에 대한 증거는 당연히 없었고, 연주 또한 깔끔하게 뒤처리를 해 둔 상태였다. 거기다 하균이 알고 있는 정하성은, 그런 일을 저지를 사람이 아니다.

수현아.

정하균이 알고 있는 정하성과, 네가 알고 있는 정하성은…… 아주 달라.

내가 그렇게 만들어 왔거든.

진짜 내 모습은, 너 밖에는 모른다고…….

"그 녀석이 누구 말을 믿을까? 사랑하는 형? 아니면, 형을 1년이나 시체로 만들었던 여자의 말?"

하성은 묘한 승리감에 사로잡혀, 그녀를 덫 안의 토끼 보듯 바라보며 나직이 속삭였다.

"하균이가 믿어 주지도 않겠지만, 설사 의심을 가진다 해도 그 의심을 확신으로 만들어 줄 증거가 없잖아."

아주 작게, 그녀에게만 들리도록.

"부탁이야."

그가 천천히 몸을 일으켜, 수현 쪽으로 한 걸음씩 걸음을 옮겼다.

이내 수현이 앉아 있는 소파 뒤에 멈춰 선 그는, 그녀의 어깨 위에 손을 올려놓으며 귓가로 입술을 가져갔다.

"이젠 도망치려고 하지 마."

파충류의 끈적한 진액 같은 숨결에 소름이 끼치고, 벌레들이 몸의 구멍이란 구멍은 모두 드나드는 것 같은 느낌이 퍼진다.

그녀의 뺨 바로 옆에서, 하성은 혀로 입술을 슥 핥으며 씩 웃었다.

"내 동생 앞에도 다신 나타나지 말고."

뒤에서 어떤 짓을 할지 모르는 그를 두고, 수현의 몸이 조금씩 떨리기 시작했다. 눈앞이 흔들리면서, 꽉 쥐고 있던 손에 힘이 풀려갔다.

"넌 당장 그 오피스텔에서 나와."

하성은 미소 짓고 있던 입가에 힘을 줬다.

하균의 의도가 뭐였든, 제가 아끼던 보석을 하균이 매일같이 지켜보고 있었다는 사실은 화를 치솟게 했다. 그녀와 자신의 사이를 계속해서 캐내도록 두지도 않을 거고.

"돈이 필요하면, 다 대 줄게."

나를 벗어나려는 것만 아니면, 네가 원하는 건 뭐든지 해 줄 수 있다. 네가 이러는 건, 우리 사이의 공백이 조금 길어져서 그런 것뿐이야.

"내 말, 가볍게 들으면……."

그의 나른한 눈이, 수현의 목 주위를 서서히 죄어들었다.

"내가 널 또다시…… 어떻게 할지 몰라."

이윽고 하성은 숙였던 몸을 세우고, 가볍게 입꼬리를 올렸다.

우리가 어떻게 다시 만났는데……

아무리 생각해도 이해가 가질 않는다.

"넌 그냥 내 옆에 얌전히 있어만 주면 되는걸, 왜 이렇게 성가시게 구는 거야?"

하성은 뒤에서 한 손으로 수현의 뺨을 쓸어내렸다.

"이 손 치워."

수현은 그의 손을 강하게 쳐내고 자리에서 일어났다.

"당신은…… 깨어난 걸, 후회하게 될 거야."

비틀거리기 직전의 다리에 힘을 주고 소파에서 걸어 나온 그녀는, 그를 지나쳐 집무실 문 쪽으로 걸어갔다.

"뭐?"

얼얼한 느낌과, 갑작스러운 수현의 앙칼진 태도에 하성은 눈썹을 일그러뜨렸다.

곧 그는 수현을 쫓아 문을 열려던 그녀를 돌려세웠다.

"한수현. 어딜 가는 거야."

눈은 웃고 있으나 자비 없는 손이, 확— 그녀의 턱을 그러쥐었다.

"널 구하느라 1년이나 죽은 사람처럼 누워 있었는데…… 넌 이런 내가 가엽지도 않아?"

수현 스스로가 그날 일에 대해 입 다물어 주고 있던 거라 기대했었는데.

아직도 이렇게 날이 서서는…… 어째서 제 사랑을 의심하고, 자꾸만 벗어나려 해서 가슴을 아프게 만드는지.

수현의 턱이 그의 얼굴 쪽으로 치켜 올려지고, 강제적으로 그와 눈을 마주쳤다.

이내 수현은 그를 똑똑히 바라보며, 말했다.

"당신 말대로, 당신 동생은 내 말 보다는 당신 말을 더 믿으려고 하겠지."

수현은 한 손으로 외투 주머니에서 휴대폰을 꺼내 들었다.

이윽고, 수현의 휴대폰에서 낮은 음성이 들리기 시작했다.

─*다 널 사랑해서 그랬던 거야. 알잖아. 다른 뜻은 없었어.*

하성의 여유로움이 단번에 깨지며, 맹수 같은 눈이 수현을 향해 고정되었다. 불길이 인 것처럼 눈동자에 거센 동요가 일고, 참을 수 없는 열기를 동반했다.

"이게…… 뭐야?"

수현을 향해 추악한 미소를 짓고 있던 그의 얼굴이, 껍질을 벗겨낸 듯 단숨에 일그러졌다.

되찾은 기억을 말하겠다고 굳이 여기까지 찾아온 게 아니라…… 처음부터 이러려고 날 유인한 거였어?

정하성에게는 가장 위험하고, 한수현에게는 가장 안전한 공간을 택한 거였다, 하성은 제법 똑똑하게 군 수현의 계획에 헛웃음이 나왔다.

그런 그를 정면으로 마주하고 있는 수현의 눈앞이 흐려졌다,

밝아지기를 반복했다.

의지와 달리 눈물이 고여 들어도, 수현은 그를 더욱 꼿꼿이 바라봤다.

하성이 고개를 비스듬히 기울이며 흥분한 숨을 몰아쉬었다.

"한수현 네가 감히…… 날 가지고 놀아?"

"잘 들어. 중요한 얘긴 아직 안 끝났으니까."

─그날 도망치지 않았다면 당신 손에 먼저 죽었겠지.

─그땐…… 네가 나를 화나게 하니까 나도 모르게…… 그날 일은 내가 사과할게. 목…… 많이 아팠지?

결정적인 자백이 담긴 목소리. 앞에서부터 이어진 대화의 흐름상, 스토킹 했던 과거와 목을 졸랐다는 사실마저 스스로 인정하는 꼴이다.

하성은 자제력을 잃기 직전의 눈동자를 굴리며, 수현에게 속삭였다.

"……날 화나게 하지 마."

조금만 더 지체했다가는.

1년 전의 과거가 반복될지 모른다.

수현은 휴대폰을 휙 내려 쥔 채, 등 뒤의 집무실 문손잡이를 꽉 잡았다.

"어디, 그날처럼 쫓아와 봐. 이 문을 여는 순간. 당신 회사 사람들 전부가 당신의 실체를 보게 될 테니까."

집무실을 나서는 순간, 도처에 CCTV가 깔려 있었다.

또한 곳곳에 회사 직원들의 눈이 존재했다.

다른 곳도 아니고, 정하성의 삶에 있어 가장 중요한 가온전자 안에서…… 앞뒤 생각하지 않고 수현을 건드렸다가는, 골치가 아파지는 건 명백하다.

"네가 그걸 가지고 뭘 할 수 있을 거란 착각은 하지 마. 내가 누군지 모르는 거야?"

"적어도, 이게 당신 목소리라는 걸 알아보는 사람은 있겠지."

"한수현!"

"이번엔 당신 뜻대론 되지 않을 거야."

벌컥—

수현은 곧바로 문을 열고 복도를 걸어 나갔다. 당장 쫓아가서 손목을 낚아채고, 휴대폰을 뺏어내야 했지만 하성은 섣불리 그녀를 뒤쫓을 수가 없었다.

밖에 있던 여 비서도 의식해야 했다. 안에서 무슨 대화를 나눴건 거기까진 상관하지 않겠지만, 갑자기 이 방에서 수현을 쫓아나가 그녀를 붙잡는다면…… 의아히 볼 수 있다.

"젠장!"

하성은 숨죽여 거친 욕설을 내뱉었다.

깨어난 지 얼마 되지 않아 다시 본 수현은, 또다시 저를 시험하기 시작하고 있었다.

'너한테 내 목숨까지 내걸었는데, 네가 이렇게 나온다면…….'

서늘한 눈이 수현을 떠올리며, 가슴에 강한 소유욕의 불을 지폈다. 골머리를 썩는 일은 애초에 싹을 잘라 버리는 게 편하다. 하성은 다시 소파가 있는 곳으로 돌아와, 자리에 앉으며 휴대폰을 꺼내 들었다.

"나야."

하성은 머리카락을 위로 쓸어 넘겼다.

"지금 나간 한수현, 잡아."

붙잡고, 붙잡아도 손 안에 든 모래처럼 빠져나간다면.

차라리 나만 볼 수 있는 곳에 가둬두고, 영원히 보는 것도 나쁘지 않겠지.

"눈에 띄지 않게, 조용히 움직여."

＊　　　＊　　　＊

엘리베이터에 타자마자, 수현은 급하게 버튼을 눌렀다.

문이 꽉 닫히고 온전히 혼자가 되자, 그대로 바닥에 주저앉았다.

크게 뛰는 심장에 손을 얹고 쉬어지지 않는 숨을 골랐다. 참았던 눈물이 그제야 흘러내렸다.

정하성이 당분간 섣불리 움직이지 못하도록 만들려면, 우선은 이 방법 밖에는 없었다. 일 년 전 있었던 사건에 대한 당장의 증거는 찾을 수가 없었으니까.

이윽고 1층에 멈춘 엘리베이터의 문이 스르륵 열렸다.

여긴 가온전자라는 거대한 회사였고, 열린 문 사이로 누굴 마주칠지는 몰랐지만 힘이 빠져 버려 몸을 일으킬 수가 없었다.

수현은 주저앉은 상태에서 천천히 고개를 들었다.

그 앞에는.

하균이 서 있었다.

"……."

"……."

하균은 한계에 가까운 자제력으로 그녀를 꽉 안고 싶은 충동을 참아 냈다.

무슨 일이 생긴다면 곧바로 하성을 저지할 인력을 비밀스럽게 대비해 뒀었지만.

그래도.

그래도 자칫 수현에게 무슨 일이 생길까 봐, 내내 불안한 심장을 안고 버텼다.

괜찮다고 말하는 것 같은 그녀의 눈동자에, 안도감이 파도처럼 밀려든다.

하균의 옆에 서 있던 유한이, 그녀를 데려가겠다는 눈으로 하균을 응시했다.

하균은 고개를 끄덕였다. 유한은 데려온 남자를 하균에게 넘겨주고는 엘리베이터 안으로 다가가, 수현을 일으켜주었다.

"조금만."

유한과 함께 걸음을 옮기는 수현에게, 하균이 나직이 말했다.

"조금만 기다리고 있어."

걸음을 멈춘 수현은 그를 보며, 힘겨운 미소를 지어 보였다.

그렇게 하균은 한 남자와 함께 이사실로 가는 엘리베이터에 올랐다. 수현이 혼자 내려온 걸로 봐서는 아직 정하성은 위에 있다.

잠시 동안 생각에 잠겨 있던 하성은 엄지손가락으로 입술 끝을 문지르고는, 자리에서 일어섰다.

하균은 아직 돌아올 기미가 보이지 않았다. 여기서 수현을 만나기로 했던 것 같은데, 급한 용무가 생겨서 자리를 비웠다더니만 예상보다 길어지는 건가.

문득 그의 눈이 묘하게 빛났다.

하균이 사고 현장에 있었고…… 그동안 수현과 제 사이에 대한 비밀을 찾고자, 수현의 기억을 그토록 원했다면.

아무리 급한 용무가 생겼다고 해도 이렇게 시간을 지체하진 않을 텐데.

'뭐지? 내가 놓치고 있는 게.'

뭔가 아주 중요한 사실을 놓치고 있는 것 같은 기분이 들고 있었다.

하지만 그는 미간을 좁힌 채, 곧 집무실을 나섰다.

일단은 손을 써둔 대로 수현을 붙잡아 두는 게 우선이었다. 그 녹음 파일이 하균의 손에 들어가지 않도록 해야 할 뿐만 아니라, 어디로든 새어 나가지 않게 해야 한다.

띠링—

복도 끝 엘리베이터에 다다르자, 우연찮게도 문이 열렸다.

하성은 가늘게 뜬 눈으로 열리는 문 사이를 응시했다.

안에 타고 있던 사람과 눈을 마주쳤다.

순간 하성은, 살짝 긴장한 얼굴로 반가움을 표했다.

"하균아."

"형이 여긴 어쩐 일이야?"

하균은 다소 의아한 얼굴로, 하성을 바라봤다.

"회사도 둘러볼 겸, 네 얼굴도 보려 찾아왔다가……."

그때, 하균과 동승하고 있던 남자 쪽으로 시선을 옮긴 하성의 목이 뻣뻣하게 굳었다.

하성의 눈빛을 확인한 하균은 낮은 목소리로 물었다.

"갑자기 왜 그래?"

그는 엘리베이터 문이 닫히기 전에, 뚜벅뚜벅 내렸다.

중년 남자도 그 뒤를 따라 주춤주춤 내렸으나, 하성과 눈을 마주친 그는 이 상황을 어쩔 줄 몰라 했다.

정하성 대표도 자신을 기다리고 있다고 했는데, 지금의 하성은 저를 마주쳐서 당황한 눈이었다.

'당신이 왜…… 여기 있지?'

찰나였지만 피할 수 없는 살의를 느낀 남자의 눈동자가 이리저리 흔들리며, 식은땀이 주륵 흘러내렸다.

이윽고 하균은 하성의 눈동자를 깊이 들여다보며,

"……아는 사람이야?"

다시, 물었다.

"……그럴 리가."

하성은 아주 살짝 요동치던 눈동자를 바로잡고, 애써 웃어 보였다.

그는 안영모의 얼굴을 똑똑히 기억하고 있었다. 지현의 부검 결과를 조작하도록 시켰는데, 그 담당의가 누군지 정도는 알아야 뒤탈이 없었으니까.

혹시 모를 일에 대비해 미국에까지 자리를 마련해 줬는데, 어째서 이 의사 놈이…… 하균을 만나려 했던 거지?

"그래?"

하균의 입 안에 쓴 맛이 강하게 느껴졌다.

아니길 바랐는데. 한순간도 놓치지 않고 지켜본 하성은, 다른 이에겐 전과 다름없었을지 몰라도, 하균에겐 달리 보였다.

태연하게 고개를 젓는 그의 눈이, 불안하게 흔들리고 있는 것이 똑똑히 보였으니까.

'서지현의 죽음을 덮는 데 일조했는데…… 함부로 입을 놀리진 않겠지.'

하성은 은밀하게 부검의를 바라보며, 눈으로 경고했다.

수현의 일부터 지현의 죽음을 덮게 한 의사까지. 그는 스스로의 불안함을 잠재우면서도, 뭔가 단단히 꼬인 것 같은 느낌에 입술 안쪽을 짓이겼다.

그는 곧 선한 눈웃음을 지으며, 하균을 향해 말했다.

"선약이 있는 것 같은데, 다음에 다시 보는 게 좋을 것 같다. 나도 마침 급히 갈 데가 생겨서."

"그래, 내가 다시 연락할게."

하균은 천천히 고개를 끄덕였다.

일부러 안영모를 마주치게 했던 계획은 뜻대로 이루어졌다.

그러나 두 눈으로 확인하고도. 아직도 형제를 믿었던 마음이 남아 있었다는 것을 알아차린 하균은 스스로를 비난했다. 아니, 비난해야만 했다.

이렇게 확인하고도 정신 차리지 못하는 자신을 힐난해야 했다.

"그럼, 먼저 간다."

이윽고 엘리베이터에 오른 하성은 조금씩 뜨거운 숨을 내쉬며 어깨를 들썩였다.

대체 왜!

정하균이 안영모를 회사까지 데려온 거냐고.

다급해진 마음은, 수현에 대한 계획뿐만 아니라 안영모에 대한 계획을 동시에 세웠다.

안영모가 지현에 대해 쉽게 입을 열진 않겠지만, 문제는 하균이었다.

하균에겐 안영모와 만날 연결고리가 전혀 없었다.

어째서 그 의사와 만나는지 알아야했으나, 궁금해 하는 것 자체만으로도 하균은 의문을 품을 것이다. 모르는 사람이라고 해뒀으니까.

깨어나자마자 성가신 일이 연달아 발생했다. 치워두는 것만으로도 부족하다면, 확실히 묻는 수밖에.

하성은 다시금 휴대폰을 꺼내, 지시했다.

"처리해야 할 사람이 있어."

하성이 돌아가고, 하균은 안영모와 함께 이사실로 들어가면서 쓴웃음을 지었다.

하성은 곧, 수현과 만난 사실에 대해 묻지 않은 것을 의아해할 것이다. 수현이 집무실에서 기다리고 있었다는 걸 모르진 않았을 거라고 생각할 테니까.

하균은 자신이 하고 있는 일을 서둘러야했다.

어차피, 하성도 곧 알게 될 테니까.

수현의 옆에 있는 사람이, 자신이라는 걸.

*　　*　　*

"대체 날 여기까지 데려온 이유가 뭡니까."

넓은 공간에 오로지 둘만 남자, 중년 의사는 불안함을 감추지 못한 채 물었다.

"서지현의 부검 결과를 조작했다는 걸, 스스로 밝히시죠."

순간, 의사의 얼굴에 핏기가 가셨다.

2년 전 있었던 서지현의 사건은 그 누구도 모르게 조용히 덮였다. 그걸 들춰내는 건, 자신 뿐 아니라 눈앞의 하균에게도 위험한 일이었다.

'서지현의 사건에 형이 연관되어 있다는 걸 알고서 이런 말을 하는 건가?'

정신을 똑바로 차려야한다.

의사는 애써 침착하게 대답했다.

"……무슨 소리를 하는 건지 모르겠군요. 서지현은 누구고, 내가 왜 그 사람의 부검 결과를 조작했다는 거죠?"

그의 반응은 이미 예상한 일이었다.

하균은 차가운 얼굴로 책상 서랍에서 하나의 서류를 꺼냈다.

"당신이 서지현의 부검의였다는 건 누구나 아는 사실이고. 이건 조작되지 않은 원본 부검결과보고서야. 당신이 정하성과 거래를 하기 전, 상관에 올렸던 진짜 부검결과서지."

그걸 어떻게…….

의사의 심장이 덜컥 내려앉았다. 그 보고서는 당시 경찰 상부에서 폐기된 줄 알았는데.

정하성 이사와 직접적인 거래를 했던 게 아니었다. 위에서 시키는 대로, 부검 결과를 바꿔서 올리기만 했다.

다만, 그 과정에서 정하성 이사의 측근이 연락을 해 왔고 거액의 돈을 줄 테니 한국을 떠나라고 했다.

처음 1년간은 불안과 죄책감에 떨며 살았지만, 모든 게 완전히 덮였다는 사실을 확인하고 나서야 차차 현실을 받아들였다.

손에 쥐어 쥔 돈으로 건물도 사고 미국에서 나름 부유하게 살며, 서지현이란 여자에 대한 일은 무덤까지 가져가 잊기로 다짐했건만⋯⋯.

다른 사람도 아닌 가온그룹에서, 그것도 정하성 이사의 동생이 이 일에 대해 추궁하다니.

"난⋯⋯ 모르는 일이라니까."

"말해."

하균은 퍼렇게 질린 의사의 눈을 똑바로 바라보며 물었다.

"서지현의 부검 결과를 조작하라고, 정하성이 시켰나?"

"⋯⋯."

"정하성이 서지현을 죽인 게 맞냐고!"

하균의 손길이 단숨에 그의 호흡을 거머쥐었다.

그러나 의사는 입을 꾹 다물고, 덜덜 떨리는 눈을 마주쳤다.

끝까지 그의 입이 열리지 않자, 하균은 피식 웃으며 조용히 그를 위한 충고를 건넸다.

"방금 당신은 정하성을 마주쳤어. 나와 함께 있는 당신을 본 정하성은, 지금쯤 무척 불안해져서 당신마저 조용히 처리하려고 할지도 모르지."

혹여나 동생이 서지현의 사건을 들추려는 것일지도 모른다는 생각이 들면.

철저한 가면을 가지고 살아온 정하성이, 과연 가만히 있을까?

"그러기 전에, 정하성을 먼저 치는 게. 당신이 살길이라고."

*　　*　　*

차에 오른 수현은 출발하기 전, 유한을 불렀다.

"유한 씨."

유한은 서둘러 그녀를 돌아봤다.

고되고 심한 긴장감으로 피로가 확 몰려든 그녀의 눈은, 심하게 충혈 되어 있었다.

"이거, 그 사람하고 했던 이야기들이 담긴 녹음파일이에요."

수현은 창백한 손으로 휴대폰을 건넸다.

씻을 수 없는 상처를 낸 사람을 다시 마주하는 게 얼마나 힘들고 고통스러웠을지, 그는 감히 상상조차 할 수 없었다.

유한은 하균이 사랑하고 있는 사람을, 그와 마찬가지로 지켜주고 싶었다. 그가 자신이 사랑하는 사람을 지켜주었듯.

"……유한 씨?"

수현의 목소리에, 그는 다시 정신을 일깨우곤 파일을 제 휴대폰으로 전송한 후 다시 돌려주었다.

"돌아가면 푹 쉬어요. 모든 뒤처리는, 이제 이사님과 제가 할 테니까."

수현이 힘겹게 고개를 끄덕이자, 차는 천천히 출발했다.

그 뒤를, 세 대의 검은 차가 따르기 시작했다.

유한이 차가 없는 한적한 길에 들어섰을 때였다. 뒤를 따라오던 검은 차 한 대가 불현듯 그를 추월했다.

그 순간. 추월한 차가 갑자기 방향을 틀어, 유한의 진로를 막았다.

단숨에 차가 급정거하고, 유한은 즉시 뒷좌석의 수현을 확인했다.

"수현 씨, 괜찮아요?"

수현은 조금 놀랐지만, 다친 곳은 없었다.

유한은 그녀의 안전을 확인하고는 다시 앞을 바라봤다. 차머리 바로 앞에 차를 멈춘 운전자가 차에서 내려, 이쪽으로 다가오고 있었다.

"잠시만 기다리고 있어요."

유한은 안전벨트를 풀고 차에서 내렸다.

그때.

퍽—

강한 마찰음과 함께 거대한 둔기가 그의 머리 뒤를 가격했다. 정신을 잃은 유한이 그대로 바닥에 고꾸라졌다.

"유한 씨?!"

열린 문을 통해 유한의 신음이 들렸다.

차 안에 있던 수현은 눈을 번쩍 뜨고 곧바로 차문을 열었다.

그 순간, 기다렸다는 듯 뒤에서 누군가 그녀의 입을 확 틀어막았다.

＊　　＊　　＊

서지현의 죽음에 관해선 안영모의 선택만이 남았다.

"그 부검의, 잘 주시하시죠."

그를 돌려보내자마자, 하균은 누군가와 통화를 했다.

그리고 곧바로 수현에게 전화를 걸었다.

["연결이 되지 않아 삐— 소리 후 소리샘으로……."]

수현이 전화를 받지 않고 있다.

기억을 되찾은 이후로 웬만해선 휴대폰을 손에서 놓지 않았는데……

이렇게 오래도록 전화를 받지 않을 리가 없다.

그러나 열 번 넘게 그녀에게 계속 전화를 해도, 감감무소식이었다. 뭔가 이상하다.

하균은 통화를 종료하고, 집무실 문을 벌컥 열었다.

서둘러 걸음을 옮기는 그의 손에 진동이 느껴졌다.

하균은 즉각 휴대폰을 확인했다.

유한이었다.

"나야. 수현이가 전화를……."

["수현 씨가…… 위험……해."]

*　　*　　*

부검의는 가온전자 사옥을 나오자마자 걸음을 재촉했다. 이내 그는 한국에 있는 동안 머물 예정이었던 호텔로 향하기 위해 택시를 잡았다.

문을 열고 안으로 타려던 순간, 앞좌석에 한사람, 그의 옆으로 한사람이 동시에 탔다.

"기사 아저씨는 조용히 출발하시고."

조수석에 탄 남자가 기사를 향해 지시했다.

심상치 않는 상황에 잔뜩 겁을 먹은 기사는 곧바로 엑셀을 밟았다.

"다, 당신들. 누구야?"

부검의는 영문을 몰라 그들을 번갈아 바라봤다.

"사람들 없는 데 차 세워."

남자들은 대답하지 않은 채, 택시 기사에게 다시 지시했다.

기사는 한시라도 빨리 이 상황을 벗어나려, 다급히 인적이 드문 곳을 찾았다.

얼마 지나지 않아 차는 멈춰 서고, 남자들은 차 문을 열고 부검의를 붙잡은 채 끌어내렸다.

택시는 그들이 내리자마자 도망치듯 출발했다.

주위에 사람들이 없는 것을 확인한 남자 중 하나가, 부검의의 옆구리에 뭔가를 들이밀며 말했다.

"정하균 이사는 왜 만난 거야."

몸에 닿을 듯 말 듯 대어진 칼을 확인한 부검의의 눈동자가 세차게 흔들렸다.

"나와 함께 있는 당신을 본 정하성은, 지금쯤 무척 불안해져서 당신마저 조용히 처리하려고 할지도 모르지."

하균의 충고가 스쳐 지나가며, 그의 불안과 공포감을 더욱 증폭시켰다.

"서지현에 대해 하, 할 말이 있다고…… 그리고 정하성 이사님이 함께 기다리고 계시다길래…… 전 절대 아, 아무런 말도 안 했습니다. 믿어 주십시오!"

"그래, 그 여자에 대해서 한마디라도 열었던 건…… 아닐 거야. 그렇지?"

"맹세코, 한마디도 꺼내지 않았습니다. 정말입니다!!"

"근데 어쩌나. 입 다물어 준 건 고마운데, 우리 높으신 분께서 그쪽이 영 신경 쓰이신다네?"

남자가 들고 있던 칼이 서늘하게 빛났다.

"제발, 제발 살려 주세요. 전 그 일을 확실히 덮고 입도 뻥긋한 적 없습니다. 제발……."

"왜 이사님 눈에 띄어서는. 애초에 겁도 없이 한국에 발을 들일 생각을 하질 말았어야지."

남자는 안타깝다는 듯 미소를 지으며, 날이 선 칼을 눈으로 훑었다.

그리고 그의 배를 향해 가져가려던 순간.

사이렌 소리와 함께 다가오는 여러 대의 경찰차가 그들의 시선을 홱 돌렸다.

"경찰이다. 칼 버리고 머리 위로 손 올려!"

순식간에 몰려든 경찰들이 그들을 에워싸고, 총을 겨눴다.

'……정하성, 생각보다 더 무서운 놈이었군.'

안영모의 상황이 위험해질 것을 대비해 일찌감치 그를 지켜보던 누군가가, 차 안에서 조용히 입매를 비틀었다.

*   *   *

"……현아."

낯익은 음성이 귓가에 계속 들려오고 있다.

"수현아."

수현은 감고 있던 눈을 떴다.

하성이 침대 옆에 앉아서 수현의 머리카락을 귀 뒤로 넘겨주며, 씩 웃었다.

"깼어?"

"……!!!"

수현은 벌떡 몸을 일으켜 세웠다. 그러나 두 팔이 끈으로 묶여 있고, 테이프로 틀어 막힌 입에선 비명조차 지를 수 없었다.

"두 번은 도망치게 안 두지."

하성은 느긋이 앉아 덧붙였다.

"그냥 이대로 내 옆에 영원히 있어줘."

그는 부드러운 손길로 수현의 뺨을 어루만지며, 그녀의 귓가에 속삭였다.

"어디에도 가지 말고."

수현은 강하게 몸부림을 치며, 나오지 않는 비명을 질렀다.

커다란 눈에서 눈물이 흘러나오고, 그녀의 움직임에 침대가 흔들렸다.

2장

"한 놈은 현행범이라 구속영장 청구한 상태이긴 한데…… 지금까지 한마디도 안 여니, 안영모를 살해하려던 동기 파악이 안되고 있습니다."

취조실 밖에서 부검의를 죽이려던 남자 둘을 바라보던 형사가 눈을 가늘게 떴다.

"피해자도 자기는 처음 보는 사람들이라고만 얘기하고 있고요."

"서로 입을 열어선 안 되는 공통점이 있는지도 모르죠."

형사의 옆에 서 있던 남자가 낮게 말했다.

저들은 모든 걸 뒤집어쓰고 감방에 들어가면 그만이겠지만, 남아 있는 사람은. 자신을 죽이려했던 진짜 배후가 누군지 알고

서 멀쩡히 살아갈 수 있을까?

쥐도 궁지에 몰리면.

고양이를 무는 법이었다.

"안영모 씨에게 잘 얘기해 보세요. 저놈들 다음엔, 또 언제 어디서 다른 놈들이 칼 들고 나타날지 모른다고. 어쩌면 소리 소문 없이 사고를 당할지도 모른다는 말도 꼭, 해 주세요. 가뜩이나 불안에 떨고 있겠지만요."

서지현의 죽음에 대해 밝히려면, 안영모의 자수와 증언 외에는 별다른 방법이 없었다.

이미 심증으로는 가장 강력한 용의자가 있지만, 부검결과를 조작시킨 사람이 누군지 그가 직접 입을 열어야만 확신할 수 있었다.

가늘게 여민 눈으로, 골똘히 생각에 잠겨 있던 그의 휴대폰이 울렸다.

"그렇잖아도 연락드리려던 참이었는데. 지금 안영모를……."

["검찰 측 사람이니 경찰을 움직이는 건 그쪽이 더 빠르겠지. 지금 당장 당신 도움이 필요해."]

*　　*　　*

"수현아. 여기 어때?"

하성은 천장부터 방 주변을 돌아보며 말을 건넸다. 수현을 데려온 곳은 고즈넉한 곳에 위치한 작은 별장이었다.

1년 전 수현에게 선물하려 짓고 있던 곳이었는데, 사고가 나는 바람에 완공되고서도 한 번도 와보질 못했다.

수현을 가둬둘 적당한 곳을 찾던 중, 불현듯 이 별장이 떠올랐다. 강 비서가 사람을 시켜 관리를 해 둔 덕분에, 수현을 지내게 하기엔 안성맞춤이었다.

"예쁘게 꾸며두고 따뜻한 봄에 데려오려 짓던 거였는데…… 마음에 들어?"

수현은 세차게 고개를 저으며 발버둥을 쳤다. 멈추지 않는 몸부림에, 손목에 감긴 끈이 손목을 파고들어 멍과 상처를 만들어 냈다.

"앞으론 여기서 지내. 얌전히 있으면 이 안에선 자유롭게 해 줄 테니까."

몸부림치는 수현을 두고, 하성은 만족스러운 미소를 띠었다.

그러다 문득, 그의 휴대폰이 울렸다.

하성은 휴대폰을 귀에 가져갔다.

"안영모는 어떻게 됐어."

["안영모를 처리하라고 시켰는데…… 경찰이 나타나는 바람에 일이 복잡하게 꼬인 것 같습니다."]

"뭐라고?!"

하성의 미간이 확 구겨졌다.

사람을 처리하는데 베테랑인 놈들이었다. 분명 눈에 띄지 않는 곳에서 조용히 처리하려고 했을 텐데, 목격자라도 있던 건가? 어떻게 경찰이 알고 왔다는 거야?

"신고자가 있었나? 누군지 알아봤어?"

["경찰 쪽에 알아봤지만, 신고가 들어온 적은 없었습니다."]

"뭐……?"

["신고가 없었는데, 경찰이 어떻게 알고 온 건지…… 파악이 안 됩니다."]

"지금 당장 올라갈 테니까, 본가로 와."

하성이 입술을 깨물며, 통화 종료 버튼을 눌렀다.

몸이 성치 않은 손자로서 아직까지 본가에 머물고 있는 한, 윤 회장이 지켜보고 있는 곳을 오래 비울 수는 없었다.

수현은 어차피 또 보러 오면 되니까.

"수현아. 얌전히 있어. 또 올게."

수현을 돌아본 그는 부드러운 미소를 지었다 풀며, 어두운 얼굴로 방을 나섰다.

"잘 지켜."

"예."

수현을 데리고 온 후 방문 밖을 지키는 심복 둘이 그에게 고개를 숙였다.

떠나는 그를 보며 수현은 다시 발작하듯 줄에서 팔을 빼내려 당기고, 온몸을 비틀었다.

그러나 빙긋 웃으며 유유히 걸어 나가는 그의 뒷모습만이 두 눈에 담겼다.

*　　　*　　　*

여기가 어딘지, 지금이 몇 시인지도 알 수 없다.

반쯤 풀려 이리저리 흔들리는 수현의 눈동자는, 극한의 공포 속에서 사경을 오갔다.

납치될 때 휴대폰을 손에서 떨어트려 누구에게든 연락할 방법도, 여기서 빠져나갈 방법도 없었다.

"조금만 기다리고 있어."

수현의 눈앞에 하균의 얼굴이 보였다.

하균 씨.

나 너무 무서워.

조금만 기다리면, 온다고 했잖아.

고인 눈물이 눈 옆으로 끊임없이 흘러내렸다.

몸도 마음도 만신창이가 되어, 수현의 의식이 조각조각 부서져갔다.

그 순간.

쾅—!

닫힌 문에 뭔가 부딪치는 소리와 함께 문이 부서지듯 벌컥 열렸다. 감기려던 그녀의 눈이 뜨이고, 심장이 빠르게 뛰기 시작했다.

하균의 주먹이 나머지 한 놈의 얼굴을 강타하자 거대한 몸이 그대로 휘청이며 바닥에 엎어졌다.

하균은 곧바로 침대에 묶여 있던 수현에게로 향했다. 수현의 입을 막고 있던 테이프를 떼고, 손목에 묶인 줄을 풀어냈다.

"수현아."

"……!"

하균은 곧바로 그녀를 끌어안았지만, 수현은 공포에 떨며 그의 품 안에서도 진정하지 못한 채 비명을 질렀다.

제자리를 찾지 못한 채 헐떡임 섞인 비명을 지르는 수현을 하균은 더욱 빈틈없이 꽉 안았다.

"괜찮아. 이제 괜찮아."

그의 품 안에 있다는 것이 현실로 받아들여지자, 수현은 그제야 바들거리는 손으로 그의 어깨를 움켜잡고 엉엉 울었다. 쉴 새 없이 떨어지는 수현의 눈물이 하균의 어깨를 그득 적셨다.

"늦어서 미안해."

수현을 찾았고.

수현이 무사하단 안도감이 너울처럼 밀려들었다.

두 눈을 감자 뜨겁게 일렁이던 그의 눈가에서 눈물이 툭— 떨어졌다.

"……이제, 집에 가자."

그렇게 제 안에 있는 그녀를 더욱 강하게 그러안으며, 하균은
다짐했다.

　제 심장 위에 얹어진 그녀의 심장박동을 느끼며, 그는 맹세했
다.

　내가 너의 모든 기억을 끌어안고, 너의 온 아픔을 이 악물고
품겠다고.

　평생 너에게 속죄하면서, 악랄하게 네 가슴을 찢었던 상처들
을 낫게 하겠다고.

＊　　　＊　　　＊

　몇 시간 전.

　"갑자기 나타난 놈들이…… 수현 씨를 데려갔어. 수현 씨 휴대
　폰은 여기 떨어져 있고."

　가까스로 정신을 차린 유한이 전해 온 말이었다. 갑자기 나타
난 놈들이 유한을 버려두고, 수현을 데려갔다.

　설마…….

　"다음에 다시 보는 게 좋을 것 같다. 나도 마침 급히 갈 데가
　생겨서."

하균의 머릿속에, 누군가 스쳤다.

'제발. 제발, 정하성⋯⋯!!'

하균은 차를 몰고 회사에서 빠져나오자마자, 우선 하성의 오피스텔로 향했다. 정확히는 자신이 영국으로 떠나기 전 하균에게 남긴 오피스텔이었다.

운전을 하면서 하성에게 전화를 걸었지만, 그는 받지 않았다. 유한도 없는 상황에서, 당장 움직일만한 사람이 없었다. 그때, 누군가 떠오른 하균은 곧바로 그에게 전화를 걸었다.

["안 그래도 전화 드리려던 참이었습니다. 역시 안영모를⋯⋯."]

"검찰 측 사람이니 경찰을 움직이는 건 그쪽이 더 빠르겠지. 지금 당장 당신 도움이 필요해."

["무슨 소립니까."]

"찾아야 될 사람이 있어. 위치 추적을 하든 CCTV, 블랙박스 확인을 하든!"

["누굽니까. 일단 바로 휴대폰 위치 추적해 보죠."]

수현의 휴대폰이 유한에게 있다면, 일단 하성의 위치부터 확인해야 했다.

"정하성. 정하성이 어디 있는지 확인해 줘야겠어."

정하성은 동생이 수현을 찾아 나설 줄은 꿈에도 몰랐겠지. 수현과의 관계를 아는 사람은 그녀와 본인 외에는 없는 줄 알았을 테니까.

정작 본인의 위치를 추적하리라고는 생각지 못했을 것이다.

"이사님, 이제 그만 손을 치료하러 가시는 게 좋을 것 같습니다."

주치의인 최 박사가 하균의 손등 상처를 바라보며 말했다.

"……잠시만. 잠시만 있다가 가죠."

하균은 병실 침대에서 링거를 맞은 채 누워 있는 수현을 지켜봤다. 손목 군데군데 심하게 쓸린 자국과 멍마저 들어 있는 모습을 보는 그의 가슴이 꽉 죄어들었다.

하균은 이내 자리에서 일어났다.

수현의 뜻대로 하성과 만나게 두는 건 실수였다. 정하성이 이렇게 곧바로 본색을 드러내리라곤 생각지 못했지만, 모든 건 끝까지 수현을 완벽히 보호하지 못한 제 잘못이었다.

하성을 떠올리는 그의 눈동자가 서서히 얼어붙었다.

"치료는 다음에 하죠. 지금 바로 가야할 곳이 있어서."

＊　　＊　　＊

["이사님! 하, 한수현이…… 없어졌습니다."]

휴대폰 너머, 별장을 지키도록 했던 심복의 신음이 흘러나왔다.

"제대로 지키지 않고 대체 뭘 한 거야!!!"

본가에 막 도착해 넥타이를 풀어헤치던 하성이 드레스룸으로 걸어 들어가, 눈을 질끈 감았다 떴다.

오늘따라 뭐 하나 제대로 되는 일이 없었다. 마치 누군가 제 모든 계획을 꿰고 방해라도 하는 것처럼, 틀어지고 있다.

"한수현이 어떻게 도망을 쳤다는 거야. 묶어 둔 여자가 어떻게!"

["그게 갑자기…… 그분이 나타나서…….']

"똑바로 말해!"

["……정하균 이사님이었습니다."]

'수현을 데려간 사람이 하균이라고?'

"그동안 네 가면에 놀아나던 나를 보면서, 꽤 재미있었겠네."

툭—

열린 문 사이로 드레스 룸을 향해 다가오는 누군가를 마주한 하성이, 휴대폰을 떨어뜨렸다.

하균을 본 하성의 동공이 믿을 수 없다는 듯 흔들렸다. 지금 제 눈에 보이는 이가 자신이 아는 그 사람이 맞는지조차 의심스러웠다.

"정하균 너 설마……."

하성의 동공이 커지며 세찬 물결처럼 흔들렸다.

다 알고 있던 거야?

내가 한수현이랑 무슨 관계였는지, 1년 전 그날 무슨 일이 있었는지 설마 다 알고 있어?

"정하성."

회오리가 몰아치는 눈으로 점점 더 가까이 다가오는 하균을 보며 하성이 주춤 뒷걸음질을 쳤다.

이내 하균은 하성의 목덜미를 콱 움켜쥐고, 얼굴에 주먹을 꽂았다.

"커헉!!"

강한 힘에 단번에 밀쳐진 하성은 다시 바닥에 쓰러졌다. 하균은 다시 그를 일으켜 세우고, 또다시 거침없이 얼굴에 주먹을 날렸다.

넘어진 상태에서 피를 토해 낸 하성의 치아에 붉은 물이 고여 찐득하게 흘러내렸다.

"……사람이라면."

그의 눈자위에 드리워진 그림자는, 두 개의 얼굴을 가진 사이코에 대한 살의를 있는 힘껏 억누르고 있었다.

"그래서는 안 되는 거였잖아."

서늘한 미소가 피어오른 입가와 감정 없는 두 눈이 하성을 옭아맸다.

그의 눈동자 속에 더 이상 형제는 없었다. 한사람의 인생을 지독히 짓밟고, 또 짓밟은 한 마리의 짐승만이 남아 있을 뿐.

"아무것도 모른 채 1년이나 고통 속에 살았어. 죽어 가던 널 위해 아무것도 해 줄 수 있는 게 없어서, 그런 널 버리고 사라진 여자를 찾을 수가 없어서! 미쳐 버리는 줄 알았어."

쿵—!!

다시 하성의 멱살을 움켜쥐고 일으킨 하균은 그를 벽으로 확 밀어붙였다. 하성이 부딪친 곳곳의 물건들이 와르르 쏟아져 나뒹굴었다.

"형은 누워 있는데! 이 세상 어딘가에서 아무 일 없었다는 듯 살아가고 있을 그 여자가 괘씸해서, 가만두지 않으려고 했어. 사는 것 자체가 고통스럽게 만들어서! 형을 버린 걸 뼈저리게 후회하게 만들어 주겠단 생각 하나만으로!!"

"컥—!"

하균이 하성의 목덜미를 더욱 세게 움켜쥐어 숨통을 조였다. 하성이 그의 손을 떨쳐내려 사력을 다했지만, 하균의 힘을 이겨 낼 순 없었다.

"난 저 여자를 수없이 아프게 했는데……."

핏빛 어린 하균의 눈동자에 눈물이 고여 들었다.

어린 시절, 하성이 제게 손을 내밀었을 때부터.

다른 사람은 몰라도 형제만큼은 지켜 주겠다고 다짐했었다.

내가 가진 모든 걸 네게 내줘도 아깝지 않겠다고 생각했고, 네가 원했던 건 단 한 가지도 욕심내지 않으리라 마음먹었다.

"정하성 넌!!!"

그만큼.

소중했으니까.

"네가 나한테 어떤 사람이었는데……."

"쿨럭. 하균아…… 왜 이래."

하성이 피 떡이 된 얼굴로 가쁘게 숨을 몰아쉬며 겨우 일을 열었다. 선한 눈빛 속 은밀히 숨겨 둔 광기가 하균의 감정을 천천히 틀어쥐기 시작했다.

"……네가 무슨 오해를 하고 있는지도, 네가 무슨 소리를 하는지도…… 쿨럭, 모르겠어."

네 오해야.

넌 나한테 이러면 안 되잖아.

난 너의 하나밖에 없는 형제잖아.

너만큼은 날 믿어 줘야지.

무구한 얼굴로 탈을 바꿔 쓴 채, 자신을 바라보고 있는 하성을 보며.

하균은 조소를 터뜨렸다.

"연기 그만해, 정하성."

힘겹게 숨을 내쉬며 어깨를 들썩이고 있는 하성을, 그가 확―추켜세웠다.

"……한수현, 네가 죽이려 했잖아."

"……!"

"서지현도, 네가 죽였잖아."

하균의 말에, 횃불이 훅 꺼지듯 하성의 얼굴이 어두워졌다.

그때.

"……쿡."

분노로 일렁이는 하균의 눈을 바라보던 하성이, 실소를 터트렸다.

"쿡쿡……."

멱살을 붙잡힌 채로, 그는 반쯤 놓은 눈동자를 느릿하게 들어 올리며 입을 뗐다.

"……다 사랑해서 그랬던 거야."

하균아, 한수현은 내가 사랑하는 여자라고.

하성이 킬킬 대며 수현을 머릿속에 그렸다. 하균을 똑바로 바라보고, 또박또박 말했다.

"수현인 내 거야."

이내 순식간에 감춰뒀던 이빨이 드러나, 하균을 물어뜯을 듯이 그르렁 댔다.

"한수현은, 내 거라고."

"정하성!!!"

그가 입을 연 동시에 거침없이 주먹이 날아들고, 하성의 턱이 옆으로 홱 틀어졌다.

"커흑!"

"이게 무슨 짓이냐!!"

큰 소리가 나자 놀란 고용인의 보고에, 즉시 달려온 윤 회장이 경악을 금치 못하며 고함을 질렀다.

하성의 멱살을 쥐고 있는 하균의 모습과, 피로 물든 하성의 와

이셔츠가 들어오자 노인의 눈앞이 어지러워졌다.

"……."

이윽고 하균은 하성을 움켜쥐고 있던 손을 놓았다.

쿠웅―

온몸에 힘이 빠진 하성이 그대로 벽을 쓸고 무너져 바닥에 무릎을 박았다.

윤 회장이 오자, 다시 조악한 눈빛을 풀고 여린 숨을 몰아쉬고 있는 형을 내려다보며.

"너 같은 미친 새끼가 한수현 건드리게 안 돼."

그가 경고했다.

"내가, 그 여자 사랑하거든."

누가…… 누굴 사랑하고 있다고?

온몸의 신경이 끊어진 것처럼, 하성의 몸이 굳었다.

귓가가 멍멍하고, 세상의 모든 소리가 사라졌다.

하균에게 맞아 심하게 욱신거리는 통증은 이미 가신지 오래였다.

회사 집무실에서 수현을 만나고, 그다음 하균을 만났을 때 느꼈던 찝찝함. 뭔가 놓치고 있다는 생각이 들었던 이유를, 하성은 이제야 알아챘다.

두 눈을 감고 누워 있던 1년이란 시간 동안, 제가 모르는 일이 벌어졌던 것이다.

오로지 나만이 가질 수 있는,

오롯이 나만을 봐야하는 여자를.

정하균, 네가…… 사랑하고 있다고?

누군가 머리를 강하게 내리친 것 같은 얼얼함이 뼛속까지 퍼졌다. 이내 정수리 끝까지 분노가 차올라, 터지기 직전의 경계를 넘나들었다.

'네가 감히…… 내 걸 건드리겠다고?'

측은함으로 무장한 눈빛 뒤에서 하성의 이성은 미친 말처럼 날 뛰었다. 바닥을 짚은 손가락이 미세하게 떨렸다.

"네놈이 미쳤구나."

윤 회장이 눈을 치켜뜨고 하균을 쏘아봤다.

이미 몇 번을 찢겨 너덜너덜해진 하균의 가슴은 보이지 않았다. 노인은 하균을 지나쳐 하성에게로 달려갔다. 그녀는 하성의 얼굴을 차마 만지지도 못한 채, 손을 벌벌 떨었다.

"네가 어떻게…… 어떻게, 이제 막 깨어난 형을 이렇게 만들어!!"

가쁜 숨을 내쉬며 호흡을 고르는 손자를 보는 낯빛이 사색으로 물들었다. 노인은 다시 뒤돌아, 우두커니 서 있던 하균에게 소리쳤다.

"대체 이게 무슨 일이냐고 물었다!"

"각오하시는 게 좋을 겁니다."

하균의 입가에 쓴 미소가 번졌다.

"앞으로는, 지금보다 몇 배는 더 가슴이 찢어지실 테니까."

그는 손등의 상처가 벌어져 피가 뚝뚝 떨어지는 손을 말아 쥐고, 하성의 방을 걸어 나갔다.

헤드라이트를 비추며, 연주의 차가 본가로 들어오고 있었다.
'도련님?'
연주는 제 옆으로 스쳐 지나가는 하균의 차를 보고, 저도 모르게 브레이크를 밟았다.
룸미러를 통해 멀어져 가는 하균의 차를 눈으로 좇던 그녀는 유라가 제게 했던 말을 상기했다.

"두 사람, 보통 사이가 아닌 것 같았어요."

그게 말이 되는 소리인가? 정하균과 한수현은 결코 이루어질 수 없었다.
수현은 하성이 사고를 당하게 된 원인이자, 사고 이후 종적을 감추기까지 한 원망의 대상이었다. 당시 중요한 건 그 여자가 아니라 하성이었기에 망정이지, 모두들 그녀를 괘씸히 여기긴 했었다.
연주도 '그런 척'을 했지만, 그녀는 일찍이 이번 사고가 하성의 쓸데없는 집착이 불러일으킨 일이라는 걸 짐작했다.
정하성은 절대로 선의의 행동이랍시고, 본인과 관계 없는 사람을 구할 위인이 아니었으니까.

자신 외에 유일하게 그 진실을 알고 있는 수현의 존재는 타인에게 잊히길 바랐다.

그러나 가장 큰 상처를 크게 입었던 사람은 하성에 대한 우애가 남달랐던 동생이었다.

다른 이들이 수현을 잊었든 말든, 그는 오로지 그 괘씸한 여자를 찾는 데 혈안이 되어 있었다. 그래서 더더욱 위험했다.

유독 수현을 악착같이 찾아내려 해서, 그녀의 자취를 숨기는 데 꽤 많은 공을 들였다.

생명의 은인이나 다름없는 형을 두고, 사고 이튿날 소리 없이 사라진 여자가 궁금했으리라는 건 안다. 그러나 한수현을 계속해서 파고들게 둘 수는 없었다.

정하성이 어떤 비밀을 숨기고 사는 지 알아채기라도 했다간, 형을 위해 그림자 속에서 한 발자국도 나오지 않으려 하는 착하디착한 마음이 움직이기라도 할까 봐.

그런데 도련님은 저도 모르는 사이 한수현을 찾아냈다.

한수현은 기억을 잃었을 테니 아무것도 모른다고 치고, 그녀에 대한 원망과 그날 그렇게 사라진 이유에 대한 갈증이 있다면.

두 사람이 '보통 사이' 이상을 넘는 일은 없을 것이다.

일단 눈으로 확인해 보고 믿을지 말지 결정한다고는 했지만,

정말 만에 하나 한유라의 말이 사실이라면, 도련님이 한수현의 행방을 알지도 모른다는 건데…….

연주는 조용히 그를 떠봐야겠다고 생각했다.

"당장 병원에 가야겠다."

윤 회장이 하성이 일어나는 것을 도우며 말했다.

"여태 병원에 있었는데 또 가고 싶진 않아요. 대신…… 최 박
사님을 불러 주세요, 회장님."

하성은 천천히 고개를 저었다.

"몸도 성치 않은 형을 어떻게 이렇게 만들어! 내 이놈을 당장
폭행죄로……."

당장 변호사에게 전화를 넣도록 지시하려던 윤 회장의 팔을,
하성이 힘겹게 잡았다.

그는 다시금 고개를 가로저으며, 애써 미소를 지어 보였다.

"하균이가 저한테 단단히 오해를 한 부분이 있는 모양예요.
전 괜찮습니다. 서로 먹을 만큼 먹었어도, 형제끼리 치고받고 싸
울 때도 있는 거죠."

다른 사람은 경계해도, 제 형에게 만큼은 늘 너그러웠던 하균
이었다. 그런 녀석이 하성에게 실망한 구석이 있다고 주먹을 꺼
냈다니.

"대체 어떤 오해길래 널 이 지경으로 만든단 말이냐!"

윤 회장은 보고도 믿기지 않았다.

분명히 하균은 '그 여자'를 사랑한다 말했다.

그 냉혈한 같은 놈의 입에서 누군가를 사랑한다는 말이 나왔
다는 게 놀랄 일이긴 하지만, 하균이 말하는 오해는 그 여자와

관련된 것이리라.

"그게⋯⋯."

하성은 조금 힘겨운 얼굴로 뜸을 들였다.

"회장님께서 실망하시리라는 걸 잘 알지만⋯⋯ 아주 잠깐, 한 여자한테 흔들린 적이 있었습니다."

윤 회장은 흠칫 놀라긴 했으나, 우선 가만히 들었다.

"그런데 제가 그 여자를 건드렸다고 생각해요."

하성은 삼켜지지 않는 침을 악독하게 삼켜냈다.

제 입으로 수현을 하균이 사랑하는 여자라고 가리키는 게 역겨웠지만, 하는 수 없었다.

정하균을 완벽히 윤 회장의 눈 밖에 나게 해, 본래 있던 자리인 영국으로 처박아 넣으려면.

"전 하균이가 그 여자를 사랑하고 있던 줄도 몰랐고, 그 여자에게 흔들렸던 건 정말 잠깐 뿐이었습니다. 어떤 부분에서 오해를 한 건지는 저도 모르겠지만, 절대 그 여자를 건드린 적은 없어요."

상황을 들은 윤 회장의 눈자위가 어두워졌다.

"⋯⋯됐다. 자세히 들을 것도 없어."

한 여자를 보고 혹한 것까진 유부남인 하성에게 실망할 수 있는 부분이 맞았지만, 하성이 어떤 아이인데 누가 누굴 건드렸단 말인가.

유일한 형제랍시고, 형을 믿고 따르는 것처럼 지내더니. 어디

감히, 하성을 그렇게 하찮고 더러운 놈 취급을 해?

여태껏 그가 어떤 사람이었는지, 하성을 잘 아는 사람이라면 누가 봐도 얼토당토 않은 오해였다.

그런 말도 안 되는 오해로, 고된 재활치료를 통해 이제 막 움직이기 시작한 형을 이리 만들었다는 게 기가 찰 따름이었다.

"회장님, 저 왔습……."

백화점에서 돌아와 하성의 방으로 올라온 연주가 놀란 눈으로 하성에게 시선을 고정했다.

"당신……."

"하균이 놈 짓이야. 일단 난 최 박사 부르마."

윤 회장은 이러고 있을 때가 아니라는 듯, 연주를 보고는 곧바로 방을 나섰다.

회장이 나가고 방 안에 둘만 남자, 우선 문을 굳게 닫은 후 연주는 바뀐 눈빛으로 물었다.

"뭐야, 이 꼴이?"

"들었잖아. 하균이 놈 작품이야."

하성이 입술에서 핏물을 닦아 내며 비릿하게 웃었다.

"뭐라고?"

도련님이…… 이렇게 만들었다고?

연주는 미간을 한껏 좁히며 반문했다.

그녀 또한 하균이 하성에게 절대 이럴 리 없다는 것을 알고 있었다.

"그 녀석, 다 알고 있었어."

스산한 음성이 연주의 귀 뒤를 저릿하게 했다.

"그게 무슨 뜻이야."

"정하균이, 모든 걸 알고 있다고."

*　　　*　　　*

수현을 병실에 혼자 두는 건 아무래도 불안했다.

하균은 하성을 만나고 돌아오자마자, 수현이 내밀히 지내고 있던 공간에 그녀를 데려왔다.

같은 병원에 입원한 유한에게도 들렀지만, 잠들어 있어 괜찮은지 얼굴만 보고 돌아섰다.

그녀의 옆에 몸을 앉혀, 말없이 그녀를 바라봤다.

눈을 감으면 또다시 사라질까 봐 겁이 난다.

잠깐 고개를 돌린 사이에, 찾을 수 없는 곳에 갇혀 있을 까 봐 한시도 눈을 뗄 수가 없다.

듬성듬성 상처가 난 손등이 수현의 손을 감싸 쥐었다.

그러자, 작은 움직임이 그의 손가락 사이사이에 제 손가락을 끼워 넣었다.

하균이 고개를 들었다.

눈을 뜨고, 자신을 바라보고 있는 수현의 얼굴.

저 눈동자를 다시 보지 못했다면.

생각만 해도 가슴에 구멍이 뻥 뚫리고, 심장을 저민다.

그가 천천히 몸을 숙여, 그녀의 입술 위에 제 입술을 포갰다. 입술의 온기가 불안하게 뛰고 있는 심장까지 따뜻이 스며들었다.

촉촉함이 그의 뺨에 느껴졌다.

"고마워요. 날 찾아줘서."

목이 메는 목소리에 가슴이 저릿하게 건드렸다.

그런 말하지 마. 하균은 더욱 깊게 그녀의 입술을 머금고, 수현이 제 곁에 있다는 안도감을 느꼈다.

부드러운 감촉이 서서히 떼어지고, 수현은 감았던 눈을 떴다.

그러다, 함께 위험에 처했었던 유한이 떠오른 그녀는 곧바로 그에 대해 물었다.

"유한 씨는 어떻게 됐어요? 괜찮은 거예요?"

정신을 잃어갈 때, 유한이 쓰러져 있는 게 보였다.

"병원에 있기는 하지만 다행히 크게 다치지는 않았어."

"나 때문이에요. 나 때문에 유한 씨까지……."

"정하성이 벌인 짓이야. 넌 잘못 없어."

"그 사람은 깨어나지 말았어야 했어요."

눈물 고인 눈동자에 힘이 들어갔다. 수현은 하균의 팔뚝을 붙잡고 떨리는 목소리로 말했다.

"내 휴대폰은 잃어버렸지만, 유한 씨한테 그 사람과의 대화 파일이 있어요. 지금 그걸 서둘러 터트려야 할 것 같아요. 처음에 계획했던 대로."

그의 이미지가 단번에 무너지면서, 경찰 조사도 받게 될 것이다. 그 과정에서 그의 추악한 죄를 수면 위에서 끌어올릴 수 있었다.

"……그렇게 되면."

몸에 힘이 없어 움직임이 더디지만, 수현은 상체를 일으켰다.

그리고 늘 제 앞에서 여유롭게 웃고 있던 하성을 기억하며, 싸늘히 덧붙였다.

"1년 전처럼 돈과 힘으로 막긴 어려울 거예요."

"그래. 그 파일 뿐만 아니라, 정하성을 잡아넣을 또 다른 증거도 찾고 있어."

이윽고 하균은 약속했다.

"내가 정하성의 죗값, 전부 치르게 할 거야."

그는 그녀를 품 안에 넣으며, 그녀의 머리 위에 턱을 대고 나직이 말했다.

"……그러니까, 조금만 견뎌 줘."

수현은 그에게 얼굴을 묻고 고개를 끄덕였다.

조금만, 조금만 더 버티면 되리라. 그의 옆에서, 아주 조금만 더 견디면 돼.

그의 체향과 심장박동에 차차 안정을 느껴가던 중, 피가 묻은 채 엉망이 된 그의 손을 발견을 한 그녀는 놀란 눈으로 물었다.

"당신 손……."

"별거 아냐."

"아까 나 때문에 다친 거죠?"

"부러지진 않았으니까 걱정할 것 없어."

하균이 엷게 웃으며 비교적 괜찮은 왼손으로 상처가 덧난 오른손을 감쌌다.

"너 안 다쳤으면 된 거지."

이내 그는 자리에서 일어나려 했다.

"뭐라도 좀 먹을래?"

"구급상자. 여기 어디 있죠. 찾아봐야겠어요."

병원에 있었기 때문에 수현의 손목은 이미 치료가 된 상태였다. 하지만 이제 보니 하균도 그녀 못지않은 치료가 필요했다.

"넌 그냥 여기서 쉬어."

하균은 괜찮다는 듯 그녀의 양어깨를 붙잡았다.

"……"

심장은 지금이 어떤 상황인지 모르는 걸까. 어쩌면 알고도 모른 척, 이 시간 속에서 영원히 머물고 싶은 걸까.

가까이서 바라보는 그의 얼굴에 심장이 쿵쾅쿵쾅 뛴다. 이렇게 오랫동안 그의 눈을 들여다보고 싶다.

이런 그의 손이 다쳐 있는 걸 보니. 더욱 가슴이 아프다.

"나도 누가 내 앞에서 다친 모습, 보고 싶지 않아요."

다행히 집 안에 구급상자가 비치돼 있었다.

소파에 앉아, 하균은 제 손을 잡고 치료를 해 주고 있는 그녀를 물끄러미 바라봤다. 아까 전 수현이 했던 말 때문에 그녀의 손을 치료해 줬던 일이 생각난다.

그땐…… 비수가 될 말만 골라 했었는데.

"병원에 가서 제대로 치료받아요. 난 약만 바르는 정도니까."

"나도 약만 바르면 되는 정도였어."

"제발요."

결국 하균은 알았다는 듯 살짝 고개를 끄덕였다.

"그래."

문득 그의 발밑에 뭔가가 다가와 그를 툭 건드렸다.

흰 강아지가 새카만 눈동자로 그를 바라보며 꼬리를 흔들었다. 저도 봐달라는 듯이.

하균은 강아지를 들어 올려, 품에 안았다. 이젠 조금은 익숙해진 손길로 조그만 생명을 쓰다듬었다.

"한수현. 너 근무태만이었다고 다니엘한테 다 말할 거야."

하균은 강아지를 안은 채 미소를 지었다.

수현과 함께 데려와, 그녀 대신 줄곧 그가 돌보고 있었다.

적당한 케어만 해 주면 혼자 노는데 익숙한 녀석이었지만, 여러모로 외로울 때가 많은 불쌍한 녀석이기도 했다.

다니엘이 애정을 주고 아끼긴 해도, 대외활동이 많은 디자이너로서 처음부터 혼자 둘 수밖에 없는 상황이 많았으니까.

혼자 집 안에 있어도 최대한 덜 외로울 수 있도록 환경도 조성해 주고, 훈련도 해 뒀다지만 그럴 거면 차라리 키우지 말라고 한 적도 있었다.

"나 대신 돌봐줘서 고마워요."

비록 힘든 사정이 있었어도, 일은 일이었고 그동안 강아지를 제대로 신경 써 주지 못해, 수현은 미안한 마음뿐이었다. 후에 다니엘에게 사죄를 해야 하는 것도 분명했다.

하균은 붕대가 감긴 손으로 강아지를 한 번 더 쓰다듬었다.

"네가 이 녀석을 맡게 된 거. 내 탓도 있잖아."

며칠 동안이나 사경을 헤매는 수현의 옆을 지키면서, 이 강아지와 둘이 남겨지는 시간이 많았다.

절대로 이 강아지를 제 손으로 돌볼 일은 없을 거라고 생각했지만…… 이곳에 오면 달려 나오고 온순하게 잘 따르는 녀석이 어느 순간부터는 싫지 않았다.

처음부터, 삼촌이 이 강아지를 아끼며 키우길 고집하는 이유를 알고 있었다.

하균이라는 이름을 부르지 않으면 오지 않는 것도, 어머니가 생전 이 강아지를 그렇게 불러왔기 때문이겠지.

그래서 더욱 싫어했다.

어린 아들을 억지로 떼어 놓고 돌아선 어머니가 자꾸 떠오르니까. 저깟 강아지를 기르며 버린 아들을 그리워했다는 변명 따위 생각하고 싶지조차 않았으니까.

그러나 까다롭다는 이 녀석이 수현을 선택한 걸, 이제 더 이상 미워할 수 없었다.

"다시 제대로 돌봐 주려면 기운부터 차려야 되니까, 뭐라도 먹자."

이내 하균은 불현듯 빠진 상념에서 제 자신을 끌어내고, 강아지를 내려놓았다.

수현은 그를 물끄러미 바라보다, 자리를 뜨려는 그의 손을 붙잡았다. 지친 기색과 피곤함이 가득한 눈에 또 한 번 가슴이 아프다.

수현은 가만히 밀려든 저릿함을 삼켰다.

당장 밥을 먹는 것보다, 그동안 자신만큼이나 아파하고, 힘들었을 그에겐 휴식이 필요해 보이고 있었다.

"여기."

이윽고 그녀의 반대쪽 손이 어딘가를 가리켰다. 그녀가 가리킨 방향으로 시선을 옮긴 하균의 눈에 의아함이 비쳤다.

수현은 슬픔을 감추고 빙그레 미소를 지었다.

함께 있는 지금 이 시간만큼은, 이제 내가 당신이 잠든 모습을 지켜봐주고 싶다.

"여기, 내 무릎에 누워도 돼요."

수현의 말에, 하균의 눈이 커졌다.

이윽고 작게 웃는 하균의 눈이 가만히 휘어졌다.

수현의 눈동자가 살짝 흔들렸다.

전에는 한 번도 본 적이 없는 그런 미소였다. 어쩌면 그가 웃는 모습을 처음 본 것일지도 모른다. 그도 이렇게 심장을 두근거리게 하는 미소를 지을 수 있는 사람이었구나.

"한수현."

기분 좋게 긁히는 음성이 그녀의 주의를 되돌렸다. 수현은 전보다 조금 커진 눈으로 그를 올려다봤다.

"마음은 고마운데."

하균이 상체를 숙여 그녀의 코끝 가까이 눈을 가져갔다. 이내 살짝 터진 상처가 있는 마른 입술이, 은근하게 말려 올라갔다.

"그거 꽤 위험한 제안이야."

수현은 살짝 갸웃했다.

뭐가 위험하다는 거지?

의아한 얼굴을 하고 있는 그녀를 바라보며, 하균은 스치듯 했던 상상을 떠올렸다.

눈을 감았다 뜨면, 바로 앞에 맑은 눈동자가 보이고.

꿈을 꾸고 있는 것은 아닐까? 습관처럼 그녀의 존재를 확인이라도 하듯, 손을 뻗어 그녀의 뺨에 얹어볼 것이고……

누운 채 가만히 눈을 마주치면, 그녀의 미소 띤 입술에 입을 맞추고 싶은 충동도 들 것이다.

어깨를, 심장을 짓누르는 모든 진실과 비밀을 이대로 잊고 그녀의 품에 녹아들고 싶을 것이다.

"네 무릎 위에 가만히 누워 있기만 할 생각은 없거든."

그 의미심장한 말을 이해할 틈도 없이, 그가 소파 빈 공간으로 그녀를 무너뜨렸다.

"……!"

수현이 그와 눈을 마주쳤다.

정신을 차려보니 그가 위에 있고, 두근거리던 심장은 터질 듯이 뛴다.

위에서 수현을 바라보는 그의 눈에 미열이 오르며 일렁였다. 그녀의 흔들리는 눈 아래 촉촉이 젖어 있는 선홍빛 입술. 흐트러진 머리카락 사이로 희고 가는 목선이 그의 심장을 쥐락펴락했다.

하균은 고개를 비스듬히 기울여 천천히 그녀에게 다가갔다. 그의 입술이 도톰히 솟은 붉은 과실에 닿자마자, 뜨거운 숨을 밀어 넣었다.

잊는다고 영원한 도피를 할 수는 없다. 조금 더 냉정하게 마음을 다잡고, 그녀의 품에서 쉬는 것도, 그녀를 안는 것도 참아내야 했다. 수현이 온전히 편안해지고, 아픈 기억 속에서 자유로워질 때까지.

그러나 지금은.

수현의 바람처럼, 하균도 그녀와 함께 있는 시간 속에 머물고 싶었다. 아주 잠시뿐이라도, 이대로 얼어붙은 것처럼. 세상에 둘만 남겨진 것처럼.

부서질 듯 고단했던 그에겐 이 정도의 휴식이면 충분했다.

*   *   *

"도련님이 어떻게 알게 됐다는 거야?"

연주의 입술 끝이 가늘게 떨렸다.

다른 사람은 몰라도 하균에게만큼은 숨겨야할 진실이었다. 그걸, 도련님이 이미 알고 있었다고?

"한수현, 기억을 잃었다고 하지 않았나? 멀쩡히 날 알아보고, 협박까지 하던데."

하성이 연주의 착각을 조롱하듯, 조소를 지어 보였다.

늘 매사에 철저한 연주가 당황하는 모습을 보는 게 꽤나 재미있었다.

"그럴 리가 없어."

분명 아무것도 기억하지 못한다고 했는데.

1년 전 수현이 기억을 잃었다는 건 그녀도 확실히 알고 있던 사실이었다. 하지만 기억을 찾았고, 도련님에게 그날에 대해 입을 열기라도 한 거라면.

'설마…… 한유라 그게 나한테 거짓말을 한 거였어?'

연주가 입술을 꽉 깨물며, 바들바들 떨었다.

"그럼."

이내 그녀는 차갑게 식은 눈동자로 하성을 바라보며 물었다.

"……한수현이, 도련님한테 다 말한 거야?"

"그래."

"도련님이 쉽게 믿었을 리가 없을 텐데."

"그 말을, 사랑하는 사람이 해 줬다면 얘기가 다르겠지."

"뭐라고……?"

한유라가 수현의 기억에 대해선 거짓말을 했다고 하더라도, 한 가지 말은 사실이었다.

"두 사람, 보통 사이가 아닌 것 같았어요."

말도 안 돼.

정말, 두 사람이 서로 사랑하기라도 한다는 거야……?

듣고도 믿을 수가 없어서 이리저리 눈동자를 움직이던 연주는, 곧 기가 차 웃음을 터트리고 말았다.

그럼 이제껏 한수현의 위치를 숨겨 줬던 게 도련님이었다?

이제야 그동안 풀리지 않았던 의문에 관한 모든 아귀가 들어맞는다.

'그랬단 말이지…….'

주먹을 말아 쥔 연주의 손끝이 하얗게 물들었다.

'그동안 내가 정하성을 위해 어떻게 했는데.'

갖은 애를 써 겨우 그를 후계자 자리에 올려놓았고, 변수가 없는 한 몇 년 후면 가온이 제 손 안에 들어올 수 있었다.

그런데 이제 와서. 하성에 대한 하균의 마음이 바뀌기라도 한다면……

이윽고 그녀는 마른침을 꿀꺽 삼켰다.

'절대 그렇게 둘 순 없어.'

연주가 홱 하성을 노려보았다.

"어떻게든 도련님 문제 수습해."

"……."

"……그렇지 않으면."

가늘게 뻗은 눈이 그에게 조용히 경고했다.

"우리 둘 다 죽는 거야."

*　　*　　*

하균은 날이 밝자마자, 유한을 찾았다.

천만다행히 뇌출혈이나 뇌손상은 없다고 들은 후였지만 하균의 마음은 착잡했다.

하성 때문에 곁에 있는 사람들이 모두 다치고 있었다.

"괜찮은 거야?"

"난 괜찮아. 그보다 수현 씨는 무사한 거야?"

유한은 불안한 얼굴로 물었다. 의식을 잃었다가 눈을 떠보니 병원이었다. 꼬박 하루를 잠들어 있었다고 했다.

눈을 뜬 지 얼마 되지 않아서 하균이 병원에 왔다. 그렇잖아도 수현이 어찌 됐는지 묻기 위해 바로 전화를 하려던 참이었다.

"괜찮아."

하균의 대답에, 유한은 그제야 한시름 놓았다.

"네 형 짓, 맞는 거지."

"그래."

"수현 씨, 어떻게 찾은 거야."

가까스로 그녀의 위험을 알리긴 했지만, 그다음은 하균에게 맡기는 수밖엔 없었다.

"정하성 짓이라는 거. 나도 짐작했으니까. 정하성 위치를 추적했는데…… 나도 모르는 새에 지어놓은 별장이 있더군."

"두 사람 다 거기 있던 거야?"

"아니, 정하성은 없었어. 다시 오겠다면서 사람 몇 세워 두고 나갔다는데…… 윤 회장 눈 때문에 본가로 돌아갔던 거겠지."

"본가로 돌아갔다고?"

수현을 감금해 두고, 저는 유유히 본가로 돌아갔다.

아무리 하균의 형이라 한들, 유한도 하성의 그 추악한 이중성에 치를 떨 수밖에 없었다.

불현듯 유한의 눈에 붕대가 감긴 하균의 손이 들어왔다.

어쩌다 그렇게 된 거냐 물으려던 그는, 곧 저 붕대 속 상처가 의미가 하는 바가 무엇인지 짐작했다.

"너도 본가로 찾아갔던 거군."

누구든 이성을 잃지 않을 수 없는 상황이었다.

사랑하는 여자를 죽음으로 내몰았던 것도 모자라, 또다시 그 더러운 짓을 시작하려는 놈을 갈기갈기 찢어놔도 부족했을 것이다.

두 사람의 대치를 직접 보지 않았어도, 유한은 알 수 있었다.
그가 가슴을 찢고 그 안에서 하성을 비워냈다는 것을.

늘 지켜 주고 싶다던 형을 멍들게 하는 건, 하균에게 있어 스
스로 심장에 못을 박는 일이었다. 하성의 얼굴에 주먹을 꽂을 때
마다, 평생이 지나도 뽑을 수 없는 대못이 박혔을 것이다.

"이제 정하성도 내가 진실을 알고 있단 걸 알아. 이대로 가만
히 지켜보지만은 않을 거야."

"회장님이나 강 사장님은 네가 본가에 찾아간 이유를 알고 있
는 건가?"

"곧 알게 되겠지. 어쩌면 강 사장은 이미 알고 있는지도 모르
겠고."

"네가 정하성을 건드린 걸 본 이상 회장님이 가만히 계시진 않
을 텐데."

"가만히 계실 수밖에 없을 거야. 정하성이 이미 아주 잘 둘러
댔을 거거든."

마치 변검술을 하듯 윤 회장이 오자마자 표정을 바꾼 하성의
얼굴은 눈앞에서 보고도 믿지 못할 정도였다.

그런 놈이, 무슨 이유로 동생이 본인을 그렇게 만들었는지 곧
이곧대로 입을 열리가 없었다. 거기다 착한 형 노릇을 위해 노발
대발하는 윤 회장을 만류했겠지.

"일단 정하성 녹음파일. 너한테 있다고 들었어. 지금 그게 필

요해."

"아…… 그래. 여기."

하균의 말에 유한은 병실 침대 옆에 놔둔 휴대폰을 건네주었다. 곧바로 녹음파일을 전송하고, 하균은 다시 유한의 옆에 휴대폰을 내려놨다.

"앞으로 어떻게 할 생각인 거야. 안영모는 아직 묵묵부답이야?"

유한이 잊고 있었다는 듯 안영모의 움직임에 대해 물었다.

"아직까진. 하지만 곧 입을 열거다. 내가 이걸 터트리면, 정하성은 서지현의 일까지 들춰지기 전에 안영모를 한 번 더 처리하려 들 테니까. 그걸 안영모도 모르진 않을 거야."

유한은 수긍의 표시로 고개를 끄덕이다, 깜박했다는 듯 말했다.

"아. 그리고 수현 씨 휴대폰 말이야. 그 자리에 떨어져 있는 걸 봤는데…… 내 소지품엔 없었대."

*　　*　　*

하균이 수현을 데려갔다고 했으니, 한수현은 지금 하균의 보호 아래 있다는 건데.

얼굴 곳곳에 거즈와 반창고를 붙인 하성은 비서가 챙겨온 수현의 휴대폰을 거세게 움켜쥐었다.

이 안에 있는 녹음파일은 이미 지웠긴 했지만, 이미 누군가에게 보낸 기록이 존재했다.

상대는 최유한. 알아보니 하균의 수행 비서였다. 수현은 회사 밖으로 나오면서 최유한의 차를 탔다고 했다.

하균의 지시 없이 전담 수행 비서가 움직일 리 없었다.

즉. 수현이 자신을 만나기 전부터, 하균이 이미 모든 사실을 알고 있었다는 게 증명되는 셈이었다.

수현의 휴대폰만 회수하면 될 줄 알았더니 그새 다른 놈한테 보냈을 줄이야.

수현 때문에 운전석에 있던 최유한도 처리할 수밖에 없었다고 들었는데…… 지금쯤 병원에 있을 그놈의 휴대폰을 찾아야하는 건가.

만에 하나 녹음파일이 벌써 하균의 손에 넘어갔을 지도 모를 일이지만, 그건 그 휴대폰을 찾아야만 알 수 있었다.

하성은 줄곧 제 대답을 기다리고 있는 강 비서에게 그제야 나직이 입을 열었다.

"최유한 병실에 가 봐. 휴대폰 찾아서 파일이 있으면 지우고 다른 사람한테 전송한 게 있는지 확인해."

"예 알겠습니다."

아직 하균 쪽의 움직임은 없었다. 한바탕 피바람을 만들고 사라지더니, 아직까지 별다른 이슈가 없는 건 이상했다.

한수현을 사랑한다더니, 형제와 사랑 사이에서 갈등이라도 하는 건가?

문득 든 재미난 생각에, 하성은 홀로 비소를 흘렸다.

"안영모 쪽은 어떻게 됐어."

"모두 안영모에게 개인적 원한이 있었다고 자백하도록 시켰으니, 경찰 쪽에서 더 이상 캐낼 일은 없을 겁니다. 안영모도 아직까진 입을 다물고 있긴 합니다만…… 일이 한 번 실패한 터라 확실히 처리하지 않으면 위험할 것 같습니다."

강 비서의 의견에는 하성도 동의하는 바였다. 뭐든 한 번에 확실히 처리해야 했는데, 안영모를 처리하려던 사실을 그날 하균이 눈치챘던 게 분명했다.

그건 곧 안영모가 어떤 존재인지 알고 있다는 뜻도 되는 건데.

"서지현도, 네가 죽였잖아."

하균은 지현에 대해서도 알고 있었다.

그러나 지현과 관련한 모든 증거는 이미 2년 전 없애버렸고, 깔끔하게 자살로 종결시켜 털어도 나올 먼지는 없었다.

경찰 윗대가리 놈들은 감히 가온그룹을 건드릴 생각조차 하지 않았다. 잃을 게 많아 더더욱 입을 열지 않겠지만…… 문제는 부검결과를 직접 조작한 안영모였다.

2년 전 지현의 사건이 끝나고 안영모의 행동을 꽤 오랫동안 주시하게 했다.

지시했던 대로 미국에서 조용히 살고 있길래 더 이상 신경 쓰지 않았건만.

한국에 들어와 하균을 만났을 줄이야.

입국 이유가 여동생의 결혼식 때문이었다면, 하균이 지현에 대해 뭔가 냄새를 맡고 그를 기다리고 있었다는 걸로 밖에는 해석되지 않았다.

위험하다. 안영모가 고양이를 물겠다는 생각을 가지기라도 하면.

"안영모. 이번엔 확실히 처리해. 자살이나 사고로 만들어."

"예."

똑똑.

노크 소리에 하성이 문 쪽을 바라봤다.

"네."

대답을 하면서, 하성은 강 비서에게 그만 나가보라는 듯이 눈짓했다.

강 비서는 하성에게 한 번, 곧 들어온 윤 회장에게 한 번 꾸벅 인사하고는 걸어 나갔다.

"몸은 좀 어떠냐."

윤 회장이 걱정스러운 얼굴로 그를 살폈다.

"전 괜찮습니다."

"하균이 때문에 애써 괜찮다고 하는 것 다 안다. 이제 너도 깨어났으니, 그 제멋대로인 놈. 서둘러 보내야겠어."

"그 녀석이 오해할 만한 상황을 만든 제 잘못입니다. 한국에서 지낸 지 얼마 되지도 않았을 텐데 너무 조급히 보내려 하진 마세요."

"속없는 놈. 너도 알다시피 난 너를 아끼는 만큼이나 회사도 아낀다. 아무리 하균이보다 널 믿는다고 해도, 그 녀석의 능력을 무시하진 못한다는 뜻이야."

여전히 회사와 사업에 있어서만큼은 늘 무서우리만큼 냉철한 윤 회장이었다.

그 닿을 수 없는 눈높이에 걸맞은 사람이 되기 위해 평생을 죽을 만큼 노력했다는 걸, 당신은 알까?

하성은 속으로 쓴웃음을 지었다.

"잘 알고 있습니다."

"어쨌든 네가 깨어난 것도 축하할 겸, 그룹 송년회를 앞당길 생각이다. 그때 네 위치와 자리를 확고히 다지도록 해. 어차피 하균인 네가 깨어날 때까지만 널 대신하도록 했던 거니까."

"예, 회장님."

"그래. 쉬어라."

윤 회장이 나가고, 하성은 입안을 꽉 물었다.

그 녀석의 능력을 무시하진 못한다. 어느새 하균의 경영 자질을 인정하고 있는 것과 같은 윤 회장의 말은, 하성의 심기를 제대로 긁고 있었다.

그러나 하성은 천천히 숨을 들이마셨다 내쉬며, 스스로를 진정시켰다.

정하균.

네가 어떻게 날뛰든, 네가 할 수 있는 일은 아무것도 없어. 어떻게든 난 빠져나갈 거고, 넌 이제 한국을 떠나야 할 테니까.

그리고 한수현도.

내 손으로 되찾을 거야.

＊　　　＊　　　＊

한수현이 기억을 찾아서 협박을 하든 혼자 발버둥을 치든, 또다시 막으면 그만이었지만 하균의 문제는 달랐다.

어떻게든 하균이 입을 다물도록 만드는 게 급선무다.

연주는 백화점에 출근 후 내내 업무에 집중하지 못하고 서성였다.

삑—

그때, 불현듯 켜진 인터폰에 연주의 신경이 곤두섰다.

"뭐야?"

["사장님. 가온전자 정하균 대표이사님께서 오셨습니다."]

"도련님……?"

"오랜만입니다, 형수님."

열린 문 사이로 걸음을 우뚝 멈춰 선 하균의 서늘한 눈동자가, 그녀에게 정중한 인사를 건넸다.

"네, 도련님. ……연락도 없이 아침부터 무슨 일이세요?"

연주는 조금 일그러져 있던 얼굴을 펴고, 입가에 미소를 띠며 물었다.

"많이 급하신 일이 아니면 잠깐 시간 좀 내주시겠습니까."

"무슨 일이시길래 도련님께서 백화점까지 찾아오셨는지 궁금하네요."

연주는 커피 잔을 내려놓으며, 싱긋 웃어 보였다.

말끝에는 보이지 않는 긴장감이 묻어 있었다.

하균은 사적인 일로 여기까지 찾아오는 사람이 아니었다. 거기다 담소나 나누자고 찾아왔을 리도 없다.

역시…… 어제 일 때문인가?

모든 걸 알고 있다면, 설마 내가 정하성의 뒤에 있었다는 것도…….

"그동안 절 잘도 속이셨더군요."

무겁게 가라앉은 음성이 그녀를 멈칫하게 했다. 연주는 고개를 살짝 들어 하균과 눈을 마주쳤다.

"무슨…… 뜻이시죠?"

무슨 추궁을 해오더라도, 절대로 동요하지 않는 게 첫 번째다. 연주는 가만히 되뇌며, 최대한 여유롭게 하균을 바라봤다.

그녀의 의도대로 하균이 들여다보는 연주의 눈동자에 동요는 없었다.

늘상 웃는 얼굴에 누구에게나 상냥했던 형수는 생각했던 것보다 훨씬 더 무서운 여자였다.

"1년 전 형의 사고가 있던 날. 형은 사고 현장 근처에서 유화그룹 회장과 저녁 식사 약속이 있다고 했었죠."

"네. 제가 그 사람과 통화까지 했다고 말씀드렸던 것 같은데요?"

"형수님이 거짓말을 하시리라곤 생각하지 못해서, 유화그룹 회장님께는 따로 확인을 하지 않았었는데. 형은 그날 그분과 식사를 하지 않았더군요."

연주가 입을 굳게 다물었다.

"그날 저녁 8시 25분 경, 형수님께서 형과 통화한 기록은 없었습니다. 왜냐하면 그 시각 정하성은 한수현을 뒤쫓느라 바빴을 테니까."

"전 지금 도련님이 무슨 말씀을 하고 싶으신 건지 모르겠네요."

"이해가 가지 않으신다면, 제대로 다시 말해드리죠. 형수님이 형과 통화했던 시각은 저녁 8시 25분. 사고 발생 시각은 8시 30분. 그 5분 사이의 일에 대해 알아내느라, 그동안 무던히 노력했었습니다. 알고 보니 한수현과 정하성 두 사람은, 그 5분 사이에 우연히 만났던 게 아니라."

하균과 눈을 마주하고 있던 연주가 침을 꼴깍 삼켰다.

"처음부터 함께 있었던 겁니다."

"······."

연주의 얼굴이 느릿하게 구겨졌다. 생기를 띠고 있던 눈동자가 탁해지면서, 이내 차갑게 식은 시선이 하균을 재미있다는 듯 응시했다.

"그래서, 제게 하고 싶은 말씀이 뭔지 여쭌 것 같은데요?"

그녀의 본색을 마주한 하균이 입매를 비틀었다.

가온그룹 못지않은 영향력 있는 집안, 학벌, 외모 뭐하나 빠지는 구석이 없는 완벽한 그녀였다.

사업 수완이나 경영 능력조차 탁월해서 백화점 하나만 맡고 있는 게 아깝다는 생각도 했을 만큼 나름의 존경심도 갖고 있었다.

또한 본인도 일을 하면서 하성의 내조마저 철저했다. 비록 정략결혼이었지만 이런 여자를 아내로 맞은 걸 감사히 여기라고 하성에게도 충고했었는데.

그 완벽함을 위해, 썩은 속내에서 풍겨 나오는 악취를 감추며 하성과 똑같은 가면을 쓰고 있었다.

"철저하시더군요. 뒤에서 모든 걸 덮어버리고, 한수현에 관한 모든 기록을 지워 제가 찾아낼 수 없도록 만든 사람이 형수님일 줄은. 몰랐으니까."

"······모른 척해 주세요, 도련님."

그녀는 하균을 너무도 잘 알고 있었다.

"그게····· 형을 위하는 일이라는 거 잘 아시잖아요."

형에게 실망한 건 사실이겠지만, 그래도 형을 아끼고 사랑하는 도련님은……

절대로, 형을 아프게 할 사람이 아니니까.

이렇게 된 이상, 연주는 하균의 깊숙한 곳을 건드리며 하성에 대해 그가 쌓아왔던 정에 호소했다.

그러나.

"형을 위하는 일이라."

가만히 입술을 끌어올린 하균이 조소를 지었다.

"진짜 정하성을 위하는 건."

벌컥—

"사장님!"

다급한 목소리와 함께, 사장실 안으로 그녀의 비서가 뛰어 들어왔다.

이윽고 하균은 휴대폰을 꺼내 그녀의 앞에 내려놓았다.

"이런 겁니다."

충격! 정하성 전 가온전자 대표의 두 얼굴

[단독] 정하성 전 가온전자 대표의 1년 전 사고, 알고 보니……'

정하성 전 가온전자 대표…… 성추행 및 살인미수 관련 녹취록 공개 화면에 보이는 기사들을 확인한 연주의 표정이, 그대로 얼어 붙었다.

*　　*　　*

드르륵—

조용했던 병실의 문이 열리고, 누군가 안으로 들어왔다. 흰 가운을 입은 그는 안경을 꾹 눌러썼다.

병실 안에 아무도 없는 것을 확인한 후, 분주히 움직여 넓은 병실 안을 샅샅이 살폈다.

이내 목표물을 발견하자, 남자는 회심의 미소를 지었다. 곧바로 침대 구석에 놓여 있는 휴대폰을 집어 들려던 찰나.

"그 휴대폰, 가져가도 쓸모없을 텐데."

"……!"

불현듯 들려온 음성에, 남자가 멈칫했다

그는 급히 목소리가 들린 쪽을 돌아봤다.

열린 문 앞, 유한이 링거대를 붙잡은 채 그를 멀거니 응시했다.

"정하성이 보냈나?"

수현의 휴대폰을 가져간 사람이 정하성이라면, 그 안에 있는 녹음 파일 때문일 게 분명했다.

그녀의 휴대폰에는 그 파일을 제게 보낸 기록이 남아 있을 거고, 파일을 터트리기 전에 이번엔 제 휴대폰을 노리려 했던 거겠지.

그러나 하균이 이렇게 빨리 움직였으리라곤 생각지도 못했을 것이다.

잔뜩 굳어 서 있는 남자를 응시하던 유한은, 싱긋 웃으며 덧붙였다.

"녹음 파일, 터졌다고. 지금 막."

*　　*　　*

어떻게……

어떻게 이럴 수가…….

하성의 옆에 있던 시간 동안, 연주의 가슴을 부풀게 했던 야망들이 와르르 무너졌다.

꼬장꼬장한 노친네 비위를 맞춰가며, 후계자가 되기엔 한참 부족한 남자를 겨우 난사람으로 만들어 놓았다.

조금만 더 손을 뻗으면 눈앞에서 번쩍거리는 왕관을 집을 수 있었던 걸, 하성이 사고가 나는 바람에 불안정한 상태에 멈춰있어야 했다.

남편이 깨어나길 기다리는 가련한 아내로, 그 와중에도 빈틈없이 백화점을 성장시키는 사업가로 1년이란 시간을 혼자서 어떻게 버텨왔는데…….

"도련님!!!"

연주는 표독스러운 눈으로 휴대폰에서 눈을 떼고, 하균을 노려봤다.

"어떻게 이러실 수가 있어요. 형이잖아요. 도련님이 그렇게도 아끼고 따랐던 형이요!"

하균은 메마른 눈으로 그녀를 응시했다. 그리고 연주의 앞에 놔둔 휴대폰을 집어 들었다.

"이제 저한테 그런 형은 없습니다."

그는 자리에서 일어났다.

뚜벅뚜벅 걸어 사장실을 나가는 문을 열려던 때.

"결국 너도, 가온그룹이 가지고 싶었던 거야."

그의 등 뒤로, 날카로운 한마디가 날아들었다.

"한 번 왕좌에 앉으면, 그 위에서 절대로 내려오고 싶지 않은 게 인간의 심리거든."

연주는 반쯤 내려앉은 눈으로 그를 바라보며 코웃음을 쳤다.

하성에게 그에 대한 이야길 들었을 때, 그는 충분히 남편의 앞길에 방해가 될 여지가 있었다.

그러나 첫째로 하균은 한국에 들어오지 않고 있었고, 그룹에도 관심이 없어 보였다.

형에 대한 마음 또한 완벽했다.

정하성이, 한수현을 취미 삼아 데리고 놀기 전까진.

한수현이 정하성과 얽히기 시작할 때부터 모든 게 어그러져 버렸다.

그놈의 한수현!

한수현이 모든 문제의 원인이었다.

정하성도 모자라, 그 동생까지 손에 쥐고 흔들고 있으니 어찌 보면 나보다 더 대단하다고 해야 하나?

"사랑? 그런 건 어차피 핑계일 뿐이겠지. 사랑 때문에 이러는 게 아니잖아. 그렇죠, 도련님?"

연주가 기이한 미소를 지으며, 하균에게 되물었다.

"도련님은 정하성을 위해서가 아니라, 도련님 자신을 위해서 이러는 거잖아!"

붉어진 눈으로 그를 보는 그녀의 모습에 고상한 강 사장은 사라진 지 오래였다.

"내가 네 형을 위해 어떤 짓을 했는데……."

모든 게 탄탄대로였던 그녀의 인생에 실패란 없었다.

방해가 되는 건 치워버리면 그만이었고, 목표를 위해 수단과 방법을 가리지 않고 달려들면 원하는 건 늘 손쉽게 손에 들어왔다.

그러나 여태껏 지켜오던 가온그룹 차기 안주인 강연주의 고고함은 이제 끝이었다. 견고하게 만든 정하성의 이미지가 무너졌다는 건, 그의 옆에 있는 그녀 또한 심한 타격을 입으리라는 걸 예고했다.

하성의 뒤에 있던 사람이 자신이라는 것을 이미 알고 있는 도련님이, 제 행각에 대해 눈감아줄 리 없으니까.

"형수님도 아셨나 보군요."

하균은 문손잡이를 응시하며, 말을 이었다.

"소중한 걸 지키기 위해 물불 가리지 않고 뛰어드는 게 꼭 나쁜 것만은 아니죠."

"······."

"형수님이 소중히 여겼던 게 정하성인지, 정하성이 가진 가온이었는지 모르겠지만."

"······!"

"둘 중 뭐가 됐든."

이윽고, 뜨겁게 달궈진 두 눈이 연주에게로 꽂혔다.

"당신이 원하는 걸 가지자고 형이 사람을 죽인 걸, 또 한 사람을 죽이려던 걸. 덮어선 안 되는 거였잖아."

연주의 꽉 다문 입술이 터졌다.

"형수님이 원하는 걸 지키고 싶었다면."

이내 하균은 문을 열고 나가며, 싸늘한 미소를 남겼다.

"한수현을 건드리지 마셨어야죠."

* * *

"안영모 씨. 시간이 없습니다. 올바른 판단이 뭔지, 잘 생각하시길 바랍니다."

경찰서를 나올 때 한 남자가 스치듯 했던 말이었다.

안영모는 휴대폰을 불안하게 만지작거렸다.

며칠 후면 여동생의 결혼식이었다.

서지현 사건에 대한 자백을 하면, 사랑하는 동생의 가장 행복한 날을 망치게 된다.

하지만 2년 전의 사건을 들춰내지 않으면…… 또다시 목숨이 위험해질 지도 모른다.

동생의 결혼식을 위해 한국에 와서는, 갑자기 사망하는 것도 동생에겐 끔찍한 기억이 되겠지.

갈등과 불안이 한데 엉켜 그의 손이 땀으로 젖었다.

"정하성을 먼저 치는 게. 당신이 살길이라고."

머릿속을 울리는 한마디가 그의 입을 바짝바짝 마르게 했다.

그 역시 직감적으로 느껴지고 있었다. 정하성 이사가 또다시 자신을 처리할 만한 사람을 보내리라는 것이.

안영모는 휴대폰 속 2년 동안 묻어 두고 묻어 두었던 파일 하나를 계속해서 바라봤다.

* * *

하성은 응접실에서 윤 회장과 함께 차를 마시고 있었다. 하균에게 맞은 부위들이 아직도 욱신거리고 따끔거린다. 그는 애써 고통을 참아 내며, 다 터진 입술로 뜨거운 차를 한 모금 마셨다.

차를 마시며 나누는 대화의 결론은 늘 같았다.

넌 나를 실망시켜선 안 돼.

할머니와 손자 간 다정한 대화를 표방한, 세뇌와도 같은 말을 되풀이해서 듣는 일은 이제 익숙했다.

하균은 아무렇지도 않게 내뱉는 '싫습니다.'라는 한마디를, 하성은 한 번도 입 밖에 꺼낸 적이 없었다.

때로는 온순한 고양이처럼, 때로는 입력하는 대로 움직이는 기계처럼, 그렇게 살얼음판 같은 삶을 살아왔다.

그리고 어느새 진짜 정하성과 가짜 정하성의 경계는 흐릿해졌다. 스스로도 뭐가 진짜 나인지 구별할 수 없을 때가 있었으니까.

이제 본래 얼굴 위에 한 겹의 얼굴을 더 얹는 건 이질적인 기분조차 들지 않았다. 옷을 입을 때마다 분위기가 달라지는 것 정도의 느낌이 전부였다.

'나'를 분리해서 사는 건, 언제부터인가 경계대상이 되어 버린 하균을 이용하기에도, 은밀한 취미를 즐기기에도 안성맞춤이었다.

물론 가끔은 이렇게 이유 없이 맞아 줘야한다는 부작용도 있었지만.

그는 쓰라린 한쪽 입술 끝을 올리며, 조용히 웃었다.

띵동—

그때, 응접실에 초인종이 울렸다. 고용인 한 명이 쪼르르 달려가 화상인터폰을 확인하고 문을 열어 주었다.

이윽고 안으로 호진이 들어왔다.

"회장님."

"호진이 네가 웬일이냐. 연락도 없이."

호진은 일부러 하성에게로 시선을 둔 채, 여유롭게 말했다.

"하성이가 깨어났는데, 당연히 와 봐야죠."

그는 곧 들고 있던 과일바구니를 고용인에게 건넸다.

'아직 아무것도 모르고 있나보군.'

호진은 아직까진 평화로워 보이는 두 사람을 번갈아 보았다.

"오랜만이다, 호진아."

하성은 그의 은근한 시선을 아랑곳하지 않는 것처럼, 환하게 웃으며 반겼다.

"몸 회복한 거 축하한다. 다행이기도 하고."

마음에도 없는 소리였지만, 윤 회장이 있으니 호진은 애써 살갑게 인사를 건넸다.

"고마워."

하성은 빙긋 웃으며 대답했다.

'역겨운 새끼.'

진짜 정하성의 실체에 대해 어느 정도 짐작하고 의심하고 있던 호진으로선, 하성의 저 깨끗한 미소가 메스꺼웠다.

하지만 이제 그 음흉한 미소를, 다시는 입에 올릴 순 없을 거다.

호진은 입술을 비집고 웃음이 새어 나오려는 걸 꾹 참았다.

서지현이 죽은 지 얼마나 됐다고, 그새 또 다른 여자를 건드려. 자신도 막나가는 데 일가견이 있었지만, 하성은 그 정도를 넘어도 한참 넘었다.

"가만히 서서 뭘 해. 마침 차를 마시고 있던 중이었는데, 너도 여기 와서 앉아라."

윤 회장이 턱짓으로 소파를 가리키며 말했다.

"네, 회장님."

호진은 싱긋 웃으며 하성의 맞은편에 앉았다.

'뭐야, 저놈.'

하성은 자신을 빤히 바라보며, 한동안 말을 아끼고 있는 호진이 어딘가 이상하다는 걸 감지했다.

먹잇감 냄새를 맡으면 하이에나처럼 달려오는 녀석이었다. 절대 제게 축하 따위를 하러 왔을 리가 없다.

"근데, 하성아."

고용인이 찻잔을 가져와 테이블에 내려놓는 동안, 불현듯 호진이 운을 뗐다.

"너 혹시…… 서지현이라는 여자, 아냐?"

하성의 눈동자가 멈칫했다. 먹구름이 낀 것처럼 그의 표정이 단숨에 어두워졌다가, 이내 밝아졌다.

"그게…… 누군데?"

하성은 처음 들어 본다는 듯 반문했다.

그러나 무구한 눈동자 뒤, 하성의 심장은 불안감에 빠르게 뛰기 시작했다.

이 새끼가 어떻게 서지현에 대해 알고 있는 거지?

하균이 그놈이 그새 입을 열었나?

난데없이 저를 보러 왔다고 하질 않나, 지현에 대해 묻지를 않나.

평소 호진이 후계자 자리를 탐내고 있던 건 그도 익히 알고 있었다. 하균이야 어차피 서자이니 윤 회장이 쉽게 용납하지 않을 테고, 제가 내려오면 그다음 가장 유력한 후보는 호진이 될 수도 있었다.

하지만 능력을 중시하는 윤 회장은 그룹을 전문 경영인에게 맡기는 한이 있어도, 절대로 정호진 저놈에게 넘겨줄 리가 없었다.

대체 뭘 물어가지고 와서 이렇게 여유를 부리는 거지?

정호진이 오고부터, 어쩐지 공기의 흐름이 불안정하다. 하성은 보이지 않게 미간을 좁혔다.

"그래? 넌 모른단 말이지."

호진은 '그렇겠지.' 하는 눈빛으로 느긋하게 고개를 끄덕였다.

이제 본가에도 좋은 소식이 날아들 시간이 됐는데.

그는 찻잔을 입가에 가져가며 어서 누군가 들어와 이 두 사람에게 빅뉴스를 알려주길 바랐다.

그때였다.

"회장님!"

응접실 문이 벌컥 열리고 조용하던 공간에 윤 회장의 비서가 다급히 뛰어 들어왔다.

그래, 그래야지.

이제부터 진정한 쇼 타임의 시작이었다.

호진은 제 바람이 눈앞에서 이뤄지자, 만족스러운 미소를 띠며 차를 한 모금 음미했다.

"지금 당장 TV를……."

윤 회장의 비서가 숨을 헐떡이며 곧장 리모컨으로 TV를 켰다.

거대한 TV 화면에 띄워진 뉴스.

그리고 또렷하게 들려오는……

하성의 목소리.

─그래서, 하균이한테 전부 말하기라도 했어?

─전부 어떤 거? 당신이 거머리처럼 내 뒤를 따라붙고, 날 감시하면서 시도 때도 없이 내 앞에 나타난 거? 당신 오피스텔에서, 날 만지고 강제로 입을 맞춘 것도 모자라…… 내 목을 졸랐던 거?

"저게 무슨……."

윤 회장이 들고 있던 찻잔을 떨어뜨렸다.

―다 널 사랑해서 그랬던 거야. 알잖아. 다른 뜻은 없었어.

―그날 도망치지 않았다면 당신 손에 먼저 죽었겠지.

―그땐…… 네가 나를 화나게 하니까 나도 모르게…… 그날 일은 내가 사과할게. 목…… 많이 아팠지?

노인의 고개가 천천히 들려져, 하성에게로 고정되었다.

"내가 지금…… 뭘 들은 거냐?"

분명 목소리는 제 착한 손자의 것이 맞는데, 그 목소리가 읊고 있는 내용은 절대 하성이 저질렀다곤 믿을 수 없을 만큼 경악스럽다.

저 목소리의 주인과 눈앞의 정하성이 겹쳐지지가 않아서, 급기야 목소리가 똑같은 놈이 대화 내용을 조작한 것처럼 느껴질 정도였다.

"……"

하성의 전신이 돌처럼 딱딱하게 굳었다.

미동하지 않는 몸과 달리, 그가 쥐고 있던 찻잔이 부르르 떨렸다. 그 떨림이 눈에 보일 정도로 거세지자, 하성은 벌떡 일어났다.

'기어이…… 저 녹음 파일을 터트렸겠다.'

컵을 TV화면으로 꽂아 넣고 싶은 충동에 아찔했지만, 하성은 있는 힘을 다해 침착하려 노력했다.

이깟 일에 당황해 무너지는 모습을 보인다면, 절대로 윤 회장을 설득할 수 없다.

그는 곧 억울함을 그득 담은 얼굴로 윤 회장과 눈을 마주했다.

"회장님. 전 사람을 구하려다 1년이나 누워 있었습니다. 그런 제가 누군가를 해치려 했을 리가 없잖습니까. 모두 허위이고, 조작입니다. 제가 다 수습하고 처리하겠⋯⋯."

「속보입니다. 방금, 2년 전 사망한 고(故) 서지현 씨의 부검을 맡았던 부검의 안영모 씨가, 정하성 전 대표의 사주를 받고 부검결과를 조작했다고 자백했습니다.」

"⋯⋯!!!"

세포 하나하나가 움직임을 멈춘 것처럼, 하성의 시간이 정지되었다.

「녹취록 파문에 이어, 정하성 전 대표가 서 씨의 살인 사실을 자살로 위장한 것이 아니냐는 의혹이 제기된 가운데⋯⋯」

말도 안 돼.

하성의 눈동자가 회색빛으로 물들고 눈앞이 흐려지기 시작했다.

"순순히 자백하는 게 좋을 거야."

그때, 누군가 응접실 안으로 들어서며 이목을 집중시켰다.

호진은 소파에 기대 앉아 이 중요한 타이밍에 나타난 손님을 바라봤다.

'정하균?'

호진은 하균을 알아보고 의아한 눈을 하다, 그의 옆에 동행한 여자를 뚫어져라 바라봤다.

'저 여잔 누구……'

하균과 연주를 제외한 그룹 일가 중 수현의 얼굴을 기억하는 사람은 없었다.

그 누구든 하성의 생사에만 매달리느라, 응급실에 누워 있던 수현을 보러 오는 사람은 없었으니까. 뒤늦게 생각이 날 때쯤, 그녀는 이미 사라져 버린 뒤였다.

"……한수현."

하균의 옆에서 모습을 드러낸 수현을, 하성이 낮게 불렀다. 이내 수현은 하균의 손을 꽈악 잡았다.

"……!"

서로에게 감긴 손을 본 하성의 눈이 벌겋게 물들었다.

"정하균, 네가…… 나한테 이러면 안 되지."

하성은 부들거리는 손에 힘을 꽉 주고, 아직까지 쥐고 있던 찻잔을 테이블에 내려놨다. 달그락거리는 소리가 침묵 속 크게 들렸다.

'순순히 자백하는 게 좋을 거다.'

하균의 말을 가만히 곱씹던 호진의 눈동자가 살짝 커졌다.

'정하성의 녹음 파일을 터트린 사람이…… 저놈이었어?'

호진은 소리 없이 웃음을 터트렸다. 지금의 상황이 너무도 재미있어서 눈물이 나올 지경이었다.

사자 무리에 섞여 있던 새끼 호랑이가 드디어 한 건 해냈다 이건가?

전에 괜히 정하성을 파고들려던 게 아니었다. 하성이 숨기고 있는 것에 대해 그토록 궁금해 하던 하균이 이런 식으로 뒤통수를 칠 줄이야.

이내 호진은 하균의 옆에 서 있는 여자에게로 눈길을 옮겼다.

하성은 저 여자를 알고 있다. 설마 녹음 파일 속 목소리의 주인이 저 여자인 건가?

서지현에 이어서 정하성이 또다시 죽이려 했다는 여자…….

"정하성, 네가 빠져나갈 수 있는 방법은 없어."

하균이 그의 숨통을 콱 조였다.

시간이 조금 걸릴지도 모른다고 판단했던 안영모의 자백은, 만인을 속였던 정하성의 스캔들에 기름을 부었다.

"네가 그동안 저지른 그 더러운 짓들, 네 입으로 자백해. 밖에 깔린 기자들 사이에서, 경찰한테 개처럼 끌려 나가고 싶지 않으면."

하성은 무의식적으로 윤 회장을 바라봤다.

붉으락푸르락해진 얼굴의 노인은, 믿을 수 없다는 듯 하성을 보며 차마 입을 떼지 못하고 있었다.

"너 같은 미친 새끼가 한수현 건드리게 안 돼."

지난 밤 다녀간 하균의 말이, 반쯤 넋이 나간 윤 회장의 귓가를 울리고 있었다.

한수현…….

언젠가 들었던 이름인 것 같아서 기억을 더듬던 노인은 이내 깨달았다.

하성이 오랜 수면에서 깨어나던 날, 한 여자를 알아보곤 그렇게 불렀다. 수현아, 라고.

하성을 보곤 갑자기 뛰쳐나간 그 애가 이상하긴 했지만, 하성은 아는 여자라고만 했다. 옆에 있던 연주 때문에 더 이상 깊게 묻지도 않았고.

하균은 그 수현이란 아일 사랑하고 있다고 했다. 그리고 하성이 그 애를 건드렸단 오해를 하고 있다고 했다.

결코 믿을 생각도 없었고, 믿고 싶지도 않았다.

그런데 만약.

녹음 파일의 내용도, 서지현이란 아이의 죽음을 덮었다는 것도 사실이라면…….

이내 서서히, 윤 회장은 하균이 그토록 분노했던 이유가 납득되기 시작했다.

'아니야. 아니야…….'

그때 하균은, 제게 각오하는 게 좋을 거라고 했다.

앞으로는 지금보다 몇 배는 더 가슴이 찢어질 테니까.

"정하성 너⋯⋯."

마른침을 꿀꺽 삼킨 노인이 그제야 하성과 다시 눈을 마주쳤다.

"회장님, 진실은 제가 밝히겠습니다. 전 절대 회장님을 실망시키지 않을 겁니다."

하균이 어떻게 나오든, 제 앞에 무슨 일이 닥쳤든!

다급해진 하성은 윤 회장이 제게서 돌아서기 전에 빠르게 말을 이었다.

"전 여태까지 잘해오지 않았습니까. 이번 일도⋯⋯."

"닥쳐!!!"

하성의 동공이 얼어붙었다.

"난 내가 잘못 들은 거라 믿으려 했다. 네가 그럴 리 없다고 생각했어."

"회장님!"

"네가 어떻게⋯⋯."

윤 회장의 목소리가 쩍 갈라지며 울렸다.

"어떻게 네가⋯⋯!!!"

그 순간.

가까스로 유지하고 있던 하성의 가면이.

와장창 깨져 떨어지며 바닥에 나뒹굴었다.

"쿡……."

쿡쿡…….

이윽고 그가 시선을 아래에 고정한 채, 쿡쿡 웃었다.

윤 회장의 신뢰, 가온그룹, 수현을 향해 뛰고 있던 심장까지 모조리 박살 나 버린 그에게 이제 더 이상 잃은 것은 없었다.

"회장님."

그가 느릿하게 고개를 들었다.

싸늘하게 식은 채, 냉기가 흐르는 그의 허여멀건 얼굴이 드러났다. 하성의 실체를 두 눈으로 똑똑히 보게 된 윤 회장과, 호진의 호흡이 돌연 멎었다.

"회장님이 늘 그러셨잖습니까. 다른 사람은 몰라도 저만은 믿는다고. 저를 믿으신다면, 제 말도 믿어 주셔야죠……."

미세하게 떨던 얼굴 근육이 확 일그러지며, 노인을 향해 소리쳤다.

"뭣도 모르는 것들이 나불거리는 말 따위가 아니라! 저딴 사생아 새끼가 지껄이는 말들이 아니라!!"

그는 아주 어릴 적부터 깨달았다. 존재의 의미, 그러니까 쓸모가 없는 것들은 모두 버려진다는 걸.

사랑하는 어머니마저, 아버지가 떠나자마자 방치된 채 죽어 갔다.

하성은 버려지고 싶지 않았다. 버려지지 않으려던 쓸모가 있는 사람이 되기 위해 미친 듯이 노력해야 했고, 인정받아야 했다.

그리고 이제야 쓸모 있는 사람이 돼서 후계자 자리에 앉았는데.

이제야 살아갈 자격을 갖추고 내가 원하는 사람을 손에 넣고 싶다는데.

대체 왜…… 날 방해하는 거야?

"난 억울해, 하균아."

이내 하성이 씩 웃으며 흐리멍덩한 눈으로 물었다.

"그 녹음 파일이 조작되지 않았단 증거도 없을뿐더러…… 대체 왜 내가 서지현을 죽였다고 믿는 거야? 서지현의 부검결과에 목이 졸린 흔적은 있어도, 그 여자의 목을 조른 사람이 나라는 증거는 없잖아. 난 그 여자가 누군지 몰라. 본 적도 없다고."

이윽고 그는 천천히 몸을 일으켜, 한 걸음. 한 걸음. 하균과 수현에게로 다가갔다. 그가 가까이 다가올수록 수현은 더욱 하균의 손을 세게 잡았다.

하성이 쉽게 인정하지 않으리란 건 알고 있었다. 쉽지 않은 싸움이 될 거라는 것도 예상하고 있었지만, 이제 조금만 더 가면 된다.

"……그래?"

그때, 호진이 고개를 비스듬히 기울이며 하성을 향해 물었다.

호진은 뭔가를 떠올리는 것처럼, 미간을 살짝 찌푸렸다.

"근데 내가 말이야, 2년 전에 네가 어떤 여자와 호텔에서 나오던 걸 봤거든."

"……!"

"그런데 그 여자가 그 이튿날 죽었다고 해서 무척이나 놀랐었는데……."

어차피 하성이 사고가 나지만 않았더라면 적당한 때를 봐서 터트리려던 거였다. 이왕 이렇게 된 거, 하균이 덕분에 손 안대고 코 풀게 생겼으니……

정하성은 이참에 확실히 싹을 잘라 버리는 게 낫겠지.

"그게 서지현이라더군."

여유로운 목소리가, 하성을 멈칫하게 했다.

호진의 가세에 하균도 흠칫 놀랐지만, 그는 곧 다시 하성을 바라보며 말했다.

"피해자가 직접 녹음한 파일은 네가 한 짓에 대한 간접증거로도 제출할 수 있을 뿐만 아니라…… 그 파일 속 성문 분석도 곧 완료 될 거야. 그럼 네가 네 입으로 말한 모든 내용들이 사실이라는 게 밝혀지겠지."

하균은 눈길로 그의 목을 가리키며 말을 이었다.

"그리고 목에 그 흉터 말이야. 언제, 왜 생긴 건지 기억하고 있긴 한가?"

가까이서 보지 않는 이상 눈에 띄지 않는 아주 작은 흉터였다. 하성은 무의식적으로 제 목을 매만졌다.

"갑자기 그건 왜 묻는 거야. 이게 무슨 상관이라고!"

"2년 전, 네가 놓친 게 하나 있었거든."

하성의 멱살을 쥐었을 때, 그의 목에 나 있던 흉터를 본 적이 있었다. 그땐 크게 신경 쓰지 않고 지나쳤던 흉터가 어떻게 생긴 것인지는, 뒤늦게 알게 되었지만.

"안영모가 올린 보고서에는 없어서 몰랐겠지."

하균은 재킷 안주머니에서 서류 한 장을 꺼내 보였다.

"서지현의 손톱에서 네 DNA가 검출됐다는 걸."

"뭐라고……?"

하성이 실소를 터트리며 되물었다.

뒤에서 흉기가 두개골을 강타한 것처럼, 머릿속이 하얘지며 하균의 목소리가 웅웅거렸다.

"이런 날이 올 줄 알고, 작은 보험을 들어둔 거라더군."

말도 안 돼.

이럴 순 없어.

이렇게 무너질 순 없다고.

한 가닥 이성의 끈이 팍 끊겼을 때, 경찰들이 영장과 함께 안으로 들이닥쳤다. 긴 죄목과 미란다 원칙이 읊어지고 하성의 손목에 수갑이 채워졌다.

"안 돼! 이럴 순 없다고! 내가 어떻게 살아왔는데!"

하성은 경찰들 틈에서 몸부림을 치며, 하균의 옆에 차가운 얼굴로 서 있던 수현에게 외쳤다.

"수현아, 난 널 사랑한다고 했잖아. 지현이도, 너도 다 사랑해서 그랬던 거라고 했잖아! 왜 다들 내 사랑을 의심하는 거야? 왜 다들 내 사랑을 받고 싶어 하지 않는 거야? 대체 왜!"

무섭고, 두려웠던 시간들이 수현의 눈앞을 스쳐 지나갔다. 또 다시 온몸이 떨려오고, 기억을 거부하듯 심장이 거세게 요동치지만 수현은 두 눈을 굳게 감았다.

이제…… 다 끝났으니까.

"……차라리."

수현이 하성과 눈을 마주쳤다.

그에게서 벗어나기 위해 발버둥을 치고, 절망과 좌절 속에서 소리를 지르던 상처들이 재가 되어 활활 타오른다.

그녀의 한쪽 뺨을 타고 눈물이 주르륵 흘러내렸다.

"깨어나지 말지 그랬어."

*   *   *

"유라야. 우리 수현일 그렇게 만들었던 그놈 말이야…… 잡혔대."

뉴스를 보고 있던 미선이 흐린 눈으로 유라를 돌아보며 말했다.

"뭐라고……?"

무슨 소리를 하는 거야.

성큼성큼 다가와, 제 눈으로 뉴스를 확인하던 유라는,

털썩—

다리에 힘이 풀려 그 자리에 주저앉고 말았다.

＊　　＊　　＊

마음껏 울어도 돼.

하균은 눈물을 쏟는 그녀를 빈틈없이 안아주었다.

품 안에 있는 수현을 더욱 세게 그러안은 그는, 이제야 꽉 막혀서 겨우 내쉬던 숨을 제대로 쉴 수 있을 것 같았다.

더 이상 정하성은 수현의 앞에 나타나지 못할 것이고, 절대로 그녀를 다치게 하지 못할 테니까.

이제야 난 너를, 온전히 지켜냈으니까.

폭풍이 지나간 자리는 부서진 파편들과 찬바람만이 나돌았다. 윤 회장은 쓰러진 상태였고, 가온은 그룹이미지에 만만치 않은 타격을 입었다.

하성의 모든 것들은 지지대가 사라진 다리처럼 와르르 무너져 버렸다. 그의 죄와 실체는 낱낱이 밝혀져 각종 언론들과 국민들의 입에 오래도록 오르내렸다.

"정 이사가 1년 전 사고에서 그 여자를 구하려던 게 아니라, 죽이려했던 거라니. 기함할 일입니다."

하성에 관한 기사를 확인하던 남자의 앞에, 유 비서가 다가와 말했다.

"이미 서지현을 죽였는데…… 한 번이 어렵지 두 번이 어려웠 겠어요."

서지현에 대한 사건 외에, 정하성이 당했던 사고에 관한 진실 은, 그도 전혀 예상치 못했다.

"직접 나서셔서 잡아들였다면, 총장님께서 말씀은 하지 않으 셔도 자랑스러워하셨을 겁니다."

"검사 일은 저하고 안 맞는다고 했잖……."

하성에 관한 기사를 자세히 읽어나가던 남자의 얼굴이 파삭 굳었다.

정하성이 죽이려 했다가, 다시 구해 낸 여자가…….

"저 좀 나갔다 올게요."

남자는 곧바로 휴대폰과 외투를 들고, 서재를 뛰쳐나갔다.

그는 휴대폰을 들고, 어디론가 다급히 전화를 걸었다.

빠르게 오피스텔을 빠져나가면서, 상대방이 전화를 받기를 기다리던 그의 심장이.

["……응, 은각아."]

쿵, 내려앉았다.

3장

무슨 말부터 꺼내야할지, 어떤 식으로 물어야 할지, 은각은 입가에 맴도는 물음을 한동안 삼켰다.

기사의 내용에는 정하성 사건의 또 다른 피해자였던 여자의 성씨와 나이대, 그녀가 얼마 전까지 가온전자 사내카페에서 아르바이트를 했다는 사실만이 간단하게 나와 있었다.

그러나 은각은 직감처럼, 한눈에 그녀가 누군지 알 수 있었다. 그 짤막한 정보를 읽었을 때, 퍼즐 조각이 맞춰지듯 떠오른 사람이 있었으니까.

["······은각아?"]

"아, 그래."

은각은 휴대폰을 든 채, 머리카락을 쓸어 넘겼다. 놀라서 쿵쿵 뛰고 있는 심장은 여전히 그의 머릿속을 울려대고 있었다.

그는 가까스로 불안함을 갈무리하며 물었다.

"지금 어디야? 내가 그쪽으로 갈게."

*　　*　　*

수현은 통화를 끊고, 잠시 고민했다.

정하성과 마지막으로 만난 후, 오피스텔에서 강아지를 돌보며 시간을 보냈다.

이유 없이 불안하게 뛰던 심장도 많이 안정이 되었고, 이제야 서서히 정하성이 완전히 무너졌다는 것을 실감하고 있었다.

그런데, 아직 세상이 정하성의 일로 시끄러운 이 시점에 밖으로 나가도 되는 걸까? 그런 생각이 들었다.

그러나 멍청한 고민이었다.

해선 안 될 짓을 저지른 것도, 온갖 지탄을 받아야하는 것도 정하성이지, 자신이 아니었다. 그와의 사건 때문에 출입을 자제하고, 잠잠해지기를 기다릴 이유 같은 건 더더욱 없었다.

"잠깐만 다녀올게."

외출준비를 마친 수현은 강아지를 쓰다듬고는, 문을 나섰다.

*　　*　　*

연주는 이를 악문 채, 윤 회장의 앞에 섰다.

하성에 대한 충격으로 쓰러졌던 노인은, 눈을 뜨자마자 하성이 아닌 손자며느리를 찾았다.

"……부르셨어요, 회장님."

하성의 녹음 파일 사건이 터지고, 어떻게 수습을 해 보려 하기도 전에 곧바로 그가 그동안 저질렀던 죄들이 세상에 밝혀졌다.

정하성을 무너뜨렸으니, 이제 자신마저 하균이 가만히 두지 않을 거란 생각에 잠도 제대로 이루지 못했다.

"오냐."

촤악―!

윤 회장은 들고 있던 컵을 연주의 얼굴에 흩뿌렸다.

"모든 걸 알고 있었으면서도, 감히 날 속여?"

"……."

"하성이가 누워 있을 때 그놈이 저질렀던 일들 뒤처리를 해 준 게 너였다는 거. 다 알고 있다."

"……!"

"이따위 것도 만들어놓고, 하성이 놈 옆에서 거짓 눈물바람으로 1년을 보냈어?"

노인은 침대 옆에 놔두었던 서류를 그녀에게 집어던졌다.

하성의 금고를 열어서 발견한 두 사람의 혼전계약서였다.

윤 회장은 그녀가 얼마나 남편에게 헌신적이었고, 가온을 위해 노력했는지 알고 있었다.

그렇다면, 아내인 연주는 충격과 배신감을 느낄 테고 위로가 필요한 대상이 되는 게 맞았다.

그러나 애초의 두 사람이 어떤 관계로 시작했는지, 그녀가 어째서 그토록 하성의 간호에 열성적이었는지 그 이유를 알게 된 이상 결코 눈뜨고는 볼 수 없었다.

"뒤에서 감히 그런 짓들을 저질러 놓고는…… 어디서! 어디서 세상에 둘도 없는 손자며느리 행세를 해!!"

연주의 턱 끝에서 물방울이 뚝뚝 떨어졌다.

붉어진 손등은 완벽에 가까운 삶을 살았던 그녀의 자괴감이 깃들어 바들거렸다.

"백화점에서 손 떼고, 한국을 떠나."

"……!!"

연주가 고개를 들어, 노인과 눈을 마주쳤다.

"이혼을 하든 말든 그건 네 자유다. 단, 오늘부로 난 정하성을 내 손자로 생각하지 않을 거고, 너도 내 손자며느리로 남아 있을 순 없을 거다. 당연히 유산 상속도, 가온그룹의 손자며느리로서의 대접도 없겠지. 조만간 유언장도 고칠 예정이다."

'안 돼…… 내가 그동안 뭐 때문에 정하성 옆에, 이 살얼음판 같은 집안에 있었는데…….'

"회장님! 아무리 그래도 전…….'"

연주가 붉어진 눈으로 윤 회장에게 성큼 다가섰다.

"내 너한테도 책임을 물어야 할 게 많지만! 하성이 놈 잘못도 있고 그간의 정을 생각해 이쯤 하는 거다. 최소 몇 년간은 쥐죽은 듯 살면서 내 눈앞에 띄지 말 거라."

"저더러 모든 걸 버리고 떠나라구요…… 다 정하성 그 사람을 위한 거였어요. 제가 아닌 그 사람을 위해서 그랬던 거라구요. 그런데 어떻게……."

"내가 네 욕심을 모를 것 같으냐? 알면서도 그런 네 욕심이 하성이 놈한테 도움이 될 것 같아 거기까진 눈 감아 주었다. 네 마음은 가짜였을지 몰라도, 여태까지 네 역할도 잘 했고 난 네가 마음에 들었다. 그런데 결국 그 욕심이 너를 망쳤다는 걸 왜 몰라!"

"……."

"긴말 필요 없다. 너한테도 관심 쏠리기 전에 출국해라. 그게 너희 집안을 위해서도 좋은 선택일 거야. 넌 나만큼이나 계산을 잘하는 아이니, 내 말이 무슨 뜻인지 알겠지."

연주의 집안이 가온 못지않게 영향력이 있다고 해도, 절대 가온을 무시할 수 있는 위치는 아니었다. 굳이 실세를 따지면, 가온이 우위에 있었다.

정하성과 강연주의 결혼으로 인해 맺어진 많은 계약들도 생각하지 않아선 안 된다. 지금도 정하성 때문에 사돈인 제집안의 타격도 만만치 않았다.

저 또한 피해자라면 모를까 뒤에서 정하성을 도왔다는 명백한 유책이 있는 상황에서, 윤 회장의 말을 무시한다는 건 여기서 더한 나락으로 떨어질 수 있다는 걸 내포했다.

젖은 모습으로 윤 회장의 방을 나서는 연주의 입가에 비소가 실렸다.

꽉 구겨 쥐는 바람에 볼품없어진 이혼서류가 꼭 지금의 제 모습 같았다.

흠 하나 없이 완벽하지 않으면 안 되는 삶.

이 강연주는 그렇게 살아왔는데…….

조금만 틀어지면 도태될까, 조금만 부족하면 버려지게 될까, 이 악물고 지금의 삶을 조각해 온 건, 정하성과의 유일한 공통점이었다.

털썩—

감정 없는 얼굴로 바닥에 쓰러지듯 주저앉았다.

연주는 견딜 수 없는 좌절과 허탈함에, 참을 수 없는 조소를 뱉어 냈다.

사이코였던 놈을 가온그룹의 후계자로 만들겠다는 꿈은 산산조각이 나 버렸다.

미친 듯이 공을 들이던 백화점도 뺏겨 버렸고, 부모님의 회사를 위해서는 제멋대로 굴 수 없는 노릇이니 당분간은 한국을 떠나 쥐죽은 듯 살아야한다.

끝까지 계산적인 그녀로서는 그게 최선이라는 것도 알았다.

모든 건 정하성 때문인데도, 따지고 보면 정하성이 이 모든 파국의 원인인데도!

믿었던 장녀가 집안 망신을 시켰으니, 저 노망난 노인의 눈치를 보느라 급급할 게 빤하니까.

"하…… 하하……."

지금의 제 꼴을 생각할수록, 연신 웃음이 터져 나왔다.

인생은 설계하는 대로 이루어질 수 있다고, 그래야만 한다고 믿어 왔던 그녀였다. 그리고 여태까지 아무런 문제없이 그렇게 살아왔다.

누구도 날 내려다볼 수 없는 꼭대기에 서려고 했던 것뿐인데.

가지고 싶었던 걸, 가지려고 했던 것뿐인데.

그게 뭐가 나쁜 건데?

그게…… 뭐가 그렇게 잘못된 거냐고.

고개를 푹 숙인 채 웃었지만, 그 아래로 결코 흘리지 않을 것 같았던 눈물이 뚝뚝 떨어졌다.

* * *

주차장으로 향하던 은각은 불현듯 제 옷차림을 생각했다.

크게 멋을 들인 옷은 아니었지만, 수현이 알던 김은각의 모습과는 조금 거리가 있다.

은각은 입술을 잘근 물다가, 잠시 멈췄던 걸음을 되돌렸다.

평소 카페에 나갈 때 자주 입던 차림으로 옷을 갈아입은 뒤,

가온전자 사옥 근처 카페에서 보기로 했다.

제 시간에 도착해 그 안으로 들어가려던 찰나.

자조적인 웃음이 새어 나왔다.

그녀와 다시 만날 일도, 엮일 일도 없을 거라고 생각했었다. 가온전자 사내 카페에서 일하던 김은각도 이젠 없었다.

그런데도, 여기까지 수현을 만나러 온 자신이 낯설어보였다. 파헤치던 일이 해결됐고, 다시 수현과 부딪칠 일도 없는데.

몇 걸음 옮겨서 카페 안쪽으로 들어가니 창가에 수현이 앉아 있었다.

수현은 발견한 그는 수현에게로 다가섰다.

"한수현."

"왔구나."

커다란 눈이 그를 올려다보며 빙긋이 웃었다. 얼굴색이 나빠 보이진 않았지만, 오랜만에 보는 수현은 전보다 조금 마른 듯했다.

맞은편에 앉자, 수현이 미안한 얼굴로 말했다.

"오랜만이야. 그동안 연락 못해서 미안해. 카페를 갑자기 그만둔 것도."

"카페는 나도 그만뒀다고 했잖아. 연락은 뭐…… 없어서 이상한, 그 정도였어."

스스로도 이상하다고 느낀 그간의 행동들을 부정하는 거나 다름없었었지만, 은각은 애써 담담한 말투로 대답했다.

한수현이 뭐라고. 그녀 때문에 걱정하느라 안달 난 사람처럼 보이고 싶진 않았다.

"그래, 지원이도 같이 봤으면 좋았을 텐데 지금쯤 일하고 있을 것 같아서 따로 연락은 안 했어."

잘 됐네.

어차피 둘이 보려고 했던 거였으니까.

지원 생각은 못 했던 은각은 무심결에 그렇게 생각했다.

수현이 잊고 있었다는 듯, 자리에서 일어났다.

"오늘은 사 줄 수 있겠다."

"뭐를?"

"커피는 내가 살게."

조금 뒤, 수현이 내려놓은 음료를 본 은각은 저도 모르게 픽 웃었다.

"자, 네가 먹고 싶다던 바닐라 라떼."

은각은 그녀가 놓아준 커피를 뚫어져라 내려다봤다.

이걸 얻어먹겠다고 부른 건 아니었는데. 이런 식으로 얻어먹고 싶지도 않았고.

왠지 모르게 기운이 빠지고, 아쉬움이 팍 들었다.

그는 애꿎은 바닐라 라떼만 노려보며 볼멘소리로 대답했다.

"눈물 나게 고맙네. 기억해 줘서."

"늦었지만, 이제라도 사 줄 수 있어서 다행이다. 버스 요금의 몇 배이긴 하지만."

"그래서, 억울하단 거야?"

은각은 바닐라 라떼를 마시며, 눈썹을 살짝 구겼다.

"그럴 리가요."

수현은 고개를 젓고는, 그에게 물었다.

"갑자기 왜 보자고 했던 거야?"

꼭 다신 연락을 하지 않을 사람처럼 잘 지내, 라는 인사를 건넸던 은각이었다.

그 말이 마지막 이별을 고하는 것 같이 들려서, 마음이 좋지만은 않았다. 하지만 그땐 거기에 대해서 깊게 생각할 만큼의 여유가 없었다.

다행히 다시 연락을 해 줘서 다행이었다. 갑자기 전화를 해 온 그의 목소리가 좋지 않아보여서 한편으론 이상하기도 했지만.

"……아."

은각은 잠시 뜸을 들였다.

어떻게 물어야 할지 순간적인 고민에 빠졌다. 수현 걱정에 앞뒤 생각 않고 나오긴 했지만, 정하성의 기사 속 여자가, 네가 맞느냐고 물어보는 건 상처가 되는 말일지도 모른다.

서지현에 관해서만 조사하느라, 정하성으로 인해 또 다른 고통을 겪었을 피해자가 있으리라고는, 그리고 그 피해자가 수현일 줄은 알아차리지 못했다.

차츰 자신이 잘못 짚은 것이기를 바랐다. 단편적인 정보만을 가지고 혹시 수현이 아닐까 떠올리는 건 괜한 착각일지도 몰랐다.

갈등하는 입술이 조금씩 말라갔다.

그는 결국, 다른 말로 무심히 물었다.

"괜찮은 거야?"

대뜸 괜찮냐고 묻는 말.

수현의 눈이 살짝 흔들렸다.

"⋯⋯응?"

순간 그가 정하성 때문에 겪었던 일에 대해 묻는 줄 알고, 반문했다.

"힘든 일 있었다며."

"아, 그 일."

수현은 약간 땀이 배어난 손으로, 따뜻한 커피를 모아 쥐며 대답했다.

"괜찮아. 이젠⋯⋯ 해결됐거든."

"그래?"

애써 미소를 짓는 수현을 보며, 묘한 따끔거림이 심장 언저리에서 느껴졌다. 은각은 이상 반응을 보이는 가슴을 의식하다가, 나직이 대답했다.

"그럼 된 거고."

"내 걱정해 준 거야? 고맙네."

다시금 빙그레 웃는 수현이 바보 같아보였다. 처음 연락했을 때도 말을 아꼈듯, 굳이 다른 사람에게까지 꺼내고 싶은 얘긴 아니겠지.

은각은 자연스럽게 실감했다. 수현과 그런 이야길 나누고 위로를 건네줄 만큼 가깝지 않다는 것을.

서로에 대해 알아가는 시간이 너무 짧았으니까.

같은 버스를 타고, 같은 곳에서 일을 했던 것 외에는 수현과의 접점은 없었다. 뭔가 공유를 했던 것도, 깊은 대화를 나눈 적도.

일부러 그러했던 것도 있었지만, 이제 와 그게 조금 후회된다. 친구 정도도 되지 못했던 것이.

"같은 데서 일했던 동료로서, 그 정돈 걱정할 수도 있는 거지."

중얼거리듯 대답했다.

힘든 일이 뭐였든 해결이 됐고 만약 정하성과 관계된 일이 맞다면 그 또한…… 다신 수현의 앞에 나타나지 못할 테니까. 더는 걱정할 필요 없겠지.

그 정도로만 만족하고 머릿속에서 의문을 걷어내야 한다. 마음 한구석이 석연치 않아도, 은각은 이쯤에서 접어 두기로 굳혔다.

"카페 그만 두고, 이젠 뭐 하면서 지낼 건데?"

"원래 하던 일이 있었어. 거기에만 집중하려고."

"그게 뭔데?"

그가 살짝 고개를 기울이며 물었다. 그러고 보니, 따로 조사한 것 외에는 수현에 대해 아는 것이 없다. 물어본 적도 없었고.

"사실 강아지 돌봐주는 일을 같이 했었거든. 내가 너 말고도 빚을 갚아야 할 데가 많아서."

'빚?'

수현이 살고 있는 오피스텔은, 빚을 갚아야한다는 그녀의 말과는 어느 정도 괴리감이 있었다.

그런 곳에 살 정도면 돈 걱정은 하지 않는다는 뜻일 텐데, 내가 뭔가 잘못 생각하고 있는 부분이 있는 건가?

"은각이 넌, 카페 말고 어디 좋은 일자리라도 생긴 거야?"

이번엔 수현이 물었다.

좋은 일자리라.

그동안 하고 다녔던 모습은, 아직까지 직장이 없어서 카페 일만 하고 있는 사람처럼 보였을 수도 있겠다.

"좋은 일자리야 늘 열려 있지. 나한테는."

일 년 만에 그만두긴 했지만.

은각은 다시 음료를 마시며, 시선을 일부러 다른데 뒀다.

아리송한 대답에 수현은 그를 물끄러미 바라봤다.

늘 아둥바둥 살아왔던 자신과는 달리, 늘 어딘가 여유로워 보이는 그의 모습은 좋아 보이기도, 부럽기도 했다.

"어, 눈 온다."

옆 테이블에 앉아 있던 사람이 친구에게 저기 보라는 듯 가리켰다. 겨울이라 자주 내리는 게 당연했지만, 늘 그 기분은 새롭다는 듯이.

수현도 창밖을 보고는 눈이 오는 것을 응시했다.

어쩐지 몸이 추워지는 기분이었다. 다른 손님들에게 카페 안 온도는 적당하다 느낄 정도였지만, 그간 체력이 많이 떨어져 있던 것 때문인지 약간 서늘했다.

수현은 입고 있던 코트를 여몄다. 가뜩이나 추운데, 눈이 내리기까지 하니까 더 추운 것 같다.

어깨를 움츠리는 수현의 모습이 은각의 눈에 띄었다.

고민에 빠질 때 무의식적으로 나타나는 습관.

검지로 테이블을 가만히 두드리던 그는, 옅은 한숨을 내쉬었다.

'신경 쓰이게 하기는.'

그가 자리에서 일어나, 하고 있던 목도리를 벗어냈다.

큰 키 때문에 상체를 조금만 숙이면 그녀에게 손쉽게 목도리를 둘러줄 수 있었다.

"추워 보이는 사람이 하고 있는 게 낫지."

그의 행동에, 주변에 있던 사람들의 은근한 시선이 모아졌다.

수현은 살짝 당황한 얼굴로 목도리를 둘러 주는 그를 올려다봤다.

그러자 은각은 다시 제 자리에 기대앉으며, 귀찮다는 듯 덧붙였다.

"난 갑자기 더워 죽을 것 같아서."

기분 탓일까?

사람들이 자꾸 이쪽을 쳐다보는 것 같은 느낌이 든다.

수현은 어색한 웃음을 지으며, 그가 둘러준 목도리에 손을 얹었다.

"안 그래도 조금 춥긴 했는데, 잠시만 빌릴게."

"그냥 가져. 또 사면 돼."

평소 입는 것들에 비하면 터무니없이 싼 평범한 목도리. 하나밖에 없는 거라 그런지 은각에겐 나름 의미 있는 것이었다.

너는 모르겠지만.

"저…… 혹시……."

그때, 누군가 두 사람의 테이블로 다가와 말을 걸었다.

은각은 옆으로 고개를 틀어 상대를 바라봤다.

수현의 눈도 다가온 사람에게 고정되었다.

"맞네, 김은각! 야, 오랜만이다?"

반갑게 인사를 건네는 남자를 본 은각은 살짝 당황한 얼굴로, 수현을 살폈다.

싱글벙글한 얼굴로 온갖 반가움을 표출하는 남자는, 대학 동기인 승욱이었다.

"……그래, 오랜만이다."

"이게 얼마만이냐. 너 3학년 때 사시 패스에 조기졸업까지 해서 못 본지 오래……읍!"

은각이 다급히 그의 입을 막았다.

갑자기 입을 막힌 승욱은 눈을 동그랗게 떴다.

수현도 의아한 눈으로 두 사람을 바라봤지만, 은각은 어색하게 웃으며 말했다.

"진한 회포는 다음에 풀기로 하고, 오늘은 이만 가주라. 보다 시피 내가 선약이 있어서."

은각의 손에 힘이 더 들어가자, 승욱은 고개를 재빨리 고개를 끄덕였다.

"후아."

그제야 풀려난 그가 숨을 크게 몰아쉬었다. 갑자기 은각이 왜 이러는 건지 이해가 가진 않았지만, 그의 뜻에 따라주기로 했다.

"그래, 뭐…… 다음에 다시 만나서 술 한 잔 하자. 연락해라!"

그는 수현과 그를 번갈아 바라보면서, 다음을 기약했다.

사실 은각이 여자와 함께 있는 것을 보고 눈을 의심했다. 평소에 여자라곤 관심도 없고, 여자를 사귀는 것을 본 적이 없었다.

오랜만에 우연히 만난데다 여자와 함께 있는 모습은, 다른 친구들에게도 알려주고 싶을 만큼 희귀한 장면이었다.

분명 안 믿을 텐데, 사진이라도 찍어둘 걸 그랬나.

승욱은 피식 웃으며 뒤를 흘끗 보다가, 카페를 나가던 발을 다시 움직였다.

낮은 한숨을 내쉬며, 다시 앉은 은각에게 수현이 물었다.

"친구인 것 같던데 왜 그런 거야?"

"별거 아냐."

은각은 대충 얼버무렸다.

"근데 방금 사시 패스에 조기 졸업까지 했다고……."

'하필 저놈을 여기서 만날게 뭐야.'

수현에겐 동료 카페 아르바이트생으로만 남고 싶어서 승욱의
입을 막은 것도 있었다.

더한 얘기까지 할까 봐 사전에 차단했던 게 더 크지만.

"내 얘기 아냐. 아까 걔 얘기지."

"뭐……?"

"본인이 그러는 바람에 날 못 본지 오래라는 말이었다고. 내
가 어딜 봐서."

은각은 제 모습을 가리켰다.

"흐음."

어떻게 보면 맞는 말인 것 같기도, 어떻게 보면 앞뒤가 맞지
않는 것 같기도 했지만, 수현은 더 묻지 않았다.

사람을 겉모습만 보고 판단해서는 안 되지만, 어쩐지 은각은
공부와 거리가 멀어 보이기도……

그런 생각을 할 때쯤, 은각은 시계를 보더니 말했다.

"저녁 먹고 갈래?"

"저녁?"

"오늘은 특별히 내가 산다. 엄청 비싼 것도 돼."

"아냐. 같은 아르바이트생 처지에 네가 무슨 돈이 있어."

그를 보는 수현의 눈가가 휘어졌다. 동생이란 생각이 들어서

그런가? 그가 왠지 귀여워 보였다.

"뭐?"

은각은 기가 찼다.

그렇다고 돈이 없는 건 아니란 말이다.

먹고 살 만큼, 아니 먹고 살기엔 차고 넘치게 살고 있다고 말하지 못해 억울한 적은 처음이었다.

"저녁도 같이 먹으면 좋겠지만, 나 잠깐 나온 거라서 가 봐야 돼."

수현도 이제 그만 가 봐야겠다는 듯, 가방을 챙겨 들었다.

어떻게 된 게 예나 지금이나 틈이 없는 것 같았다. 이 여자는.

은각은 뭔가 단호하게 거절당한 것 같은 이 기분을 뭐라고 설명해야 할지 알 수 없었다.

"같이 나가."

결국 그도 몸을 일으키곤, 그녀와 나란히 섰다.

카페를 나와서, 버스 정류장까지 함께 걸었다.

수현이 타야하는 버스가 때마침 도착했다.

"그럼, 잘 가."

"넌?"

같이 타는 거 아니었냐는 물음이었다.

"아, 난……."

차를 가지고 왔기에 다시 카페로 되돌아가야 했다.

"들를 데가 있어서."

"그래. 그럼, 기회 되면 또 보자. 잘 지내고."

수현은 인사를 한 후, 버스로 다가갔다.

"한수현."

마지막으로 버스에 오르려는 수현을, 은각이 붙잡았다.

"······?"

수현이 그를 빤히 쳐다봤다.

묻지 않기로 했지만, 묻고 싶은 충동이 들었다.

일부러 아무렇지 않은 척을 하는 것인지, 아니면 몸도 마음도 조금씩 추스르기 시작해 지금은 가까스로 괜찮아진 건지.

그는 곧 수현을 붙잡았던 손을 놓았다.

"잘 가라고."

그의 말에 수현은 부드럽게 웃었다.

"너도 조심히 들어가."

문이 닫히고, 수현이 탄 버스는 출발했다.

잠시 우두커니 서 있던 그는 후, 한숨을 내쉬곤 다시 차를 세워 둔 곳으로 발길을 돌렸다.

'울고 있지 않았으면 된 거지.'

이제 그만 신경 써.

은각은 머릿속을 가득 채웠던 생각들을 몰아내려 고개를 흔들었다.

　　　　*　　　*　　　*

　버스를 타고 가던 수현은 창가에 머리를 기대다, 다시 고개를
바로 했다.

　'은각이 물었던 말, 혹시⋯⋯.'

　잊고 있던 사실 하나가 떠올랐다.

　정하성에 관한 기사가 계속해서 쏟아지는 가운데 자신에 대
한 내용도 적지만 언급이 돼 있었다.

　가온전자 사내카페에서 아르바이트를 했다는 부분은, 아무래
도 같은 곳에서 일했던 동료라면 충분히 의심해볼 수 있었다.

　혹시 은각이 그 기사를 보고 자신인줄 알아봤다면⋯⋯

　당장 만나자는 말을 했던 이유가 그것 때문이리라고는 생각
해 보지 못했다.

　만약 기사에 때문에 놀라서 전화를 했던 것이라면, 사실⋯⋯
숨길 일도 아니었는데.

　'그래서⋯⋯ 괜찮느냐고 물었던 거구나.'

　그의 의도가 정확히 그 일에 대해 묻는 것인지는 모르겠지만,
왠지 그것 때문이었을 거란 생각이 이제야 든다.

　괜찮다고 했던 대답은 진심이었다.

　완전히 잊을 수는 없겠지만, 잊으려는 노력을 이젠 해볼 수 있
게 되었으니까.

　정신적 충격 때문에 기억을 지우는 것 말고, 스스로 극복을 해

내며 서서히 상처를 지워가려 하고 있었다.

금방 도착한 버스에서 내리자, 여전히 눈이 내리고 있었다.

날이 추워졌는데, 아빠는 옷 따뜻하게…….

수현은 가던 길을 우뚝 멈춰 섰다.

제정신이 아닌 것처럼 보냈던 지난 시간들 속에, 아빠의 존재를 새카맣게 잊고 말았다.

전에 그렇게 집을 떠나고, 오랫동안 연락이 안 됐으니 분명히 무척 걱정하셨을 거다.

천근만근 무거운 마음으로, 곧바로 그에게 전화를 걸었다.

신호음이 얼마가지도 않아, 성수는 전화를 받았다. 마치 전화가 오기를 기다렸던 것처럼.

["수현아!"]

"아빠."

["아빠가 다 미안하다. 아빠가 다 미안해……."]

성수는 전화를 받자마자 펑펑 눈물을 쏟았다.

제 자신이 가장으로서 얼마나 가족을 제대로 돌보지 못했으면, 그런 일이 있던 줄도 까맣게 모르고 있었을까?

그는 모든 사실을 알고 난 후 그렇게 매일 밤을 제 자신을 탓하고 원망하며 술로 지새웠다.

["널 아프게 했던 그놈, 잡혔다고 들었다. 그동안 얼마나 고통스럽고 힘들었어. 얼마나 아프고 괴로웠어. 이 아빠가 아무것도 몰라서, 아무것도 너한테 해 줄 수 있는 게 없어서 미안하다. 정

말 미안해…… 수현아.")

아빠의 한마디에 울컥 감정이 북받쳐, 목이 메었다.

걱정시킨 건 나인데, 왜 아빠가 우는 걸까.

"아니야, 아빠. 그동안 내 몸 힘들었던 것만 신경 쓰느라……
날 걱정하고 있을 아빠 생각도 못 하고 이제야 전화해서 정말 미
안해, 아빠."

["괜찮다, 난. 네가 그렇게 집을 떠나고 나서, 너하고 연락할
방법이 없어서 무척 걱정하긴 했지만 이사님이 나한테 연락을
해 줘서 그래도 안심했다."]

"……이사님?"

["정하균 이사 말이다. 너는 자기가 잘 보살피고, 널 힘들게 하
는 모든 일들도 곧 해결할 테니 안심하고 믿어달라고 하더구나.
걱정하지 말고 조금만 기다려 달라고 했어."]

"……."

툭, 툭.

예고 없는 소나기처럼 몇 방울 떨어지던 눈물은, 얼마 버티지
못하고 주르륵 왈칵 쏟아져 내렸다.

["수현아."]

"아빠, 이제 난 정말 괜찮아. 지금 당장 보고 싶은데 내가 지
금……."

눈물을 닦으며, 입을 꽉 막은 수현은 애써 목소리를 가다듬었
다.

["수현아, 이 아빠 너만 아프지 않다면 그거면 돼. 내 걱정은 하지 마라. 아빠 네가 왜 그랬는지 다 이해하니까…… 괜찮다. 다 괜찮아."]

"아빠……."

모든 게 끝나고, 아빠의 목소리까지 들으니 참았던 눈물이 다시 터져 버렸다.

그저 다 같이 행복하게 살고 싶었던 것뿐인데.

맛있는 음식이 있으면 둘러 앉아 먹고, 오늘 하루는 어땠는지 이야기를 나누며, 슬픈 일이 있을 때는 함께 울어주는 그런 가족과 오래도록 살고 싶었을 뿐인데.

왜 내겐 그토록 어려운 일이었을까?

'……실은, 아빠.'

미치도록 힘이 들 때, 내 곁에 아무도 없었던 거.

나는 그게 가장 힘들었던 같아.

그래서 기억을 지워가면서까지 홀로 삼키고 잊어야했던 것일지도 몰라.

이제 다 괜찮아지겠지?

나도 행복해질 수 있겠지?

휴대폰을 붙든 채, 수현은 그 자리에 서서 눈을 맞으며, 바라고 또 바랐다.

모든 아픔은 여기서 끝나기를.

하루빨리 따뜻한 봄이 오기를.

유라는 술에 취한 채로, 비틀 비틀 거리를 걸었다.

그나마 수중에 있던 몇 푼의 돈은 떨어진 지 오래였다.

연주에게 돈을 받아내는 것도 이제 물거품이 됐으니, 먹고 살 길을 찾아야한다.

아직 집을 구하지 못해 미선과 모텔에 머물면서, 또다시 시작된 거지같은 삶을 어떻게 살아야 하나 멍하니 밤을 새웠다.

미선은 일할 곳을 찾아보겠다고 아침 일찍 나갔지만, 유라는 대낮부터 술을 마시곤 이제야 어기적거리며 들어가는 중이었다.

모텔이 있는 골목 어귀에 들어서던 그녀는, 모퉁이에서 갑자기 나타난 차 때문에 그대로 바닥에 넘어졌다.

술 때문에 비틀 거리던 찰나에 놀라기까지 해서 그대로 주저앉은 것뿐, 부딪치진 않았다.

"괜찮으세요?"

차에서 내린 남자가 유라에게 달려와, 그녀의 상태를 확인했다.

술에 취해 흐릿한 정신 속에서도, 그녀는 자연스럽게 그의 전신을 훑으며 가격을 매겼다.

패션 공부를 했을 뿐만 아니라 평소에도 온갖 브랜드들에 관심이 많아서 대충 봐도 금세 파악할 수 있었다.

놀란 남자의 목울대 아래, 살짝 보이는 와이셔츠와 입고 있는 슈트. 가슴의 행커치프, 손목시계와 구두 등 모두……

초고가의 명품브랜드였다.

거기다 얼핏 봐도 흔하지 않은 외제차까지.

외모는 그저 그랬지만, 이 남자의 가격은 환산 불가다.

보이지 않게 입술 끝을 말아 올린 유라는, 새로운 계획을 세우기 시작했다.

*　　*　　*

하성의 일로 그룹 뿐 아니라 가온전자 역시 시끄러워졌다. 그렇다고 해서 여전히 밀려 있는 업무들을 그만둘 수는 없는 상황이었다.

본래의 주인이 사라져 버리는 바람에 하균은 더욱 자리를 비우기 어려웠다.

이 자리는 오로지 하성을 위해 앉아 있는 것이라고 생각했었는데.

그도 이제 어떻게 해야 할지 결정을 해야 했다.

굳이 자신이 아니라도 이 자리를 대신할 사람은 많았고, 그렇잖아도 노리는 이들이 충분했으니까.

하지만 그가 결정을 내리기도 전에, 윤 회장이 그를 불러들였다.

한 번도 집이라고 생각했던 적이 없는 곳이었다.

여전히 싸늘하고 정감이란 존재하지 않는 저택. 하균은 그에 응대하듯, 감정 없는 얼굴로 저벅저벅 들어갔다.

동시에 비서를 통해 대강의 짐을 챙겨 나오던 연주와 마주쳤다.

"……도련님이."

연주는 걸음을 멈추고, 말했다.

"이기셨네요."

"아직도 이 모든 게 게임처럼 보이시나보군요."

하균도 걸음을 멈췄다.

고개를 틀어 옆을 보자, 정원 가로등에 연주의 식은 눈동자가 비쳐졌다.

"인생은 게임이에요. 이기는 사람만이 원하는 걸 얻을 수 있는."

그녀가 하던 게임이 뭐였든, 그는 관심 없었다.

하지만 거기에 한수현을 끌어들이진 말았어야지.

"그 게임에서 지신 소감이 어떠십니까. 여태껏 살아오면서, 매번 이기기만 하셨을 텐데."

그의 물음에 연주는 피식 웃었다.

이내 억지로 말려 올라간 붉은 입술이, 조용히 움직였다.

"아주 엿 같아."

늘 우아하고 고상했던 연주의 입에서 저런 말이 나오다니. 하성에 이어 연주까지 수현의 앞에서 치우는 과정에서, 의외의 흥미로움을 얻었다.

느긋한 표정으로 그녀를 지나쳐가며, 하균은 빙긋이 미소 지었다.

"그거, 희소식이군요."

"왔느냐."

기운을 차린 뒤, 윤 회장은 소파에 앉아 있었다.

저벅저벅 다가온 하균은 곁에 앉았다.

"저녁 식사를 준비 시켰다."

"저와 같이 식사를 하시겠단 겁니까."

냉담한 대답이 돌아왔다.

어쩔 수 없이 참여해야하는 정기적 가족 식사나, 비즈니스 자리 외에 함께 식사를 한 적이 없었다. 그건 두 사람 모두 알고 있는 사실이었다.

윤 회장도 큰 기대를 하진 않았지만, 마음 한구석이 텅 빈 것 같은 기분이 들었다. 하성이 제 곁에 없어서 그런 것이리라, 노인은 그렇게 생각했다.

하균은 서느런 눈동자로 용건을 물었다.

"저녁은 됐습니다. 바로 가 봐야 할 곳이 있어서요. 저를 부르신 이유가 뭡니까."

그래, 너는 원래 이런 녀석이었지.

처음 봤던 날부터 하균의 눈빛이 마음에 들지 않았다. 어린 녀석이 긴장된 구석 하나 보이지 않고, 입을 꾹 다물고 있는 게 맹랑했다.

다른 어미의 배를 빌렸지만, 한 핏줄을 타고 났으니 내치진 않았다. 아니, 어쩌면 그 눈빛이 하성보다 더 큰 아들과 닮아 있어서 내치지 못했는지도 모른다.

저를 두고 떠난 아들 생각이 날 때마다, 그 눈을 들여다보다가도, 다시 아들이 괘씸해져서 미워하기를 반복했다.

이날 이때까지 보지 않는 척 하균을 지켜봤다. 녀석은 위로 다섯이나 차이나는 형보다 다방면에서 재능을 보였고, 뭐든지 우수했다.

그때까지만 해도, 인정하고 싶지 않았다. 그래서 더욱 하성을 채찍질하고 독하게 키워냈다.

우려와는 달리, 하균은 큰 욕심이 없는 것부터, 회사 경영에도 관심이 없는 것까지도 제 아버지와 똑 닮아 있었다.

성인이 된 후 알아서 영국으로 떠나겠다고 하기에, 말리지 않았다. 그땐 이미 하성에게로 마음을 굳힌 상태였으니까.

그러나 하성이 사고를 당하고, 그 자리를 대신할 만한 인물이 필요했다.

다른 놈들을 둘러봤지만 다들 욕심이 너무 많았다. 하성이 깨어나고 나면, 쉽게 물러나려 하지 않을 게 빤했다.

최후의 수단으로 하균을 불러들였다.

비록 어릴 때까진 여러 면에 두각을 나타냈지만, 오랜 시간을 영국에서 조용히 지내고 있던 녀석이었다.

경영 수업을 따로 시킨 것도 아니었고, 작은 회사라도 맡아본 적이 없었기에 하균이 이토록 잘 해내리라곤 생각지도 못했지만.

"네놈이 결국 이렇게 일을 만들 줄 알았다."

윤 회장은 찬 미소를 띠며 말했다.

"무슨 말을, 하고 싶으신 겁니까."

"나는 네게 잘했다고 하고 싶은 생각 없다. 네놈이 내 인생 다 바친 그룹을 이 지경으로 만들었어."

노기 어린 시선에, 하균이 실소를 지으며 대답했다.

"다 알고도, 모른 척했어야 했단 겁니까?"

"너 혼자 움직일 게 아니라, 내게 먼저 언질을 했어야지. 하성일 처벌할 방법은 내 선에서도 얼마든지 있었다!"

끝까지 변함이 없으십니다.

당신 손자가 살인자이든, 강간미수범이든 중요한 건 오로지 당신의 회사라는 거군요.

하균은 피식 웃으며 말했다.

"형을 회장님 손으로 철창에 보내진 않으셨겠죠. 가온 그룹의 후계자가 교도소에 수감되는 꼴을 생중계하고 싶진 않으실 테니까. 하지만 회장님. 죄를 지었으면 벌을 받아야하고, 마땅한 죗값을 치러야하는 겁니다. 설사 그게 이 대단한 그룹의 후계자라도 말이죠."

"……."

"지금 이 상황에서 회장님은 그룹 걱정을 하실 게 아니라, 형이 왜 그렇게 변했을까. 손자 때문에 다친 사람들에게 어떻게 사죄를 해야 할까! 그런 생각을 하셔야 하는 겁니다."

"피해자들에겐 마땅한 보상을 해 줄 생각이었다. 하지만 한수현이란 그 아이."

수현의 이름이 나오자, 하균의 눈매가 한층 차가워졌다.

서늘한 시선이 윤 회장을 노려보며 낮게 경고했다.

"아무리 회장님이라도 그 여자를 건드리는 건, 용서하지 않을 겁니다."

"네가 그 아이와 어쩌다 그런 사이가 된 건지는 관심 없다. 하지만 그 아이를 만나는 건 그만둬."

"회장님!!!"

하균의 목소리가 저택에 울려 퍼졌다.

이미 예상했다는 듯, 윤 회장은 동요하는 기색 없이 건조하게 말을 이었다.

"네 말마따나 그 아인 하성이 놈과 관련된 피해자다. 그런 아이와 가온전자의 대표 자리에 앉아 있는 네가 서로 어떤 사이인지 밝혀지면 어떨 것 같으냐. 아마 막장도 이런 막장이 없다고 떠들어대겠지. 그렇잖아도 그룹이 하성이 놈 때문에 휘청거리고 있어. 지금은 그 어떤 이슈도 더 이상 생겨나지 않도록 조심 또 조심해야 할 시기다."

"그럼, 그깟 대표 자리. 내려놓죠."

당신이 무슨 자격으로 그런 말을 하시는 겁니까.

비소를 담아 한없이 낮아진 목소리는, 윤 회장을 멈칫하게 했다.

"어차피 형이 아니었으면 전 영국에 처박혀 있었을 놈이었고, 형이 깨어나면 회장님께서도 절 물러나게 하실 생각이셨잖습니까."

하균은 더 이상 할 말이 없다는 듯, 자리에서 일어났다.

"가 보겠습니다."

참으로 무서운 노인이다.

본인이 그렇게 믿었던 손자가 그 꼴이 되었는데, 당장 중요한 건 오로지 그룹뿐이라.

'정하성의 죄에는, 당신이 정하성을 그런 놈으로 만든 죄도 포함되어 있다고 생각지 않으십니까.'

하균은 알고 있었다. 정하성이 그렇게 된 데에는 노인의 책임도 있다는 걸. 하성이 그동안 어떻게 자라왔는지, 옆에서 똑똑히 보아왔으니까.

윤 회장은 무뚝뚝하고, 빈틈없는 가온그룹의 회장이 아닌, 어릴 적부터 부모 역할을 해 왔던 할머니로서.

하성을 올바른 어른으로 자라게 하지 못한 자신의 과오를 인정해야 했다.

그간 하성 대신이었어도, 회사에 나름의 애정과 책임을 갖지 않았다면 그건 거짓말이었다. 그렇다고 해서 후계자 자리에 없던 욕심이 생겨 그 자리를 완전히 차지하고 싶은 생각은 여전히 없었지만.

수현을 포함한 피해자들에게 사죄하며, 진심으로 자신이 필요하다 말했더라면.

일말의 책임감으로라도, 그 자리에 남아줄 수도 있었는데.

하균은 잠깐이나마 그런 생각을 했던 제 자신을 한심하게 바라봤다.

차를 몰고 떠나며, 생각했다.

모든 걸 내려놓고, 수현과 떠나고 싶다.

*　　*　　*

오피스텔 로비로 들어오면서 눈물을 닦아내자, 얼굴이 따끔따끔했다. 눈물 때문에 건조해진 얼굴에 찬바람을 맞은 탓이리라.

마음이 약해지면, 눈물도 많아진다더니.

충분히 강해졌다고 생각했는데, 아직 이렇게 눈물이 나오는 것을 보면 시간이 더 필요한 거겠지.

수현은 굳세게 눈가를 닦아 내고 엘리베이터가 있는 곳으로 걸었다.

지하 주차장에서부터 올라오던 엘리베이터는 곧 1층에 도착했다.

문이 열리고, 안에 타고 있던 사람의 얼굴을 그녀에게 무척이나 익숙한 사람이었다.

"하균 씨?"

"한수현."

내내 어두웠던 하균의 표정이 수현을 보자마자 차츰 밝아졌다. 하균은 외출을 하고 돌아오는 것처럼 보이는 수현을 향해 물었다.

"어딜 다녀오는…….."

대답하기 앞서, 수현이 엘리베이터 안으로 들어서려던 순간. 뒤에서 시끌시끌한 소리가 나더니, 누군가 "잠깐만요!" 하고 외쳤다.

수현은 얼결에 열림 버튼을 눌러 문을 열어 두고, 뒤를 돌아보았다.

꽤 많은 숫자의 사람들이 엘리베이터를 향해 오고 있었다. 옆의 한 대가 더 있는데, 당장 1층에 서 있는 엘리베이터를 타겠다는 심산이었다.

이내 수현이 먼저 엘리베이터에 몸을 실었을 때, 물밀 듯 밀려들어온 사람들은 먼저타고 있던 그녀와 하균을 구석으로 몰아넣었다.

덕분에 수현과 하균은 구석에서 완전히 밀착된 상태로 옴짝

달싹하지 못했다.

수현이 사람들 틈이 끼이기라도 할까 봐, 일찌감치 그녀의 어깨를 감싸 안았다.

하균은 입가에 엷은 미소를 띠었다.

그녀를 안고 있다는 것만으로도, 심장이 꽉 채워진 느낌이 든다. 시리도록 차가웠던 마음이 녹는 것 같다.

하균은 잠깐이지만 그런 생각을 하며, 수현의 머리맡을 내려다봤다.

불편하긴 해도, 이렇게 꽉 붙어 있으니 나쁘지 않았다.

수현이 그의 품 안에서 고개를 살짝 들어 그를 올려다봤다.

두 사람의 눈이 마주쳤다.

수현의 눈을 가까이서 본 그의 시선이 일순 정지되었다.

울었어?

바로 아래서 바라보니, 눈가가 조금 발갛고 부어 있는 것처럼 보였다. 어떻게 된 거냐고 묻고 싶었지만, 그는 그녀가 말해 주길 기다리는 것을 선택했다.

애써 심각해졌던 생각을 거두고, 하균은 그녀를 바라보며 속삭였다.

"이대로 또다시 엘리베이터가 고장 나면 좋을 텐데."

"뭐라고요?"

이 많은 사람들 틈에서, 이렇게 밀착된 상태로 엘리베이터가 고쳐지길 기다리는 모습이 자연스럽게 상상된다.

자의 반, 타의 반 그와 한동안은 이렇게 있을 수 있으니……
그 기분은 예전과 같긴 않겠지?

무슨 생각을.

수현은 마음속으로 고개를 저으며, 공연한 생각을 한 자신을
나무랐다.

그러나 하균은 그런 그녀를 자극하듯, 그녀에게만 들릴 만한
목소리로 다시금 속삭였다.

"둘만 있으면 더 좋겠지만, 이렇게 강제로 딱 붙어 있는 것도
나쁘진 않을 것 같아서."

이런 말도 아무렇지 않게 할 수 있는 사람이었나?

졌다. 수현은 소리 없이 웃으며 그의 가슴을 톡— 두드렸다.

사람들은 다행히 10층에서 내렸고, 두 사람은 그제야 숨을 제
대로 쉴 수 있었다.

얼마 지나지 않아 15층에 도착한 엘리베이터에서 내리며, 하
균이 말문을 열었다.

"어디 다녀오는 길이야."

"당신 회사 카페에서 전에 같이 일했던 동생을 만나고 오는 길
이에요."

같이 일했던 사람. 하균은 가만히 수현과 함께 일하던 사내카
페 직원들을 떠올려다보다, 곧 한 가지 결론에 도달했다.

남자잖아.

"무슨 일로?"

그는 복도를 걸으며 넌지시 물었다.

"그냥, 안부 차요. 그동안 이런저런 일 때문에 카페에도 못 나갔잖아요."

"……아, 그랬지."

왠지 모를 안도감이 들면서도, 여러 가지 궁금증이 그의 입안을 맴돌았다.

단둘이 만나서 무슨 얘기를 한 거야. 동료로서의 걱정 때문이었다면, 굳이 만나지 않고 연락 정도만 해도 되는 사이 아니었나?

수현의 얼굴을 직접 보고자 했다면, 크게 걱정을 했다는 뜻으로도 들린다. 거기까지야 그럴 수 있다고 치는 게 무리는 아니었지만, 상대는 남자였다.

갑자기 머릿속이 한껏 복잡해진 기분이었다.

묻고 싶지만, 어쩐지 물으면 이상할 것 같고. 괜히 자신이 민감하게 생각하는 것 같기도 하고.

그런 그의 마음을 아는지, 모르는지. 서로의 집 현관 앞에 다다르자, 수현은 그를 바라보며 말했다.

"그럼 잘 들어가요."

"저녁. 안 먹었지?"

하균이 잊고 있었다는 듯, 물었다.

수현은 여리게 웃으며 고개를 저었다.

"안 먹긴 했는데…… 오늘은 이상하게 입맛이 없어서요."

하균은 말없이 그녀의 눈가를 응시했다.

그녀가 입맛이 없는 이유를 알 것 같았다.

마주 서 있던 그의 커다란 손이 뺨을 감쌌다.

"왜 울었어."

갑작스러운 그의 물음에, 수현이 멈칫했다.

크게 티가 나지 않을 거라고 생각했는데. 언제 알았던 걸까.

"아빠와 통화를 했거든요."

하균은 은연중 다행이라고 생각했다.

다른 이유 때문은 아니라서.

"당신이 아빠한테 연락해 줬다고 들었어요. 나 대신."

당연히 해야 할 일을 한 것뿐이었는데, 울먹이는 수현의 눈을 보니 하균은 스스로를 칭찬해 주고 싶은 기분이 들었다.

"고마워요."

수현은 그의 목을 끌어안았다. 그의 키가 커서, 쉽지는 않았지만. 하균은 피식 웃으며 그녀를 마주 껴안았다.

"형 때문에 또 혼자 울었는지 알고 걱정했잖아."

그의 음성이 따뜻하게 내려앉았다.

"미안해."

그 사람이 내 형이라서.

내 형이라는 이유로, 너를 오해하고 괴롭게 해서.

평생 이렇게 나는 네게 속죄하고, 사랑하고, 행복하게 해 줄게.

"당신 때문이 아니라고 했잖아요. 자꾸 미안하다고 하면, 이 젠 당신 때문에 울 거예요."

"울지 마."

하균은 허락하지 않겠다는 듯, 그녀를 놓고 양 뺨에 손을 얹었다.

"울면……."

강물에 비친 불빛처럼 그의 눈동자가 일렁였다.

복도를 밝혔던 센서등이 꺼지고, 어둠 속에 잠긴 순간.

하균은 고개를 비스듬히 기울여, 수현의 입술을 덮었다.

앞이 보이지 않는 상태에서 갑자기 다가온 부드러운 감촉. 그의 입술을 느낀 그녀의 눈이 커졌다.

수현은 천천히 눈을 감으며, 그를 꽉 붙잡았다.

적당히 누르는 힘이 수현을 등 뒤 현관에 기대게 했다. 그 움직임에 센서등이 다시 켜지고, 하균의 입술은 수현을 더욱 깊게 탐해갔다.

눈을 감고 있어서 불이 들어온 지도 모른 채 점점 더 진하게 얽혀드는 호흡. 세찬 비처럼 가슴을 두드리는 심장.

이윽고 입술 사이에 찬바람이 스며들었을 때, 수현은 그의 입술이 떼어졌다는 것을 깨달았다.

왠지 모를 부끄러움이 들어서, 그와 눈을 마주치지 못하고 시선을 옆으로 돌려 버렸다.

그가 뒷말을 덧붙이지 않아도 확신할 수 있었다.

울면 이렇게 키스해 버린다. 그런 뜻이리라.

하균은 싱긋 웃으며 그녀의 집 문 비밀번호를 눌러 주었다. 이젠 기억하고 있다는 듯이.

"그럼, 들어가."

수현은 붉어진 얼굴을 목도리에 묻고는 안으로 들어가려다가, 다시 고개를 돌려 물었다.

"참, 당신은 저녁 먹었어요?"

"시간이 몇 신데."

신경 쓰게 하고 싶지 않아서, 먹었다고 해 두는 편이 나을 것 같았다.

"다행이다. 그럼…… 당신도 얼른 들어가서 쉬어요."

"그래."

대답을 했건만, 수현은 그도 어서 들어가라는 듯 아직 걸음을 옮기지 않고 있었다.

하균은 알겠다는 얼굴로 맞은편 집의 비밀번호를 눌렀다. 그의 집 문이 열리고, 수현은 그제야 엷은 미소를 띤 얼굴로 들어갔다.

닫히는 문을 보며, 하균은 한쪽 바지머니에 손을 찔러 넣었다. 바로 맞은편에 살면서 이렇게 헤어지는 게 아쉬워서야.

"입맛이 없다……."

통 뭘 먹는 걸 본 적이 없는데.

여태껏 음식을 제대로 넘길 수 있는 상황이 되지 못한 건 사실이었다.

이제부터는, 수현이 행복해질 수만 있다면 하나부터 열까지 그녀의 모든 것을 챙겨 줄 생각이었다.

하균은 집 안으로 들어가려던 발길을 돌려, 다시 복도를 걸었다.

*　　　*　　　*

"맞다, 목도리."

옷을 갈아입으려 가방을 벗어내던 수현은 문득 하던 행동을 멈췄다.

제 목에 아직까지 둘러져 있는 그의 목도리를 내려다봤다.

가져도 된다고 했지만, 그렇다고 어떻게 당연히 내 것인 것처럼 가져왔지?

곤란한 얼굴로 휴대폰을 찾아서, 은각에게 문자를 했다.

[은각아, 깜박하고 네 목도리를 그냥 하고 와 버렸네. 이것 때문에 다시 만나긴 번거로울 테니까…… 어디로 보내주면 돼?]

메시지를 보내고 나서, 뜨거운 물에 샤워를 하고 싶은 생각에 그녀는 가운을 챙겨들었다.

편한 옷을 입고 거실로 나오자 강아지가 발밑에 쪼르르 달려왔다.

포근한 강아지를 안고, 테라스 쪽으로 걸어가 눈 내리는 창밖을 바라봤다.

시선은 창밖에 고정한 채 수현은 나직이 강아지를 불렀다.

"하균아."

강아지는 제 이름을 불렀다는 걸 아는지, 조그맣고 새카만 눈동자를 깜박거렸다.

강아지의 이름을 부르고 보니, 동명이인이 다시금 떠올랐다.

"기분이 이상해. 너한테 하는 말이 꼭 그 사람한테 하는 것 같아서."

문득 그런 생각이 들어서, 수현은 작게 웃었다.

"네 덕분일지도 모르겠다. 그 사람과 이렇게 있을 수 있는 거."

여전히 가슴은 두근거렸다. 볼이 화끈거리는 느낌도 아직까지 남아 있었다.

꿈속을 부유한 것처럼 아득해지는 느낌이 수현의 머릿속을 멍하게 만들었다.

그의 입술이 닿았던 부분을 손가락으로 만져보았다.

너무도 금방 사라져 버린 것 같다. 그녀의 눈에 아쉬움이 담겨, 그에 대한 생각에 잠겼을 때 즈음.

떵동—

초인종이 울렸다.

어디로든 흘러가도록 두었던 정신이 깨고, 수현은 눈을 깜박였다.

강아지를 내려놓은 후 거실을 가로질러, 현관이 있는 곳으로 향했다. 중간에 화상 인터폰을 확인하니 그가 서 있었다.

갑자기 무슨 일이지?

수현은 서둘러 문을 열었다.

그는 마지막으로 봤던 그 옷차림 그대로였다.

의아한 눈이 어떻게 된 거냐고 묻기도 전에, 하균은 그녀의 앞에 뭔가를 내밀었다.

"입맛 없다며."

"이게 뭐예요?"

"아이스크림."

그가 든 쇼핑백에는 가장 큰 크기의 아이스크림 통이 들어 있었다.

수현은 환하게 웃고 말았다.

이렇게 눈 내리는 겨울에, 아이스크림을 사다주는 남자라니.

"그게 제일 맛있는 것 같더라."

한 번도 아이스크림 가게에서 뭔가를 사본 적이 없는 그는, 그다지 단맛을 좋아하지 않으면서도.

"사랑에 빠진 딸기."

종류별로 한 스푼 씩 다 먹어보고 나서야, 그녀가 좋아할 만한 것을 찾아냈다.

기억하고 있었으니까.

"좋아하잖아. 딸기 맛 아이스크림."

전에 수현과 함께 갔던 레스토랑에서 나온 디저트가 딸기 아이스크림이었다. 다른 요리들은 아깝다는 이유로 애써 조금씩 먹었지만, 마지막으로 나온 딸기 아이스크림만큼은 유독 잘 먹었던 너.

그때의 수현을, 그는 기억하고 있었다.

"이거……."

수현이 다소 무거운 목소리로 쇼핑백을 보고만 있자, 하균은 살짝 불안해졌다. 혹시 제가 잘못 생각하고 있던 것일까 봐.

그것도 잠시, 수현은 발끝을 들어 그의 볼에 입을 맞췄다.

"내가 제일 좋아하는 거예요."

＊　　＊　　＊

은각은 왠지 모르게 음울했다.

그녀와 헤어지고 나서, 다시 만날 여지를 남겨 두지 않았다.

아니지, 이제 신경 쓰지 않기로 해 놓고서는 왜 또 그런 생각을 하고 있단 말인가.

가사도우미가 차려 놓은 음식을 앞에 둔 채, 그는 식탁에 턱을 괴고 있었다.

한수현, 빚, 강아지.

수현을 그동안 보지 못했던 이유에 대해선 이제 알고 있었지만, 그녀는 알면 알수록 의문투성이였다.

밥 대신 담배 생각이 나서, 의자를 밀고 일어났다.

휴대폰을 집어 드는데 문자가 와 있었다.

별 생각 없이 문자를 확인하던 그는, 수신인을 확인하자 다시 진지하게 화면을 뚫어져라 바라봤다.

수현에게서 온 문자였다.

"가져도 된다니까."

라고 쓰려던 그는 다시금 지우기 버튼을 꾹꾹 눌렀다.

아니다, 그건 딱 하나밖에 없는 의미 있는 목도리였다.

그런 거라면, 받아야지.

받아야 되는 게 맞는 거다.

그것도 직접 받아야 안심이 되지.

은각은 다시 휴대폰 타자를 꾹꾹 눌렀다.

[택배로 보내는 게 더 번거롭잖아. 그냥 만나서 줘.]

＊　　＊　　＊

아침 일찍 일어나, 샤워를 마친 하균은 드레스룸에서 출근 준비를 하려다 손을 거두었다.

회사, 그만두겠다고 했지.

그는 망설임 없이, 슈트가 아닌 편한 차림을 선택했다.

회사에 나가지 않을 생각이었다.

제 자리가 어떤 의미이든 그는 관심 없었다.

막상 그 자리에 앉았을 때는 그래도 굴러가도록 나름의 노력은 했었지만, 이젠 그럴 필요가 없다.

윤 회장이 노발대발하면서 이토록 무책임한 사람이었냐고 묻는다면, 하균은 망설임 없이 고개를 끄덕일 수 있었다.

모든 건 당신 때문이니까.

상처만 남겼던 사람이, 제게 남은 유일한 사람을 버리라 명령했다. 당신의 손자 때문에 평생 상처를 안고 살아갈 여자를 감싸주지 못할망정, 그녀 때문에 또 다른 문제가 생길까 경계할 자격이, 당신에게 있다고 생각하는 걸까?

그런 노인의 정신을, 그는 한 번 더 대단하다고 추켜세워 주고 싶었다.

거실로 나와, 어젯밤 수현에게 선물했던 아이스크림을 생각했다.

조금이라도 먹었을까.

아이스크림을 받아 들고 해사하게 웃는 그녀를 그리자, 가라앉았던 기분이 다시 말갛게 갰다.

자신도 모르게 입가에 미소가 얹어졌다.

옆에 놔둔 휴대폰이 울리고 나서야, 그는 제가 웃고 있었다는 것을 깨달았다.

전화를 받자 유한의 목소리가 흘러나왔다.

["나 오늘 퇴원했다."]

"이왕 쉬게 된 거 오래 있으라고 했잖아."

["오래 누워 있으니 좀이 쑤셔서. 내 자리도 너무 길게 비우면 네가 힘들 거 아니냐."]

나, 이제 백수야.

하균은 그렇게 말하려다가, 다른 말로 대답했다.

"할 얘기가 있어. 잠깐 오피스텔로 와."

*　　*　　*

대표가 회사에 출근하지 않다니.

당장 처리해야 할 업무와 미팅은 아침부터 쌓여 있는데, 당사자는 감감무소식인 상황이었다.

'이놈이 기어코……'

하균이 회사에 나타나지 않았다는 얘기를 벌써부터 전해 들은 윤 회장은, 불안함에 계속해서 입술을 깨물고 있었다.

결코 빈 말을 하는 녀석이 아니라는 걸, 지독히도 잘 알고 있었다. 그의 마음이 쉽게 돌아서지 않으리라는 것 또한 알고 있기에, 노인의 불안감은 더욱 커져갔다.

"회장님, 저한테 맡겨주시면 저도 기필코, 잘 해내보이겠습니다."

이미 소식을 듣고 득달같이 달려온 호진이 진지한 눈으로 말했다.

하성의 목은 어차피 저 멀리 날려버렸고, 이제 하균을 끌어내릴 차례였는데 그놈은 알아서 이렇게 분란을 만들어 주고 있었다.

윤 회장의 성격 상 이대로 보고만 있진 않을 게 분명했다.

이건 절대 놓칠 수 없는 기회였다.

다른 하이에나 떼들이 하나둘씩 이 자리를 넘보기 전에, 서둘러 가온전자를 차지해야 했다.

"하균인 어차피 하성이 대신이었잖습니까. 빈자리를 누군가는 채워야하고요. 그러니 제가……."

"아직 하균이 놈이 정식으로 해임된 건 아니다. 네가 감히 넘볼 수 있는 자리도 아니고."

윤 회장은 날카롭게 선을 그어냈다.

호진은 이를 악물고, 눈썹에 힘을 준 채 물었다.

"회장님. 왜 매번 저는 안 된다고만 하시는 겁니까."

이제야 기회가 제게 돌아왔는데, 대체 왜?

자신도 맡겨만 주면 잘할 자신이 있었다.

언제나 모자란 놈이라며 멸시하고 기회조차 주지 않아서 그렇지.

매섭게 찢어진 호진의 눈을 본 윤 회장의 시선은, 그보다 더 차가워졌다.

못난 놈.

노인은 말 대신 눈빛으로 그의 기를 단숨에 내리눌렀다.

그리고 호진이 절대로 반박하지 못할 제안을 했다.

"네가 진정 가온전자 대표 자리에 앉고 싶다면 평사원부터 시작해. 뚜렷한 성과를 보여주면 그땐 진지하게 생각해볼 테니까."

제 손자로 태어났다는 이유만으로, 이런 언감생심 생떼를 다신 부리지 못하도록.

"평사원이요?"

자신은 가온그룹 회장의 손자였다. 그것도 앞날이 창창한. 타고 나길 사장감인데, 어떻게 말단 사원부터 시작하란 말인가.

예상대로 호진은 그러겠다고 넙죽 얘기하지 않았다.

"그럴 생각이 없으면 꿈도 꾸지 마라. 제대로 경영이란 걸 해 본 적도 없는 너한테 덜컥 회사를 맡기리라 생각한 거냐?"

가뜩이나 머리가 아픈데 불쑥 찾아와 머릿속을 정리할 시간을 방해하는 그를, 윤 회장은 냉혹하게 나무랐다.

"평사원으로 일하는 것보단, 네 아버지 밑에서 지금처럼 놀고먹는 편이 훨씬 나을 거다. 괜한 머리 굴리지 말고, 너도 한동안 조용히 지내!"

호진은 더 이상 반박하지 못하고, 마른침을 꿀꺽 삼켰다.

"그만 가 봐."

주름진 입술을 짓이겨 문 그녀는 손 위에 이마를 얹고, 인상을 썼다.

누구든 새로운 대표 자리에 앉히려면 긴급 임시 이사회를 열어야 했고, 그 안건이 받아들여져야 했다.

문제는, 유일하게 이사회의 신임을 받고 있는 사람이 하성 다음으로 하균이었다. 어쩌면 이젠 그들의 마음이 하균에게로 온전히 기울었을지도 모를 일.

하성이 놈도 잘한 것 하나 없었지만, 이 사태를 만들어 낸 하균을 책망하면서도 그가 이 시국에 자리를 비우면 문제는 걷잡을 수없이 커졌다.

고작 한수현을 멀리하라 했다고, 이렇게 무책임한 결정을 내린 하균에게 무척이나 화가 나고 실망스럽지만.

믿었던 하성은 더 이상 곁에 없었다.

오로지 하성만을 위한 자리였기에, 다른 놈은 아무리 되짚어 봐도 성에 차지 않을 것이다.

당장 그룹과 그룹의 뼈대나 다름없는 가온전자를 위해서라면…… 윤 회장은 하균이 필요했다.

그러면서도 그간 하균을 어떻게 대해 왔는지 알기에, 노인은 쉽게 그를 회유할 마음을 먹지 못했다.

갑갑해지는 숨통과 바르르 떨리는 손가락이 말해 주고 있었다.

이렇게 버티고 있을 날도 얼마 남지 않았음을.

* * *

유한은 하균을 보자마자, 수현의 안부부터 물었다.

"수현 씨는."

"이제 많이 나아졌어."

"다행이네."

그는 한 번 더 안도했다.

두 사람 사이에 공존했던 정하성은 이제 없었다.

아직 그를 완전히 지워낼 순 없겠지만, 그건 시간이 필요한 일. 그에 대한 정리를 한 지금, 유한은 이제 두 사람 사이에 볕이 들기를 바랐다.

"갑자기 집으로 부른 이유가 뭐야? 그러고 보니…… 지금쯤 회사로 출발했어야 할 시간 아닌가?"

유한은 손목시계를 확인하며 다시금 물었다.

"회사 일에서 손 뗄 생각이야."

"뭐라고?"

난데없는 하균의 발언에, 유한의 눈이 휘둥그레 해졌다.

정하균이 없었으면 어땠을까싶을 만큼, 단시간에 가온전자를 눈부시게 성장시켰던 그였다.

심지어 가온전자의 대표는 명실상부 그라고 모두에게 인식되어 있었다.

그렇잖아도 정하성 파문으로 인해 혼란을 맞고 있는 회사다. 본 대표였던 하성이 부재한 지금, 하균 마저 없으면 빈 둥지가 된 회사의 향방은 어찌 될지 알 수 없었다.

"진심이야?"

"그래."

하균은 이미 결심을 굳혔다는 듯, 대수롭지 않게 말했다.

자신을 위해 있던 곳이 아니었다.

유산을 생각한다면, 회사를 맡지 않아도 이미 그의 앞으로 된 재산은 차고 넘치도록 많았다.

자신뿐만 아니라 가온그룹의 모든 이들은 이미 충분히 여유롭고, 평생 쓰기만 해도 모자랄 돈을 가졌다.

인간의 욕심이란 그렇듯, 지금보다 더 많이 가지기 위해 혈안된 눈으로 달려들 뿐이지.

"난 늘 네 생각을 존중하니까."

깊은 생각에 잠겼던 유한은 알아들었다는 듯, 고개를 끄덕였다.

그러다, 그는 잠깐 미간을 좁혔다.

하균의 결정에 의해 줄줄이 무너질 일들이 많았지만, 당장 먹고 살기 급급해진 사람은 따로 있었다.

"뭐야, 나도 덩달아 실업자인 거잖아. 누구 때문에."

생각해 보니 그랬다.

하균의 한국행에 함께 하길 자처해, 지금껏 가장 가까이서 그를 보필해 왔다. 하균이 회사를 그만둔다면 수행비서도 더 이상 필요 없다는 뜻인데.

"네 일자리는 내가 보장해 줄게."

하균은 이미 생각해 뒀다는 듯, 진지하게 말했다.

"나 정도 스펙이면 오라는데 많다. 네 도움 없이도."

하균의 수행비서이기 이전에, 그는 이미 슈퍼 엘리트였다. 영국에서도 알아주는 회사를 골라 다녔는데, 한국에서 제 일자리 하나 못 구할까.

"이왕 구직자 신세 된 거, 잠깐 동생이나 보고 올까."

유한은 먼저 결혼해 런던에서 지내고 있는 동생을 떠올리며, 중얼거렸다.

"그것도 나쁘지 않겠네. 쉬면서 좋은 사람도 찾아봐."

그의 말에, 유한은 픽 웃으면서도 이맛살을 찌푸렸다.

"이제야 내 생각해 줘서 아주 고맙다."

"너도 고생했다."

늦었지만, 고맙다. 미안하기도 하고.

하균은 유한에게 그렇게 말하고 있었다.

"네가 날 도와줬던 것에 비하면, 아무것도 아니지."

그에게 있어 영국에서 하균과의 만남은, 기적 같은 일이었다.

힘들어서 죽음까지 선택하려 했던 그 시절, 하균이 없었다면 그대로 모든 것을 포기했을 테니까.

짧은 순간의 회상을 뒤로하고, 그는 하균을 바라봤다.

"근데 너, 앞으로의 계획은 있는 거냐?"

"글쎄다."

한동안 매진했던 일을 쉬면서 뭘 할지 아직 생각해 보지는 않았다.

막연한 생각들 속에, 수현과 함께 시간을 보내는 모습들이 나란히 스쳐 지나간다.

"너 지금도 수현 씨 생각하지."

정곡을 찌른 유한의 한마디에, 하균은 피식 웃으며 말했다.

"어제도 봤는데, 헤어지기 싫더라."

후우.

유한은 한숨을 삼켰다.

헤어져봤자, 바로 앞집에 사는 거 아니었냐?

라고 반문하고 싶었지만, 그만두었다.

그리고 마치 하균의 심리를 꿰뚫듯, 그는 여유롭게 웃으며 해결책을 제시했다.

"같이 살면 되지."

유한의 대답은 간단했다.

결혼해서 같이 사는 것, 그게 뭐 어려운 일이라고.

이제 남은 건 행복한 미래를 함께 그려가는 일이 아닌가.

유한은 그렇지 않느냐고 어깨를 들썩였다.

하균은 다시금 피식 웃었지만, 유능한 비서의 해결책이 꽤 마음에 든 눈치였다.

이미 그러리라 생각하고 과감히 내던진 말이어서 유한은 그런 하균의 반응이 놀랍지도 않았다.

정하균이 어쩌다 저리 되어 버렸을까.

하균은 제 존재감에 대해 크게 생각해 본 적이 없겠지만, 그는 어디를 가든 돋보였고 주목받았다. 런던에서도 예외는 없었다.

그러나 최유한이 여자였다면 하균과 이렇게 가까워지지 못했을 만큼, 그는 여자에겐 무관심했다. 타인에게도 무관심한 것처럼 보였지만, 자신을 도와준 것을 보면 꼭 그렇지만은 않은 것 같기도 하고.

역시 세상은 오래 살고 볼일이다.

사랑에 빠진 정하균을 보게 되다니.

"어쨌든, 네가 회사를 그만두겠다고 하니 나도 당분간은 일이 없으리라 믿고…… 오랜만에 좀 쉰다. 만약 런던에 가게 되면 얘기해 줄게."

유한은 이제 그만 가 봐야겠다는 듯, 몸을 일으켰다.

그러다, 다시 말을 이었다.

"참, 그 사람 말이야. 이제 더 이상 연락 없어?"

그 사람?

하균은 살짝 미간을 좁혔다.

곧 유한이 누구를 말하는 건지 알아차렸다.

그에 대해 잠시 잊고 있었다. 정하성의 사건이 어떻게 갈무리됐는지 분명 지켜보고 있었을 텐데.

정하성의 죄를 밝히겠다는 의사를 비쳤을 때, 그는 그제야 제 정체에 대해 밝혔다.

김은각. 전직 검사이자, 현 검찰총장의 아들이었다. 유한을 통해 사실인지 확인했지만, 아직 직접 만난 적은 없었다.

전화상으로만 대화를 나누었어도 꽤나 신중하고 철저한 인물이었다.

이미 한참 전부터 정하성에 대한 냄새를 맡고, 오랫동안 그를 주시해 왔던 듯했다.

또한 정하성을 확실히 잡아넣겠다는 확신이 없었다면, 자칫 본인의 아버지의 위치가 위험해질 수 있는 일을 만들지는 않았을 것이다.

하균도 그가 이번 일과 엮여 있다는 것을 그룹에 알릴 생각은 없었다.

언젠가 한번쯤 직접 만나야겠다고는 생각했었는데.

그는 잠시 고민했지만, 이내 조용히 대답했다.

"굳이 다시 만날 필요는 없겠지. 서로의 목적은 이미 이뤘으니까."

*　　　*　　　*

똑똑—

노크 소리와 함께, 은각의 서재에 비서가 들어왔다.

"가온전자와 도련님이 관련된 모든 데이터는 처리해 두었습니다."

그는 피곤한 얼굴로 의자에 기대 앉아 눈을 감고 있었다. 잠이 오지 않아서 밤새 책을 읽다가 아침을 그대로 맞았다.

"네, 알겠습……."

지잉—

잠긴 목소리로 대답을 하려던 중, 휴대폰이 짧게 진동했다.

은각이 눈을 번쩍 떴다. 그는 늘어지듯 기댔던 몸을 바로하고, 빠른 움직임으로 문자를 확인했다.

유 비서는 그가 방금까지 축 처져 있던 사람이 맞나 싶었다.

[그래, 그럼 이따 오후 1시쯤에 그 카페에서 다시 보자.]

어젯밤 보낸 문자에 이제야 답장을 하는 무심한 여자라니. 딱히 오래 기다린 건 아니었지만, 혹시 'No'라고 말할까 봐 저도 모르게 긴장하고 있던 그였다.

은각은 알겠다는 답장을 보내고, 그녀가 보낸 문자를 가만히 응시했다.

오후 1시라.

어째서일까. 수현을 만날 생각을 하니, 피곤함이 가시는 기분이었다.

그저 목도리 때문이었다.

목도리 때문에 그녀를 만나는 것일 뿐, 다른 의도는 없었다.

그런데…… 벌써부터 기대가 되고, 가슴이 간질간질한 느낌이 들고 있었다.

거기다, 심장이 스스로 느껴질 정도로 두드러지게 뛰기까지 한다.

뭐지?

그는 이마를 살짝 찡그리다가, 앞에 서 있던 유 비서를 올려다봤다.

"아, 이제 그만 가보셔도 됩니다."

"도련님."

별다른 이슈가 없다면 그대로 되돌아나갔을 유 비서가, 자신을 불렀다.

은각은 다시 그와 눈을 마주쳤다.

"네, 말씀하세요."

"혹시 좋아하는 사람이 생기셨는지요."

쿨럭—

의도치 않은 기침이 나왔다.

은각은 급히 목을 가다듬고 반문했다.

"무슨 뜻으로 물어보시는 거죠?"

"요즘 도련님의 행동이 꼭 그런 것 같아 보여서요."

작전 상 필요한 정보 외에 사적으로 사람을 찾지 않는 은각이, 한수현이란 여자에 대해 알아봐달라고 지시했다.

그리고 그녀에 대한 정보를 무척 기다리고 있었던 것처럼, 급하게 전화를 받은 것도 유 비서는 기억하고 있었다.

또한 은각이 평소 휴대폰을 사용하는 경우는 대부분 두 가지 선이었다. 음악을 듣거나, 필요한 연락을 하거나.

하지만 근래에 들어서 그는 휴대폰을 자주 들여다보고, 누군가의 전화를 받고 다급히 뛰쳐나가기까지 했다.

은각의 곁을 오랫동안 지켜 왔던 비서로서, 은각이 그렇게 급하게 전화를 받고 뛰쳐나가는 것을 거의 본 적이 없었다. 특히나 비서인 자신이 모르는 사람의 전화를 받고서 말이다.

"그럴 리가요."

은각은 설핏 웃으며 대답했다.

한때나마 가깝게 지냈으니까 다른 이들보다 조금 더 걱정했 던 것이었다.

그녀가 겪었을 상처에 대해 알고 있으니까, 신경 쓰지 않으려 고 해도.

그녀를 떠올리면 신경이 쓰일 수밖에 없는 것뿐이었다.

목도리도 굳이 돌려주겠다고 하니까, 찾으러 가는 것뿐이고.

"유 비서님이 착각하신 겁니다."

*　　　*　　　*

띠리릭—

1502호의 현관문 열리고, 수현이 집 안으로 들어왔다.

추운 날씨가 지속되다가 오늘은 날이 풀렸다기에, 아침 일찍 강아지와 함께 근처 공원에 다녀오는 길이었다.

운동도 할 겸, 강아지 산책도 시킬 겸 땀을 흘리고 돌아왔더니 목이 말랐다.

냉장고에서 물을 꺼내 마시다, 수현은 혼자 빙그레 웃었다.

옆 냉동고에 넣어 둔 아이스크림이 생각나서였다.

평소에도 좋아하는 맛이었는데, 어젠 더욱 맛있었다.

한 번에 다 먹지는 못했지만, 입맛이 없다고 했던 것치고는 많이 비워 버렸다.

사랑에 빠진 딸기. 그를 생각하면 웃음이 나고, 가슴이 기다렸다는 듯이 뛰는 게……

사랑에 빠진 건 딸기가 아니라 내가 아닐까.

어젯밤 샤워를 했지만, 땀 때문에 한 번 더 샤워를 해야 할 듯싶었다.

수현은 샤워를 하고 나서 남은 아이스크림을 먹을 생각에, 기분 좋게 들떴다.

샤워 후, 옷을 갈아입고 휴대폰에서 충전기를 빼냈다.

아침에 일어나보니 배터리가 다 됐는지 휴대폰이 꺼져 있어서, 충전을 해 두고 외출했다.

은각에게 메시지를 보낸 이후로 휴대폰을 확인하지 않았었는데, 답장이 와 있었다.

아무래도 만나서 주는 게 좋으려나.

수현은 답장을 보낸 후, 머리를 말리기 위해 휴대폰을 내려놓았다.

그러자 다시 문자 메시지 알림이 울렸다.

[일어나면 연락해.]

이번엔 하균에게서 온 문자였다.

수현은 미소를 띤 채 곧바로 답장을 했다.

[일어난 지 오래예요.]

그에게서 답장이 올까 잠시 기다렸지만, 답은 없었다.

고개를 갸웃하고 있던 중,

띵동―

누군가 찾아왔다.

왜 답장을 안 하나 했더니.

손님을 확인한 수현은 피식 웃으며 문을 열어 주었다.

"문자 대신 음성으로 말해 주려고 온 거예요?"

"일찍 일어났네."

혹시 자고 있는데 깨우게 될까 봐 문자만 남겨놓으려 했었다. 수현이 이렇게 금방 답장을 해올 줄은 몰랐지만.

"일찍 일어나서 강아지 산책까지 시켜주고 왔어요."

말갛게 웃는 그녀를 보는 하균의 가슴에 싱그러움이 번졌다.

"아침부터 무슨 일…… 그러고 보니, 오늘은 회사에 늦게 나가는 거예요?"

"실은 할 말이 있어."

하균은 그녀에게도 회사 일에서는 손을 뗐다는 말을 하려 입을 뗐다.

하지만 그것도 잠시, 그의 시선이 그녀의 젖은 머리카락에 머물렀다.

"머리, 젖었네."

"아, 방금 샤워했거든요. 머리 말리려던 참이었어요."

수현이 젖은 머리카락 끝을 손으로 쥐며 말했다.

그러고 보니 나 꽤 엉망인 모습이잖아.

방금 샤워를 하고 나온 탓에 로션도 제대로 바르지 못했다. 겨울이라 건조해서 얼굴이 까칠해 보일 거고, 아침이라 붓기도 있을 텐데.

미처 말리지 못한 머리는 분명 물 때문에 축 가라앉아 있을 게 뻔했다.

외모에서 머리 모양도 꽤 중요한 비중을 차지한다는데…….

왠지 모르게 창피해져서, 수현은 그의 눈을 피하곤 어색하게 웃으며 덧붙였다.

"일단 머리 좀 먼저 말려야겠어요. 잠시만 소파에 앉아서 기다려줄래요?"

수현이 머리를 말리러 가기 위해 돌아서려던 때, 하균이 그녀의 손목을 잡았다.

자연스럽게 걸음이 멈춰지고, 커진 눈이 그와 마주쳤다.

"내가 해 줄게."

극구 괜찮다고 했지만, 어느새 주도권은 하균이 쥐고 있었다. 정확히는 헤어드라이기가 그의 손에 넘어가 있었다.

욕실 옆 비치된 파우더룸 거울 앞에 앉은 수현은, 머리를 말려주고 있는 그를 신기하게 바라봤다.

거울을 통해 보이는 그의 모습.

보고 또 봐도, 이 남자가 내 뒤에 있는 게 맞는 걸까. 의심이 들고, 확인을 하게 된다.

머리카락에 집중하고 있느라 살짝 내려앉은 속눈썹까지도 심장을 두근거리게 했다.

부드러운 손길이 그녀의 긴 생머리를 섬세하게 건조시켜나갔다. 빠진 부분 없이 말려주려 애쓰는 모습이 어쩐지 귀여워서 수현은 작게 웃고 말았다.

거울에 비친 그의 모습을 보느라, 머리카락이 거의 다 말라가고 있다는 것도 잊었다.

이렇게 오래도록 있고 싶어서, 머리의 물기가 영원히 마르지 않았으면 좋겠다는 바람이 들 때쯤.

"이 정도면 되겠지."

머리카락은 온전히 마른 상태로, 어깨 아래에 가지런히 늘어뜨려져 있었다.

"와아."

수현은 잘 마른 머리카락을 잡아보며 나직이 감탄했다.

"확실히 말리니까 낫네."

하균이 한쪽 손을 그녀의 어깨 위에 놓으며 무심하게 말했다. 그의 시선은 거울을 향해 있었다.

"뭐라고요?"

수현이 눈썹에 힘을 준 채, 되물었다.

그러다 옅은 한숨을 내쉬며 양 뺨에 손을 얹었다.

역시 엄청 못나 보였던 거야.

아랫입술을 문 채 좌절감에 눈을 질끈 감았다.

토라진 모습이 귀여워서, 조금 더 장난을 칠까 했지만.

하균은 상체를 숙여 뒤에서 그녀를 감싸 안았다.

"머리카락 젖은 거, 나 말고 다른 남자한테 보이지 마."

"……?"

수현은 눈을 뜨고, 그가 있는 쪽으로 고개를 들었다.

그녀를 내려다보던 그가, 도톰한 입술에 가볍게 입을 맞췄다. 그리고 나직이 말했다.

"섹시해서 참기 힘들었어."

그의 말에, 수현의 뺨이 확 달아올랐다.

섹시해 보여서 참기 힘들었다는 건…….

수현은 거울을 통해 그가 붉어진 제 볼을 볼까 봐, 뒤에 있던 그를 밀어내고 벌떡 일어났다.

"하, 할 말이란 게 뭐예요?"

돌아서서 그와 마주섰다.

"오늘 하루, 나하고 보내자고."

"회사는 어쩌고요?"

자신이 없다고 망할 회사도 아니었고, 회사를 그만둔다고 해서 금전적 여유가 없는 것도 아니었다.

그동안 쉼 없이 일하다가 이제야 쉬게 됐는데.

느긋한 마음을 가지고 오늘부터 시작해 수현과 하고 싶었던 것들을 하나하나 해나갈 생각이었다.

"회사는……."

그가 대답을 하려던 찰나,

"아, 맞다. 나 오늘 약속이 있어서 잠깐 나갔다 와야 돼요."

수현이 깜박했다는 듯 두 손을 모아 맞대며 말했다.

"약속?"

하균은 자신도 모르게 눈썹을 구겼다.

아주 힘겹고, 늦게 찾아온 시간이었다. 다른 것은 신경 쓰지 않고, 수현과 오롯이 함께 보낼 수 있는 시간.

앞으로도 시간은 많으니 당장 급한 건 아니었지만, 오늘 하루를 그녀와 보내려던 계획이 무너진 기분은 왠지 암담했다.

"누굴 만나러 가는 건데."

그는 애써 담담한 얼굴로 넌지시 물었다.

"어제 만났던 동생이요."

어제 만났던 동생이라면 남자였다.

어제까진 안부 차 만났다고 쳐도, 오늘은 또 왜지?

"어제 만났는데 왜 또 만나?"

"돌려줄게 있어서요. 목도리를 빌렸는데 깜박하고 그냥 하고 와 버렸거든요."

어제 하고 있던 목도리가 그놈 거였어?

설마 그 녀석이…… 날씨가 춥다느니 하면서 둘러 주거나 그런 건 아니겠지.

하균은 사내카페에서 주의 깊게 보지 않았던 수현의 동료 아르바이트생을 기억해내려 애썼다.

기억한다해도 수현과 함께 일했던 남자는 둘이었다.

그 둘 중 누구인지도 아직 아는 바가 없었다.

그의 머리가 한껏 복잡해졌을 때,

밖에 놔둔 수현의 휴대폰 벨소리가 들려왔다.

수현은 잠깐만요, 라는 말과 함께 먼저 파우더룸에서 나와 휴대폰을 집어 들었다.

"응, 나야."

전화의 주인은 은각이었다.

["우리, 어제 만났던 카페 말고 다른 곳에서 보자."]

"다른 곳? 어디서 만나고 싶은데?"

"누군데?"

저벅저벅 다가온 하균이 여전히 눈썹을 구긴 채 물었다.

수현은 잠시 소리를 막고 짧게 대답했다.

"오늘 만나기로 한 동생이요."

또.

수현과의 대화를 방해한 사람이, 또 그놈이란 말이지.

["한수현?"]

수현에게서 대답이 없자, 은각이 그녀를 불렀다.

"미안. 어디 따로 만났으면 하는 데가 있⋯⋯."

그녀가 다시 대화를 이어 나가려던 때였다.

히균이 수현의 휴대폰을 가져가, 낮은 목소리로 말했다.

"거기가 어딥니까. 내가 직접 전해 주러 가죠."

["누구시죠?"]

낯선 목소리에, 휴대폰 너머의 목소리 역시 한층 낮아졌다.

"그쪽의 위치부터 물었는데."

["지금 당장 만나기라도 하자는 겁니까."]

"가능하다면."

["내가 그쪽과 만날 이유도 없고, 목도리는 한수현 씨에게 직접, 받을 생각입니다."]

"그럼 같이 가죠."

상대방은 잠시 말이 없었다.

"당신이 왜 같이 간다는 거예요."

수현은 다시 그에게서 휴대폰을 빼 들고, 전화를 받았다.

"미안해. 어디로 가면 될까?"

다시 통화를 하고 있는 수현을 보며, 하균은 눈을 가늘게 여몄다.

방금 그 목소리. 어디선가 들어 본 적이 있는 것 같은데. 분명 처음 듣는 목소리일 텐데도, 왠지 모르게 익숙했다.

["주소는 문자로 보낼게. 시간 당겨서 정오에 만나도 괜찮아?"]

"응. 그럼 그때 봐."

통화를 끝마친 수현이 입술을 앙다물며 물었다.

"통화 중에 이게 무슨 짓이에요?"

"누가 돌려주든 상관없잖아. 내가 직접 만나서주면 안 되는 이유라도 있나?"

"이유를 따질 문제가 아니에요. 그 자리에 당신이 나가면 당연히 당황스럽지 않겠어요?"

"지금 그놈 편드는 거지."

"설마 지금 질투해요?"

"질투는 무슨."

'목도리 하나 돌려받겠다고, 굳이 약속까지 잡으면서 다시 보자고 말하는 남자가 흔할까?'

그렇게 대답해 주려다가, 하균은 하려던 말을 삼켰다.

수현이 굳이 알 필요 없는 사항이었다.

만약 목도리의 주인이 제 물건에 강한 애착을 갖고 있어서 그녀를 만나려는 거라면 얘기가 달라지겠지만.

그는 짧은 통화 속에서 상대방의 묘한 경계심을 느꼈다.

하균은 오묘한 눈동자로, 손끝으로 그녀의 턱을 살짝 들어 올리며 말했다.

"좋아. 그럼 데려다주는 것까진 뭐라고 하지 마."

"하균 씨!"

"빨리 돌려주고, 데이트 하자."

갑자기 유난스러운 그의 행동에 대해 몇 마디 더 해 주려고 했는데. 가슴에 큐피드 화살이 콕 박힌 것처럼 심장이 쿵쾅 거려서, 말문이 막혔다.

이 와중에 데이트란 단어가 머릿속에서 자연스럽게 맴돌고 있었다.

작은 한숨이 새어 나왔다.

그래, 목도리만 돌려주면 되는 일이었으니까.

*　　　*　　　*

'남자……?'

휴대폰을 내려놓는 은각의 얼굴에 그늘이 드리워졌다.

정작 그는 제 표정이 굳어 있는지조차 알아차리지 못했다.

수현의 옆에 남자가 있었다.

지금은 이른 오전이었고, 수현과 그가 왜 함께 있는 건지는 모르겠지만 머릿속이 멍해진다.

기왕 오후 1시쯤 보기로 한 거, 점심 식사를 같이 할 생각으로 약속 장소를 바꾸기 위해 한 전화였다.

수현은 누군가와 함께 있었고, 그는 수현과 자신이 만나는 목적에 대해서까지 알고 있었다.

고작 하루 사이에 있었던 일을, 수현에게 전해 들었다는 뜻이다.

은각은 지금 이 기분을 뭐라고 표현해야 할지 알 수 없었다. 앞에 유 비서가 서 있었어도, 표정관리가 안 될 것만 같았다.

제3자가 그녀의 휴대폰을 가로채간 당혹감이라고 하기엔, 그 여파가 계속해서 자신을 저 아래로 끌어내리고 있다.

왜 이러지?

그녀 때문에 하루에도 몇 번씩 맑았다가, 흐려지는 기분이 혼란스럽다.

그는 이내 유 비서에게 전화를 걸었다.

"유 비서님. 레스토랑 좀 예약해 주시죠."

["어디가 좋으시겠습니까."]

"시간은 12시, 자주 가던 곳으로요."

["예약해 두겠습니다."]

유 비서와의 통화를 갈무리하고, 은각은 뜻밖의 이른 외출 준비를 하기 위해 드레스룸으로 들어섰다.

넓은 공간 안에 빽빽하게 채워진 셔츠와 슈트들 대신, 수현과 만날 때면 꺼내 입었던 간편한 옷들을 고르려 손을 뻗었다.

하지만 곧 손의 방향이 바뀌었다.

*　　*　　*

"날 추운데, 옷 최대한 두껍게 입어."

"오늘 날 풀려서 그렇게 춥지 않아요."

"머리도 대충하지, 뭘 그렇게 신경 써."

"집에서 기다리라니까, 왜 거기 앉아서 이래요?"

수현은 머리카락을 올려 묶으려다 말고, 한숨을 쉬며 움켜쥔 손을 풀었다.

하균은 거실 소파에 앉아서, 그녀가 외출 준비를 하는 과정을 지켜보고 있었다.

그가 머리까지 말려준 상태라 간단한 메이크업과, 머리를 하고 옷만 갈아입으면 되는 일이었다.

바로 맞은편이 집인데도, 여기서 기다리고 있는 이유가 뭘까?

그는 소파에 기대앉으며 담담히 대답했다.

"나 할 일 없어."

"당신 원래 무척 바쁜 사람이잖아요."

수현은 자포자기한 상태로, 그의 옆에 다가가 앉으며 물었다.

"회사 그만뒀어."

"정말이에요?"

"원래는 그 얘기하려고 온 거야."

"갑자기 왜요?"

"……그냥. 이젠 일하기 싫어서."

그는 구태여 설명하지 않았다.

너를 위해서였다고 한다면, 분명히 신경 쓸 테니까.

"일 안 해도 먹고 살 수 있다, 이거예요?"

"불가능한 일은 아니지."

"그래요, 잊고 있었네요. 그래도…… 정말 괜찮은 거예요? 대표가 이렇게 갑자기 그만두면 회사에 문제가 생길 텐데."

수현은 걱정 어린 표정을 지었다.

정하성이 맡고 있던 회사라, 아무래도 좋은 감정은 없었다.

하지만 현직 대표인 하균에게 문제가 생길까 봐 걱정이 돼서 하는 말이었다.

"걱정하지 않아도 돼. 내 회사인데, 내 마음이지."

그에겐 그룹도, 회사도 아무런 의미가 없었다.

이제 그가 사는 의미, 존재의 이유는 오로지 수현에게 있었다. 그를 움직일 수 있는 사람도, 그녀뿐이었다.

이런 내 마음을, 너는 알고 있을까?

아니, 알아주지 않아도 된다. 너는 그저 이렇게 해사하게 웃고 있기만 하면 돼.

하균은 눈동자에 가득 들어차는 그녀의 모습을 보며, 흐릿한 미소를 지었다.

그의 완고한 태도에 수현은 고개를 끄덕였다.

"당신 뜻이 내 뜻이죠. 아무튼 그래서 오늘 같이 보내자고 했구나."

"근데 딴 놈이랑 만나러 가잖아, 너."

가만히 그가 한 말을 되뇌어보던 수현은, 곧 웃음을 터뜨렸다.

"질투 맞네."

은각을 만나러 가는 게 신경이 쓰여서, 여태껏 이러고 있었던 거구나.

질투? 누가 질투한다고.

전혀 아니라고 확신하는 그의 목소리는 까칠했다.

"네가 선약이 있는 게 아쉬운 거지."

그러자 수현은 자리에서 일어나며 여유롭게 말했다.

"그럼 엄청 예쁘게 꾸미고 나가도 괜찮은 거죠? 옷도 원피스로 갈아입어야겠다."

과연 이 어쭙잖은 도발에 그가 넘어올까?

수현은 눈을 살짝 가늘게 뜨고, 그를 돌아봤다. 하지만 그는 별다른 대꾸 없이 그대로 앉아 있었다.

뭐야, 정말 아무렇지도 않은 거야?

한껏 꾸미고 다른 남자를 만나러 가도 상관없다는 뜻인가?

뒤늦게 그가 질투해 주기를 바라는 제 자신이 스스로도 이상하다고 생각했다. 그러면서도 어쩐지 가슴 한구석이 미지근해져서, 수현은 기운이 빠졌다.

나갈 준비를 마저 하려 다시 걸음을 옮기려는데, 단단한 팔이 뒤에서 그녀를 꽉 끌어안았다.

그의 체향과, 숨소리가 느껴지자 그녀의 입가에 여린 미소가 퍼졌다.

그에게 꽉 붙잡혀 옴짝달싹할 수 없는 기분이 좋다니.

나 변태인가 봐.

이윽고 그녀의 온 신경을 점령한 그가, 귓가에 나직이 속삭였다.

"누구 마음대로."

*   *   *

은각이 보내온 장소에 도착한 수현은, 놀란 눈으로 휴대폰 문자를 다시 확인했다.

"여기 확실해요?"

하균은 이미 차를 세웠지만, 그녀는 그에게 재차 확인했다.

"맞아. 나도 몇 번 와 봤던 곳이니까."

그가 보낸 문자를 봤을 때, 하균도 의외라고 생각하긴 했었다.

여긴 윤 회장이 좋아하는 레스토랑이라서, 집안 모임이 있을 때면 억지로 몇 번 와 본 적이 있었다.

웬만한 사람이 아니라면 약속 장소로 정하기 어려운 곳인데.

그저 목도리 하나를 돌려받기 위해 만나는 장소라고 하기엔 더더욱.

단순한 아르바이트생 처지에는 무척이나 과감한 선택이었다. 카페 아르바이트는 그저 세상 경험을 위해서 한 거였나?

수현 역시 레스토랑 외관을 보며 의아함을 감추지 못했다.

은각이 정한 곳이라고 하기엔, 전에 하균과 저녁 식사를 했던 레스토랑만큼이나 비싼 곳 같아보였다.

하균은 차에서 먼저 내려, 그녀 대신 문을 열어 주었다.

"그럼 다녀올게요. 오피스텔로 돌아가서 쉬고 있어요. 오래 걸리지는 않을 거예요."

*　　*　　*

"예약하셨나요?"

레스토랑 안으로 들어서자, 친절한 인상의 직원이 물었다.

"김은각 씨를 만나러왔다고 하면 된다고…….."

"아, 일행이셨군요. 이쪽으로 오세요."

은각의 손님인 것을 안 직원은 앞장서 걸으며 그녀를 안내했다.

그의 이름을 알아듣고 안내를 해 주는 것을 보니 잘못 찾아온 건 아닌 것 같았다.

조심스럽게 주변을 둘러보며 직원을 따라가니, 한쪽 테이블에 누군가 앉아 있었다.

"한수현."

"은각이?"

수현이 놀란 눈을 깜박였다.

세련되게 갖춰 입은 그의 슈트 차림이 낯설어서, 하마터면 눈앞의 남자가 은각임을 알아보지 못할 뻔했다.

"우선 앉아."

자리에서 일어난 은각은 반대편의 테이블 의자를 빼주며 말했다.

의자 쪽으로 걸음을 옮기고, 엉거주춤 앉았다.

"왜 갑자기 여기서 보자고 한 거야?"

"점심시간 맞춰 레스토랑에서 보자고 한 이유가 뭐겠어. 밥 먹
자는 거지."

은각은 그녀와 마주 보고 앉으며 대꾸했다.

"뭐? 아니야, 난 목도리만 돌려주고 갈 생각이었어."

수현은 눈을 크게 뜨고, 목도리를 넣어 둔 쇼핑백을 찾았다.
하지만, 쇼핑백이 보이지 않는다.

'어디다가 두고 온…….'

차에 두고 내렸나 봐. 이제야 쇼핑백의 행방이 생각 난 수현은
아랫입술을 잘근 물었다.

그러나 은각은 목도리에 대해 크게 신경 쓰지 않는 듯, 웨이터
를 부르며 말했다.

"그건 그거고. 목도리 빌려준 답례로 밥 사라곤 안 할 테니까,
걱정 말고 먹어."

마음 같아서는 그녀가 나올 때까지 여기서 기다리고 싶지만,
오피스텔에서 보자는 수현의 말을 무시하고 싶진 않았다.

운전석에 오른 하균은 무심결에 고개를 돌리다, 조수석에 덩
그러니 놓인 쇼핑백 하나를 발견했다.

쇼핑백 안에는 목도리가 들어 있었다.

이것 때문에 여기에 온 거면서, 정작 중요한 건 두고 가다니.

그는 옅은 한숨을 내쉬며 다시 차에서 내렸다.

레스토랑 안으로 들어서자, 그를 알아본 매니저가 멀리서부터 뛰어나와 고개를 숙였다.

VVIP고객인 윤 회장의 손자이자 가온전자의 대표인 그를 알아보지 못할 리가 없었다.

하균은 관심 없다는 듯, 대충 고개를 끄덕여주고는 수현을 찾으며 물었다.

"방금 들어간 여자, 어느 쪽 테이블에 있죠?"

"방금 들어간 여자 분이요?"

"아, 저쪽에 계십니다."

수현을 안내했던 직원이 곧바로 나와서, 그를 안내했다.

하균은 쇼핑백을 든 채 그녀를 따라 안으로 들어갔다.

이내 몇 걸음 앞두고 수현을 본 그는, 직원에게 이만 가보라고 손짓했다.

"은각아, 아무래도 여긴 좀 부담스러운 것 같아."

멈칫.

수현의 입에서 흘러나온 이름을 들은 순간, 하균은 제 귀를 의심했다.

수현이 만나고자 하는 사람은 같은 카페에서 일했던 동료 아르바이트생이었다. 수현도 그렇게 알고 있었고, 서로 누나, 동생하면서 나름대로 친근하게 지냈던 것 같은데.

"……그쪽 이름이, 은각이라고?"

"하균 씨?"

지금쯤이면 되돌아갔을 줄 알았던 하균이 나타나자, 수현은 놀란 눈으로 그를 바라보았다.

그러나 하균의 시선은 은각을 향해 있었다.

그가 알고 있는 은각이란 이름의 주인은 정하성의 죄를 드러내는 걸 도와준, 전직 검사이자 현 검찰총장의 아들이었다.

동명이인이거나, 성이 다를 수도 있다.

하지만 그렇게 단정 짓기엔 의심 가는 구석이 하나둘씩 떠오르고 있었다.

제 눈앞에 있는 사람이, 자신이 알고 있는 김은각이 맞다면.

몇 시간 전 통화를 했을 때, 어딘가 들어 본 적이 있는 목소리라고 생각했던 이유.

그리고 그가 이 레스토랑에서 수현을 만나는데 아무런 문제가 없는 이유가 자연스럽게 이해가 된다.

하균은 손에 들고 있던 쇼핑백을 꽉 쥐었다.

'정하균…… 대표?'

마찬가지로, 하균을 알아본 은각의 눈동자가 거세게 흔들렸다.

4장

여기서 마주치게 될 줄은 몰랐다.

정하성을 잡아넣는 과정에서 이미 정체를 밝혀둔 바가 있었고, 그도 자신에 대해 따로 조사를 해 두었을 것이다.

수현과 대화를 하던 도중이었으니, 지나가다 제 이름을 들었을 수도 있다.

은각은 수현을 바라보며 짧은 시간 동안 생각했다.

'내 진짜 정체에 대해 알게 된다면…… 더 이상 예전의 김은각으로서는 만날 수 없게 되겠지.'

언제부터인지 모르겠다. 원하던 목적도 모두 이루었고, 수현역시 스쳐 지나갔을 한 사람일 뿐인데…….

어느 순간부터 신경이 쓰이고, 궁금해지고, 알아차리지도 못

할 새에 그녀를 떠올리고 있었다.

가온전자 사내 카페에서 일을 하던 김은각이란 인물은 손쉽게 지워냈듯, 그녀와의 관계도 정리하면 그만이었지만, 은각은 어쩐지 그녀와 거리를 만들고 싶지가 않았다. 마음 더 깊숙한 곳에서는, 두려워하고 있었다.

그렇게 될까 봐.

그는 우선 차분하게 머리를 식혔다.

이 상황을 잘 넘긴 후, 정하균 대표와는 따로 만나서 얘기를 하는 게 현재로서는 최선이었다.

이윽고 고개를 들어, 은각은 여유롭게 하균을 바라보며 대답했다.

"네, 제 이름이 은각입니다. 무슨 문제라도 있으십니까?"

하균의 눈매가 가늘어졌다.

자신을 의도적으로 모른 척하고 있었다. 그는 미간을 좁힌 채, 은각의 의도를 파악하려 노력했다. 그러다 곧 이 자리에 수현도 함께 있었다는 것을 깨달았다.

상황을 미루어볼 때, 그가 정체를 바로 드러내지 않는 건 수현 때문일지도 모른다. 수현은 그의 진짜 정체에 대해 모르고 있는 것 같고, 그렇다면 그녀의 앞에서는 평범한 동료 아르바이트생이어야 할 테니까.

하지만 아직 하균도 눈앞의 남자가 검찰총장의 아들인 김은각임을 백 퍼센트 확신할 수는 없었다. 본인이 직접 시인하기 전까지는.

그러나 지금 이 자리에서 그가 회사 안에까지 들어와 있었던 걸 숨겼던 이유하며, 정하성과 직접적인 연관이 있는 수현과 아직까지 가깝게 지내려 하는 이유가 무엇인지 묻기엔, 때와 장소가 적절치 않았다.

"하균 씨, 갑자기 그건 왜 묻는 거예요?"

무슨 일인가 싶어서, 수현이 그의 주의를 돌렸다.

그녀를 내려다보던 하균은 잠시 입술을 달싹이다, 다시금 은각을 주시하며 대답했다.

"내가 알고 있는 사람과 이름이 같아서."

"정말이요?"

은각이란 이름이 그리 흔했던가?

수현이 고개를 갸웃하고 있을 때, 하균은 말을 돌리듯 들고 있던 쇼핑백을 그녀의 앞에 내려놨다.

"그보다, 이거 두고 갔잖아."

쇼핑백을 본 수현은 미안한 얼굴로 그를 올려다봤다.

"이것 때문에 왔던 거였어요? 그렇잖아도 바보같이 두고 와서 걱정했는데 다행이다. 정말 고마워요."

'두 사람…….'

수현과 하균을 지켜보던 은각의 눈썹에 힘이 들어갔다.

둘은 서로 아주 친근하게 대화를 하고 있었다.

거기다 정하균 대표가 수현이 두고 간 물건을 전해 주러 온 거라면…….

그가 여기에 왔던 게 우연이 아니었던 건가?

"거기가 어딥니까. 내가 직접 전해 주러 가죠."

은각은 몇 시간 전 휴대폰 너머 들려왔던 낯선 남자의 음성을 떠올렸다. 그러고 보니, 비슷하다. 아니, 정하균 그가 맞다.

'수현과 함께 있던 남자가…… 정하균 대표.'

전에 카페에서 이들이 함께 대화를 나누는 것을 봤을 때도, 정하균 대표가 버스정류장에 있던 수현을 데리러 왔을 때도, 둘 사이에 뭔가 있을 거라고 생각했었다.

시간이 지나고 보니 정하성이 그 연결고리였을 것이리라는 것까진 짐작이 간다. 그러나 지금의 모습에서, 두 사람 사이에 왠지 모를 견고함과 깊이가 보이고 있는 건 제 착각일까?

하지만, 수현은 정하성의 또 다른 피해자였다.

'뭐가 어떻게 된 거지.'

은각은 이해할 수 없다는 표정을 지으면서도, 가슴 한구석이 바싹 메마르는 느낌을 받았다.

'뭐야, 방금.'

그는 갑작스럽게 나타난 스스로의 반응이 당혹스러워서, 잠시 할 말을 잊었다.

"이걸 두고 와서 어쩌나 했는데. 빌려줘서 고마웠어, 은각아."

예기치 못했던 혼란에 휩싸여 있던 은각에게, 수현이 하균에게서 건네받은 쇼핑백을 가까이 내밀었다.

"아, 그래."

그제야 은각은 서둘러 상념을 깨고, 쇼핑백을 바라봤다.

'이것 때문에 만난 거였지.'

그런 주제에, 이왕 만나게 되는 거 근사한 곳에서 맛있는 것을 먹는 것도 나쁘지 않겠지, 이렇게 입으면 좀 더 남자답게 보이려나 하는 생각을 했었다.

목도리 때문이라고 끝까지 되뇌고 또 되뇌었지만 실은 이깟 목도리, 돌려받지 않아도 그만이었는데. 그냥, 한 번 더 보고 싶었던 거잖아.

은각은 수현이 제게 내민 목도리를 보고 씁쓸함을 느끼고 나서야, 끝까지 부정했던 본심을 인정했다.

그는 힘이 들어가지 않는 입가에 애써 힘을 주며, 쇼핑백에서 눈을 떼고 하균을 향해 말했다.

"그건 그렇고. 정하균 대표님이시죠. 가온전자 사옥에 있는 카페에서 일하면서, 몇 번 뵌 적이 있습니다."

"그랬군."

은각은 예상대로 본인의 위치를 수현의 동료 아르바이트생까지로 한정하고 있었다.

그에게 있어 가온전자 사내 카페 아르바이트생이란 탈은, 지난 시간 동안 정하성을 가까운 곳에서 관찰하기 위한 수단이었을 뿐이다.

현재 정하성의 죄는 드러났고, 이제 그는 더 이상 아르바이트생 행세를 할 필요가 없었다. 지금쯤이면 그도 수현이 정하성의 또 다른 피해자였음을 알게 됐을 터였다.

단순히 평범한 아르바이트생으로만 알고 있을 때는, 수현이 그를 만나는 것에 대해 기분은 딱히 좋지 않아도 심각하게 생각하진 않았다.

문제는 지금이었다. 그의 진짜 정체를 알게 된 이상 정말 순수한 의도로 그녀를 만나고 있는 건지, 그 의중을 정확히 간파할 수가 없었다.

따라서 하균은 그녀가 그와 더 이상 시간을 보내도록 두고 싶지 않았다. 하균은 수현의 손목을 잡았다.

"……?"

갑작스러운 행동에 바라본 그의 얼굴은 미세하게 굳어 있었다.

"목도리도 돌려줬고, 용건도 끝났으니 이만 가봤으면 하는데."

용건이 끝난 게 사실이긴 해도, 이대로 가버리는 건…….

은각에 대해 자세히 아는 건 없었지만, 그가 설마 취미 삼아 카페 아르바이트를 했으리라고는 전혀 생각하지 못하는 그녀였다. 그야말로 세상 경험을 위해서가 아니라면, 대부분은 돈이 필요해서 뛰어드는 게 아르바이트라고 여기니까.

좋은 곳에서 맛있는 요리를 먹을 수 있게 된 건, 분명히 고맙고 즐거운 일이었다. 하지만 은각이 무리하게 돈을 쓰는 것 같아서, 어떻게 해야 하나 싶었다.

그렇다고 목도리만 돌려주고 가버리는 것도 정 없는 행동 같아서, 여긴 부담스러우니 차라리 자리를 옮기자고 말하려 하던 차였다.

그런데 어째서인지 하균이 갑자기 이 자리를 파하도록 만들고 있었다.

반면 은각은 그가 무슨 뜻으로 수현을 데려가겠다고 하는지 알아차렸다.

그는 지금 자신이 정하성의 가면을 벗기는 데 일조한 김은각임을 눈치챘고, 동시에 수현과 마주하고 있는 것에 경계심을 품고 있었다.

마치 의심스러운 놈에게서 수현을 지키려는 것처럼.

그리고 그건, 그녀에 대한 각별한 마음 없이는 설명되지 않는 경계심이기도 했다.

"점심은 다음에 먹자, 한수현."

그러나 애초에 은각에게 선택권은 없었다. 현재로서는 하균의 선택에 따라야만, 섣불리 수현에게 정체를 밝히지 않을 수 있다는 판단이 선 결과였다.

수현의 눈이 조금 커졌다.

그가 높은 위치의 사람이라서 어려워 그러나?

카페도 그만둔 마당에 그의 뜻에 무조건 굽힐 필요까지는 없었다. 그런데 무슨 이유에서인지 은각은 하균의 말에 어떤 의문도 표시하지 않은 채 쉽게 응해 주고 있었다.

오늘따라 은각이 평소와는 다르다는 느낌이 강했지만, 수현은 은각의 뜻에 따라 주었다.

"그래. 그럼, 또 시간 내서 만나자."

*　　*　　*

수현은 하균의 차를 타고 가면서 물었다.

"아까 말이에요. 왜 갑자기 그렇게 안 가면 화낼 것 같은 얼굴을 하고 가자 그런 거예요?"

딱히 달가워하진 않았어도, 은각과 만나는 것을 방해할 마음은 없어 보였던 그였다.

그가 은각의 이름에 대해 되물은 것도 그렇고, 은각과 그 사이에 흐르던 묘한 기류가 아무래도 이상했다.

"나도 네가 그 녀석하고 점심을 먹든 차를 마시든 굳이 방해할 생각까진 없었는데……."

네가 알고 있는 게 그놈의 전부는 아니야.

하균은 그렇게 말하려던 걸, 삼켜냈다.

자신이 먼저 은각을 만나 보고 난 뒤에, 그의 정체에 대해 이야기를 해 줄지 말지를 결정하는 게 나을 것 같아서였다.

"없었는데, 그다음은요?"

하균은 입을 다물고, 눈썹을 살짝 찡그렸다.

뭐라고 둘러대야 할지, 감이 잡히질 않았다.

그렇다고 이렇게 직접적으로 말하는 것도 성미에 맞지는 않았지만,

"그 녀석이 널 바라보는 눈빛이 이상하잖아."

하균은 반은 하얀 거짓말, 반은 은각을 보며 짧은 순간 느꼈던 감상에 대해 꺼냈다.

"뭐라고요?"

수현이 파안대소를 했다.

무슨 심각한 이유가 있었나 했더니, 결국 은각이와 같이 있는 게 싫었다는 뜻으로 들렸다.

은각의 눈빛이 구체적으로 어떻게 이상해 보였는지 궁금해서 자세히 물으려고 했지만, 하균은 수현을 흘깃 보고는 말을 돌렸다.

"아무튼, 배고플 텐데 다른 데서 점심 먹자."

*　　*　　*

"정말 다른 건 안 먹어도 돼?"

"충분히 배불러요. 먹고 싶은 거 먹어서 더더욱."

은각과 만났던 레스토랑 보다 훨씬 좋은 곳으로 수현을 데려

가려 마음먹고 있었다. 그러나 수현은 차로 이동하던 중 지나쳐 가던 우동 집을 발견하곤, 뜨거운 우동이 먹고 싶다고 했다.

일본으로 직접 가서 먹는 거라면 모를까, 모처럼 나와서 먹는 음식인데 하균은 좀 더 비싸고 맛있는 걸 먹게 하고 싶었다.

하지만 그동안 계속 입맛이 없다고 했던 그녀가 먹고 싶은 게 생겼다니, 다른 제안은 입 밖에 꺼내지도 못했다.

마음 한구석은 아무리 부족하고 모자라도, 수현이 만족하고 행복해하는 표정을 봐선 아쉽지만 다음을 기약할 수밖에 없었다.

우동 가게를 나선 후, 두 사람은 근처에 차를 세워 둔 곳까지 걸어가고 있었다.

그때, 하균의 휴대폰이 울려대기 시작했다.

가온전자의 중역들이 전화통에 불이 나도록 연락하기 시작한 것이다.

애당초 그의 출퇴근 시간은 유연했기 때문에, 그가 언제 회사에 들어오고 나가든 그건 문제가 되지 않았다.

하지만 그가 비서실 직원에게까지 아무런 언질 없이 회사를 비운다거나, 연락두절 상태로 회사에 출근하지 않는 경우는 없었다.

당장 밀린 업무도 많았고, 오늘 또한 처리해야 할 업무가 쌓여 가는데, 칼 같이 시작하던 회의까지도 대표가 아무런 언질 없이 나타나지 않아서 당황했을 표정들이 눈에 선했다.

하균은 휴대폰을 진동모드로 해 두고, 받지 않았다.

윤 회장이 알아서 대처해야 할 일이었다. 정하성을 대신해 앉아 있던 대표 자리를 미련 없이 내려놓도록 만든 건, 회장님이었으니까. 그녀는 제게 책임감이 없다고 탓할 자격조차 없었다.

"전화, 왜 안 받아요?"

"쓸데없는 전화야."

하균은 신경 쓰지 말라는 듯 고개를 저었다.

"다른 거 뭐 하고 싶은 건 없어?"

다정한 음성과 함께 나란히 걷던 하균의 손이 수현의 손에 감겼다. 그리고 맞잡은 손을, 그는 겉옷 주머니에 넣었다.

사이사이에 끼워진 그의 손가락이 손을 꽉 움켜쥐는 게 느껴졌다. 기분 좋은 설렘이 번진다. 이대로 봄이 오면, 함께 벚꽃이 흐드러지게 핀 나무 사이를 거닐고 싶다.

수현은 그런 작은 꿈을 조심스럽게 가슴에 묻어 두었다.

"왜 대답 안 해."

"음⋯⋯."

하균의 물음에 그녀는 잠시 고민 하더니, 이내 대답했다.

"이제 그만 집으로 돌아가요."

이렇게 금방? 아직 뭐든 시작해 보지도 않았다.

간만에 날씨도 온화한데, 밖에서 좀 더 여유를 즐기며 시간을 보내고 싶은 그의 마음을 그녀는 또 한 번 몰라주고 있었다.

"오늘 하루 데이트하기로 했잖아."

"데이트를 꼭 밖에서만 해야 하는 건 아니잖아요."

그가 비스듬히 고개를 기울였다.

"밖에서 하는 것도 좋지만, 이젠 강아지도 너무 오래 혼자 두지 않기로 했고…… 집에서 당신과 해 보고 싶었던 것도 있어요."

나와 해 보고 싶었던 것?

그것도 집에서?

불현듯 떠오른 한 가지 생각에, 하균이 멈칫했다.

입술이 마르면서, 뭉게뭉게 피어오른 상상이 그의 머릿속을 덮쳤다.

하지만 하균은 곧 남자라는 본능을 앞세워 떠올려 버린 자신의 생각을 나무랐다.

수현이 그런 뜻으로 말했을 리가 없잖아.

그래도 수현이 해 보고 싶다는 게 뭔지, 묻지 않고서는 견딜 수가 없을 것 같았다.

그는 눈을 가늘게 여미며, 지그시 그녀를 바라봤다.

"그게 뭔데."

그러나 수현은 외투 속에서 맞잡은 그의 손을 만지작거릴 뿐, 그를 조금씩 자극하듯 느릿하게 말했다.

"그건…… 집에 가면 가르쳐 줄게요."

그녀는 그를 쥐락펴락하는 데 뭔가가 있었다.

하균은 입술을 슬며시 깨물고는, 옅은 한숨을 삼켰다.

그렇게 오피스텔로 돌아가는 차에서, 그는 수현이 하고 싶어 하는 게 뭔지 생각해 보느라 여념이 없었다.

오피스텔에 도착하자마자, 하균은 1502호의 문을 열었다.

앞집임에도 불구하고 다니엘의 집은 필요할 때 빼고 거의 드나들지 않았다.

그러나 언제 그랬냐는 듯, 수현이 여기에 살고부터는 이 집이 다니엘의 것이라는 것도 점차 잊게 되고 있었다.

이 집도 다니엘이 돌아오면 비워줘야 하겠지만, 하균은 무의식적으로 바랐다. 아주 오래도록, 수현이 여기에 머물러 있기를.

아니지. 차라리 다니엘을 이 집에서 내보내 버릴까.

하균은 아직 오지도 않은 사람을 놓고, 자못 진지하게 고민하고 있었다.

어차피 다니엘은 어디서 살든 중요하지 않은 사람이니까. 이참에 삼촌이랍시고 들러붙는 그를 다른 곳으로 떼어 내 버리기에도 나쁘지 않겠다.

"하균 씨?"

꽤 깊게 생각에 빠져 있었는지, 수현이 부르는 것도 듣지 못했다.

"응."

"무슨 생각을 그렇게 해요? 세 번이나 불렀는데."

"별것 아냐."

"앉아서 잠시 기다리고 있어요. 금방 준비해올 테니까."

생긋 웃던 그녀는 가방과 외투를 내려놓고, 어디론가 향했다.

"그래."

하균은 제게 다가온 강아지를 안아 올리며 대답했다.

품 안의 강아지가 그녀의 뒤를 쫓아가려고 아등댔다.

그는 꽤 진지하게 강아지를 내려다봤다.

"너도 수컷이다, 이건가 본데. 내가 있는 한, 한수현한테 접근 금지야."

그러고 보니 이 녀석은 수현과 일상생활을 함께하고 있었다.

누구는 마주 보고 살면서도, 몇 걸음 되지도 않는 복도 때문에 각기 다른 공간에 있어야 해서 억울하건만.

만약 수현과 함께 산다면……

매일 헤어지는 것을 아쉬워하지 않아도 되고, 아침이면 같은 공간에서 눈을 뜰 수 있겠지. 그리고 다시 밤이 오면, 그녀를 한껏 끌어안고 잠들 수도 있을 것이다.

"하균 씨."

꿈을 꾸는 것처럼 펼쳐졌던 그림들 위로, 수현의 목소리가 얹어졌다.

수현은 뜨거운 커피가 든 머그컵 두 잔을 들고 있었다.

"이것 좀 들고 있어요."

머그컵을 건넨 그녀는 다시금 분주하게 움직여, 집 안의 모든 불을 끄고 커튼까지 쳤다.

넓은 유리창이 가려지자 밖은 아직 오후인데도, 주위가 금세 어둑해졌다.

하균이 고개를 비스듬히 기울일 때, 그녀는 소파에서 조금 먼 거리에 있는 커다란 티브이로 다가갔다. 그리고 뭔가를 조작하는 것처럼 보였다.

이내 모든 준비를 마친 듯, 그녀가 그의 옆에 자리를 잡았다.

"이렇게 어두컴컴하게 해 놓고, 나한테 무슨 짓을 하려고."

하균이 픽 웃으며 물었다.

"같이 영화 봐요."

"영화?"

고개를 끄덕이는 그녀의 표정은 들뜬 듯 살짝 상기되어 있었다.

이 집에 들어오고 얼마 안 돼서, 다니엘에게서 안부 전화가 온 적이 있었다.

불편한 건 없는지, 강아지는 아무 탈 없는지 대한 근황을 이야기를 하는 것 정도였지만, 그는 늘 대화만으로도 유쾌하게 힘을 실어주는 사람이었다.

가끔 혼자 지내며 심심하거나 외롭다고 느낄 때, 서재 진열장의 DVD 영화를 하나씩 꺼내서 보라고 권해 주기도 했다.

하지만 정작 한 번도 꺼내서 본 적은 없었다.

외롭다거나, 심심하다고 느낄 틈이 없었으니까.

그러나 지금은 이런 여유도 가져보는 욕심을 내고 싶다. 당신과 함께 있는 시간 속에서 아주 조금만, 아주 잠시만이라도.

"혹시 영화 보는 거…… 싫어해요?"

같이 해 보고 싶었던 일이 고작 영화를 같이 보는 것이어서 실망했나?

수현이 그의 마음을 살펴보듯, 깊게 응시하며 물었다.

젖은 머리카락을 어깨 위로 늘어뜨린 모습은 머릿속이 멍해질 정도로 섹시했다.

지금은 맑은 눈동자가 영롱히 빛나는 소녀 같다.

"아니. 좋아해."

영화도, 너도.

"다행이다. 사실 나 그동안 되게 힘들었는데…… 지금은 엄청 행복한 거 알아요?"

그의 눈동자에 작은 파동이 일었다.

가슴에는 저릿함이 스몄다.

"그쪽이 괴롭히지 않아도, 난 충분히…… 힘들어."

빚을 갚기 위해 온갖 고생과 수모를 겪으면서도, 끝까지 이 악물고 버텨가던 모습을 보면서, 그때의 그는 아무리 수현을 괴롭혀도 기분이 나아지질 않았다.

아무리 아프게 하고, 아무리 지치게 해도 제 앞에서의 수현은, 무너지지 않으려고 안간힘을 쓰고 있었으니까.

빚이 만들어 낸 현실과, 그녀를 괴롭게 하던 자신까지 견뎌내가며 가족을 위해 그토록 고생을 하고 있었는데. 결국 그들에게 배신을 당한 아픔을 그는 감히 헤아려볼 수조차 없었다.

'미안해.'

하균은 가라앉는 마음을 애써 끌어올리며, 커피를 내려놓고 그녀의 머리카락을 귀 뒤로 넘겨 주었다.

그리고 대답했다.

"나도 그래."

'앞으로는, 아무것도 신경 쓰지 마.'

빚이든, 상처든, 어떤 것도 너를 괴롭게 하도록 두지 않을 것이다. 내가 가진 것들로 너를 행복하게 만들 수 있다면, 전부 네게 줄게.

"아, 시작해요."

이윽고 영화가 시작되고, 수현은 그의 어깨에 머리를 기댄 채 따뜻한 머그컵을 쥐었다.

"이거 엄청 슬픈 영화라고 소개 돼 있던데…… 보면서 펑펑 울 당신 모습, 기대된다."

그러다 잊고 있던 듯, 그녀가 소파 한쪽에 개어 놨던 담요를 끌어와 넓게 폈다.

"조금 선득하죠? 집이 커서 그런지 보일러를 켜면 따뜻해지는 데 좀 걸리더라고요."

함께 담요를 덮은 채, 수현은 그에게 기댄 상태로 영화를 보기 시작했다.

하균은 가만히 웃고는, 한쪽 팔을 뻗어 그녀의 어깨를 감쌌다. 작은 몸이 그와 더욱 가까이 밀착 되면서 금세 따뜻한 온기가 번졌다.

그는 턱을 그녀의 머리맡에 놓고 그녀가 좋아한다는 영화에 눈길을 두었다.

슬픈 영화라고 하니 그녀의 말대로, 펑펑 울어줘야 할 텐데.

다시 시선을 옮겨 영화에 집중하고 있는 그녀를 보느라, 영화의 내용은 하나도 눈에 들어오지 않았다.

하균은 아득한 눈빛으로 그녀를 한없이 바라보고, 또 바라보았다.

그 시선 끝, 속삭이는 낮고 부드러운 음성.

"사랑해."

영화를 보던 수현이, 천천히 고개를 들어 그와 눈을 마주쳤다.

시간을 되돌릴 수만 있다면 백 번은, 천 번은 더 듣고 싶은 한마디.

그 말이 이토록 달콤한 것일 줄은, 이렇게 가슴을 뭉클하게 할 줄은 몰랐다.

차마 대답을 하지 못하고 살짝 벌어진 입술이 탐스러워서, 하균은 단숨에 그녀의 입술을 가득 머금었다.

달짝지근한 향이 나른하게 퍼진다.

도톰한 아랫입술을 잘근 물고 숨결이 닿을 거리에서, 그는 또

한 번.

"사랑해, 한수현."

내가 널 그러한다고, 고백했다.

*   *   *

조용한 바.

은각은 홀로 앉아 술을 마셨다.

수현과 헤어지고 난 후, 오만 가지의 생각들이 머릿속을 헤집어놓고 있다.

그녀의 옆에 든든한 나무처럼 서 있던 하균을 보고 난 뒤부터였다.

계속해서 속이 쓰라리고, 가슴이 꽉 죄어드는 기분이 아주 엉망이었다.

독한 양주를 연이어 마시면 목이 타들어 가야 하는데, 오히려 속이 불에 지져진 것처럼 얼얼했다.

정 대표를 마주친 이상, 한 번쯤은 직접 대면을 해야 할 것이다.

그 역시 제게 궁금한 게 많겠지만, 은각 또한 그가 한수현과 정확히 무슨 사이인지 묻고 싶어졌다.

그 대답을 확실히 들어야, 이 갑갑한 마음의 정체를 완전히 파악할 수 있으리라.

두 시간쯤 지난 후였다.

술을 마셔도 터져 버릴 것 같은 머릿속을 정리하는 데는 아무런 소용이 없었다.

마시면 마실수록 취하기는커녕, 이젠 대놓고 수현의 얼굴이 선명하게 떠오르고 있었다.

'아무래도 내가 미쳐 가는 게 분명해.'

그는 미간을 좁히며 눈을 질끈 감았다.

그만 자리에서 일어나, 계산을 하려고 지갑을 꺼냈다.

그때, 옆에 앉아 있던 커플 중 남자의 목소리가 선명하게 들려왔다.

"교통사고는 후유증이 무서운 거라잖아요. 며칠 후에도 유라 씨가 정말 괜찮은 건지 볼 겸……은 핑계고, 실은 그날 이후로, 자꾸 유라 씨가 생각났어요."

고개를 살짝 틀어 옆을 보자, 젊은 남녀가 앉아 있었다.

'저놈은……'

은각은 왠지 낯익은 얼굴의 남자를 더욱 뚫어져라 응시했다.

얼마 지나지 않아, 누구인지 알아차렸다.

그는 아무것도 모른 채 미소 띤 얼굴로 그를 보고 있는 여자를 미묘하게 바라봤다.

하지만 눈을 떼고 고개를 바로 했다. 괜히 끼어들었다가 골치 아픈 일이라도 생기면 곤란하니까.

은각은 계산을 마친 후 저벅저벅 바를 걸어 나갔다.

'하여간 남자들이란.'

유라는 조용히 입술 끝을 말아 올렸다.

가벼운 사고가 있었던 그날, 같이 병원까지 함께 가는 동안 이 남자가 제게 빠지도록 만드는 시간은 충분했다.

손쉽게 넘어와 준 건 다행이었지만, 외모 하나 만으로도 원하는 사람을 가질 수 있다는 현실은 참 달콤하고도 씁싸래했다.

유라는 부러 살짝 놀란 듯, 순진한 눈동자로 그를 응시하기만 했다.

"그래서……."

남자가 그윽한 눈으로 유라를 바라보며 입을 열려던 때.

휴대폰 진동이 울렸다.

남자는 제 휴대폰 화면을 확인하고는 자리에서 일어났다.

"이런. 잠깐 전화 좀 받고 올게요."

"네, 다녀와요."

고개를 끄덕이는 유라를 보며 빙긋 웃던 그는, 잠시 자리를 떠났다.

그의 뒷모습을 좇는 유라의 표정에 만족스러운 미소가 떠올랐다.

저 남자 정도면 결혼을 하더라도 크게 손해 보지 않고 여유롭게 살 수 있겠지.

지금부터 열심히 공을 들여서, 그를 제 손 안에 움켜쥐면 새

인생을 사는 데 꽤나 도움이 되리라.

"오래 기다렸죠?"

통화 후 돌아온 남자의 인기척에 그녀는 서둘러 표정을 바꿨다. 그리고 빙그레 웃으며 물었다.

"아니에요. 그나저나 아까 무슨 말 하려고 했던 거예요?"

＊　　＊　　＊

영화를 시작으로 그녀와 종일 시간을 보냈는데도, 하루가 한 시간으로 단축된 것만 같은 마법. 그런 신비한 현상이 실제로 존재하고 있음을, 하균은 몸소 느끼고 있었다.

그저 바라만 보고 있었을 뿐인데, 해가 넘어가고 저녁 시간이 됐다.

함께 장을 봐 오고, 그녀가 해 주는 맛있는 저녁을 먹으며 도란도란 얘기를 나누다 보니 밤이 늦어 버렸다.

모든 게 눈을 감았다 뜨면 사라질 신기루 같아서, 그는 이따금씩 그녀의 얼굴에 손을 뻗어보기도 했다.

부드러운 살결이 손끝에 닿고서야, 안심이 되는 제 자신이 낯설 정도였다.

"설거지는 내가 할게."

"엇—"

하균은 설거지를 하려고 준비하던 수현을 옆으로 물러나게 했다.

"몇 개 없어서 금방 끝나요, 그냥 내가 할게요."

"가만히 쉬고 있어."

그는 단호하게 말하며, 설거지를 시작했다.

익숙해 보이진 않아도, 그는 곧잘 해 주고 있었다.

보고도 꿈을 꾸는 것 같은 그의 모습이 수현의 눈 안에 담겼다.

옆에 선 채로 바라보는 그의 속눈썹, 콧날, 입술. 만져보고 싶은 욕구에 손끝이 움찔거리는 턱 선까지.

내 눈이 이상한 걸까?

아님, 이 남자가 뭘 해도 멋져 보이는 우월한 유전자를 타고난 걸까?

고무장갑을 낀 채 서 있는 모습마저도 왜 이렇게 멋있는지 모르겠다.

"왜 그렇게 빤히 봐."

하균이 물었다.

"지금이 아니면 언제 정하균 씨가 설거지하는 모습을 보겠어요."

"평생 해 줄게."

"정말이에요?"

"물 묻는 일은 이제 그만 해. 네가 해 주는 요리를 못 먹게 돼도, 앞으로는 웬만하면 참을 거야."

다친 손으로 설거지 했던 것을 다시 생각하니 눈썹이 꿈틀거렸다.

누군가 요리하는 것도 옆에 지켜본 적이 없어서 몰랐지만, 그것도 손이 많이 가는 일이었다.

재료 준비만 해도 씻고, 다듬고. 한 끼 즐겁게 먹자고 수현을 고생시키고 싶진 않았다.

"흐음, 지금 그 말…… 요리는 다른 사람에게 맡기는 게 낫겠다고 돌려서 한 거죠."

"그런 해석도 가능할 줄은 몰랐는데."

"진짜 그러기예요?"

"네가 힘든 게 싫어. 그래서 그런 거야. 꼭 이렇게 직접 말해줘야 알겠어?"

"그럼요."

수현은 그제야 빙그레 웃으며, 옆에서 소매를 걷어붙였다. 진작 그의 마음을 알아차렸지만 그래도 이렇게 한 번 더 듣는 게 좋은 걸.

"거품 묻힌 건 이쪽으로 줘요. 내가 헹굴 테니까."

"그냥 쉬라고 했잖아."

"같이 하면 금방 끝나잖아요."

수현은 물을 틀고, 거품이 묻어 있는 그릇을 가져갔다.

"내가 방금까지 했던 말은 어디로……."

"어, 거품 튀었다."

진지한 표정과는 달리, 그의 한쪽 뺨에 흰 거품이 조그맣게 묻어 있었다. 수현은 그 모습이 귀여워서, 풋 하고 웃음을 터트렸다.

"나 봐요."

그의 눈을 제게 고정시킨 뒤, 수현은 손으로 뺨을 어루만졌다.

제 얼굴을 닦아주는 그녀를 보면서, 하균은 가만히 호흡을 멈췄다. 그리고 가까이 다가온 그녀의 얼굴을 하나하나 담았다.

그러나 아무리 담고, 담아도 이 눈동자에 수현을 가득 채울 수는 없을 것이다. 매일 봐도, 또 보고 싶은 것처럼 한 번 보는 것으로 간직되는 사람이 아니니까.

"이제 됐어요."

수현이 활짝 웃었다.

이렇게 사랑스러운 여자가 제 앞에 있다는 사실이, 눈가를 뜨겁게 한다.

내가 너를 사랑하는 이유를 대라면, 백 가지도 댈 수 있을 것이다. 어쩌면 그 이상까지도. 밤을 새서 얘기한다고 해도 모자라겠지.

네가 없다면, 나는 살 수 없겠지?

스스로에게 물었을 때, 단번에 그렇다고 대답할 수 있을 만큼.

나는 너를 사랑해, 한수현.

하균은 좀 더 오래 있고 싶었지만, 수현이 허락하지 않았다.

이 집에선 엄연히 해야 할 일이라는 게 있었다. 다니엘이 돌아올 때까지.

하균도 여기가 삼촌의 집이라는 걸 생각한다면 이 이상은 자제해야 했다.

문득, 그는 살짝 눈썹을 구겼다.

애초에 수현이 강아지를 돌봐주게 된 건 빚 때문이었다.

다신 돈 때문에 그녀가 고생하도록 두지 않으리라 다짐했고, 그녀에겐 더 이상의 갚아야 할 빚은 남아 있지 않았다.

문제는 다니엘이 돌아올 때까지는 저 강아지를 봐줄 사람이 필요하다는 것.

'차라리 내가 돌봐주는 게 낫겠군.'

강아지를 맡아달라는 다니엘의 부탁에, 절대로 안 된다고 확실히 못 박았던 과거는 새카맣게 잊었다.

어차피 누가 돌보아 주든, 잘 먹고 잘 지내면 될 터였다. 삼촌은 어차피 제가 돌봐 준다는 걸 알면 더 좋아할 게 뻔하고.

하균은 의미심장한 미소를 지으며 계획했다.

강아지를 제집으로 데려오면 수현도 함께 지낼 수 있을 것이다.

짧은 시간 동안 떠올린 계획치고는 훌륭했다.

"그럼 잘 자요."

현관 밖으로 밀려난 하균에게, 수현이 손 인사를 하곤 문을 닫으려 했다. 그러나 그는 닫히려던 문을 탁 잡았다.

수현이 고개를 비스듬히 기울인 채 그를 빤히 봤다.

'아직 할 말이 남았나?'

하균은 그녀가 안고 있던 강아지를 흘깃 보고 있었다.

딱히 내키지는 않지만, 그래도 한때 수현 대신 함께 시간을 보냈던 정도 있고 하니까…….

'강아지 데리고 우리 집으로 들어와.'

라고 말하려다, 그는 그만뒀다.

다시 생각해 보니, "같이 살자." 는 말을 이런 식으로 하고 싶지는 않았다.

"아니다. 잘 자라고."

하균은 가볍게 웃으며 그녀의 머리 위에 손을 얹었다.

"뭐야. 무슨 심각한 말이라도 하는 줄 알고 긴장했잖아요."

수현은 그의 손길에 살짝 헝클어진 머리카락을 정리하면서 입술을 앙다물었다.

하지만 그녀도 다시 눈웃음과 함께 다시 손을 흔들었다.

"굿나잇."

* * *

아침에 눈을 떴더니, 팔에 불상사가 생겨 있었다.

"인대가 늘어났답니다."

유 비서가 한숨 섞인 목소리로 말했다.

은각은 심기 불편한 얼굴로 깁스가 돼 있는 오른쪽 팔을 바라봤다. 이마와 한쪽 뺨에는 찰과상 때문에 반창고를 붙인 상태였다.

"대체 왜 그렇게 많이 드신 겁니까."

"……."

"술, 못하시잖습니까."

푹―, 유 비서의 말이 정곡을 찔렀다.

은각은 한 손으로 마른세수를 하다가 머리카락을 뒤로 쓸어 넘겼다.

유 비서가 걱정하는 만큼 많이 마시지도 않았을뿐더러 분명히 정신은 멀쩡히 깨어 있다고 생각했다.

그러나 실상은 꽤 술에 취해 있던 상태였나 보다.

어젯밤 기사가 데려다 준 차에서 내려 걸어 들어가다가 불현듯 엎어졌다던 설명이 이어졌다.

"마실 일이 좀 있었어요. 그보다, 정하균 이사 쪽에 연락해서 약속 날짜 잡으세요."

"가온그룹 일에는 이제 완전히 손 떼신 것 아닙니까. 정하성 사건도 처리했으니, 더욱이 그쪽과 엮일 일은 없을 테고요."

"개인적으로 만날 일이 좀 생겼습니다."

은각은 침대 옆 테이블에 놓아둔 쇼핑백을 바라보며, 대답했다.

　　　　　　*　　　*　　　*

　며칠 후.

　1년간 병실에 누워 있던 하성의 복귀 축하를 겸하여 열릴 예
정이었던 송년회 파티는 무산된 지 오래였다.

　물론 여러 가지 다른 이유를 들어 파티를 취소했지만, 이미 재
계에서는 초상집 분위기나 다름없는 가온그룹의 시국에 대해 알
고 있는 터라 그리 놀라지 않았다.

　"지금까진 최대한 대표님의 빈자리가 느껴지지 않도록 노력
하고 있지만 더 이상은 무리입니다. 새로운 분이 취임하시거나,
정하균 이사님이 복귀하지 않는 이상은……."

　현재 가온전자는 작년 겨울, 하성이 사고가 났을 때와 똑같은
상황을 마주하고 있었다.

　끝내 열린 임시 이사회 석상에서, 윤 회장은 입술을 꼭 다문
채 앉아 있었다.

　세간을 뜨겁게 달군 하성에 대한 이슈는 아직도 회자되었다.
거기다 언론이든 재계든 새로운 후계자에 대한 관심까지 보이기
시작한 상황이었다.

　회사는 서둘러 입장을 표명하고 앞으로의 계획에 대해 밝혀
서 새로운 도약을 해야 했다.

　1년 전, 하성의 빈자리를 위해 하균을 불러들인 사실을 이사
진들도 알고 있었다.

솔직한 심정으론 하성이 다시 회사로 돌아온다고 해도 아쉬운 처지이건만, 그의 문제로 인해 골치가 아파진 지금 정하균이란 인물은 더더욱 절실했다.

그런 국면에 급작스러운 하균의 부재는 그들을 당혹스럽게 만들었다.

그를 정식 해임하고 새로운 대표를 선임하는 건 어려운 일이 아니었지만, 그들 역시 윤 회장 만큼이나 회사의 이익을 위해 이 자리에 모여 있는 사람들이었다.

이사진 중 한 명이 말했다.

"더 이상 회사를 맡지 않겠다는 이사님의 의사는 알고 있습니다만, 가온전자는 그분이 필요합니다. 그래서 저희도 해임 안건을 받아 들 수가 없다고 의견을 모았습니다. 회장님도 이미 알고 계시지 않습니까. 정하성 전 대표보다, 현재의 정하균 이사가 우리 가온전자 대표 자리에 훨씬 적격이라는 것을요. 다시 한 번 정하균 이사를 설득해 보심이 어떠십니까, 회장님."

그들이 모르고 있는 사실이 하나 있었다.

하균을 설득하는 데에는, 윤 회장이 그동안 내세웠던 모든 자존심. 그리고 하성이 저지른 모든 짓들에 대해, 자신의 책임과 과오가 있다는 사실을 인정해야 했다.

*　　*　　*

끼익—

구치소의 면회실 문이 열리고, 하성이 교도관과 함께 들어왔다. 하성은 현재 재판을 기다리고 있었다.

반쯤 정신을 놓고 있던 것 같은 그는, 구치소로 면회 온 윤 회장을 보자마자 벌떡 일어났다.

죄수복을 입은 채 손목에 수갑이 채워진 하성의 두 눈은 움푹 패여 있었다.

그는 숨을 헐떡이며 유리벽 너머 그녀에게 애원했다.

"회장님! 다시는 회장님 실망시켜드리지 않겠습니다. 저 믿으시잖아요. 한 번만 용서해 주시면 저 정말 잘할 수 있다는 거, 아시잖습니까. 여기서 나가면 회사에도 아무런 문제없도록 하겠습니다. 그러니까 제발…… 저 좀 도와주세요, 회장님……."

아주 오래전부터 그래왔던 것처럼, 눈물 가득한 눈동자가 윤 회장을 애타게 바라보고 있었다.

하성에 대한 마음은 이미 돌아섰다고 생각했는데, 그를 보는 노인의 가슴 안쪽이 욱신거렸다.

그러나 하성은 이미, 병들대로 병들어 있었다.

"아니, 서지현 그년은 죽어도 쌉니다. 날 사랑한다고 했으면서…… 어떻게 다른 새끼랑 웃고 있을 수가 있어. 차라리 다시는 웃을 수 없도록, 마지막 순간엔 오직 저만 보면서 잠들 수 있게 해 주는 게 나았어요."

이리저리 굴러가는 눈동자는, 이미 예의 정하성이 아니었다.

녹음파일이 터졌던 날, 이미 그의 실체를 본 적이 있는데도 여전히. 다른 사람을 보는 것 같았다.

하성은 또다시 눈썹을 아래로 늘어트리곤 촉촉하게 눈가를 적셨다.

"지현이가 떠나고 외로웠는데, 수현이가 나타났습니다. 전 한눈에 반했고…… 수현이도 저를 좋아한다고, 아니 사랑한다고 생각했습니다. 하지만 결국 한수현도 절 버렸어요. 다 정하균 그 새끼 때문입니다. 그 새끼만 수현이 앞에 나타나지 않았어도!! 일이 이렇게 꼬이진 않았어요. 내가 그동안 그놈에게 어떻게 했는데……."

피가 터질 듯이 입술을 깨물던 그는, 단숨에 희번덕거리던 표정을 지웠다.

그리고 야윈 얼굴을 바짝 가져와 속살거렸다.

"회장님. 저 좀 빼내주십시오. 회장님이라면 어떻게든 방법이 있을 겁니다. 제발……."

떨리는 눈동자가, 들릴 듯 말듯하게 애걸했다.

똑똑히 마주한 그의 상태가 가슴이 아프지 않다면 거짓말이었지만, 정신적으로 문제가 있는 손자를 감쌀 만큼 윤 회장은 미련하지 않았다.

다만 그가 이렇게 될 때까지 눈치채지 못했던 제 자신이 어리석고, 원망스러울 뿐이었다.

노인은 흔들리는 하성의 눈을 바라보며, 차갑게 선을 그어 냈다.

"넌 이미, 날 실망시켰다."

쿵─.

절벽에서 거대한 바위가 굴러 떨어지듯, 겨우 버텨 내고 있던 정신이 무너져 부서졌다. 윤 회장을 만나면 어떻게든 그녀를 다시 설득하리라고 마음먹었던 그였다.

"방금 뭐라고…… 하신 겁니까."

하성의 눈동자가 시멘트처럼 딱딱하게 굳었다. 절망과 허탈함이 섞인 비소가 새어 나왔다.

"이제 전 쓸모가 없으니…… 버리겠다, 그런 겁니까?"

서느런 시선은 윤 회장에게 고정 돼 한참을 움직이지 않았다. 긍정도, 부정도 하지 않는 대답이 한차례 더 깊숙이. 그를 절망의 나락으로 끌어내렸다.

천천히 고개를 떨어뜨린 하성은 피식 웃기 시작했다.

그렇게 한참을 정신 나간 사람처럼 웃어 댔다.

그 웃음이 뚝 끊긴 순간.

"당신은 나한테 그러면 안 되지……."

실핏줄이 터질 듯 오르고, 눈자위가 붉게 물들었다.

살기가 비쳐진 눈동자는 당장이라도 노인에게 달려들 듯, 화르르 타올랐다.

"난 여태까지 잘해 왔어. 당신이 아무리 날 숨 막히게 해도! 아무리 날 꼭두각시 취급을 해도! 또다시 당신 뜻대로 해 주겠다고…… 당신이 원하는 대로 살아 주겠다고!"

숨을 죽이듯 몰아쉬는 그의 눈가가 바르르 떨렸다. 동공이 천천히 젖어 들어갔다.

"그런데 당신이 어떻게 나한테 이럴 수가 있어? 어떻게……."

눈물이 한 방울, 툭 떨어졌다.

매일 밤을 억누르고 억누르며, 힘겨움과 설움의 복합적인 응어리가 터져 나오려 할 때마다 소리 없이 숨죽였던 슬픔이란 감정. 하성은 윤 회장의 앞에서 그제야 울었다.

단지, 사랑 받고 싶었을 뿐이었다.

이렇게 하면 칭찬을 받을 수 있구나. 이렇게 하면 인정받을 수 있는 거구나. 그 사실을, 어린 정하성은 너무도 일찍 깨달았다.

그때부터, 내가 아닌 나를 만들어 냈다.

진짜 정하성은 뭐든 부족하고 소심하기 짝이 없는 놈이었는데, 당신이 원하는 정하성은 뭐든 완벽하고 호방한 사업가여야만 했으니까.

거울에 비친 모습이 만인이 알고 있던 '그 정하성'이 되기까지 내가 얼마나 미친 듯이 노력했는지 당신은 알고 있을까?

당신의 이상을 위해 바친 내 인생에 비하면…… 아무것도 아닌 이깟 실수들을, 어째서 당신은 이해해 주지 않는 거지?

"대체 왜!!!"

유리벽을 쾅쾅 치며 패악을 부리는 하성의 울부짖음이, 윤 회장의 귓가를 한참 동안 울렸다.

　　　　　*　　　*　　　*

"무슨 일이길래 이렇게 급하게 나오라고 한 거야."

카페 안 창가에 앉아 있던 수현은 손목시계를 바라보며, 중얼거렸다.

따뜻한 커피를 한 모금 마시고 그녀는 다시 보던 책을 읽었다.

막 밖으로 나왔을 때 갑자기 시간이 조금 걸린다는 소식을 듣고, 오던 길에 눈에 띈 서점에 들러 산 책이었다.

"뭐 보고 있었어?"

뒤에서 누군가 어깨를 끌어안으며 물었다. 이젠 목소리만 들어도 알아챌 수 있어서, 수현은 피식 웃으며 대답했다.

"놀랐잖아요."

먼저 만나자고 해 놓고는, 뒤늦게 나타난 그에게 쓴소리를 하려던 순간이었다.

누가 봐도 시선을 빼앗길 만큼 근사한 모습의 그가 내민 꽃.

반짝이는 물기를 머금은 새하얀 안개꽃은 수현의 마음을 녹였다. 실은 어떤 마음이든 녹을 수밖에 없으리라.

'예쁘다.'

수현은 한아름의 안개꽃을 받아 들며 말간 미소를 지었다.

요즘의 그는 매일 이렇게 한 번씩은 환하게 웃을 수 있는 일들을 만들어 주려 노력하고 있었다.

"늦어서 미안해."

볼에 홍조를 띤 채 꽃다발을 내려다보며 빙그레 웃는 그녀의 얼굴은 언제나 하균의 가슴을 뛰게 했다.

수현은 꽃을 보면서 대답했다.

"꽃이 예뻐서 봐주는 거예요."

그녀의 대답에 싱긋 웃은 하균은 마주 앉아 물었다.

"여행 가고 싶어?"

그녀가 펼쳐 보고 있던 부분을 눈으로 훑어보았다. 한쪽에는 '슬로베니아의 블레드 섬'이라는 제목으로 아름다운 사진이 실려 있었다.

수현은 의자 옆에 조심스럽게 꽃다발을 내려놓고 고개를 저으며 말했다.

"그냥 가볍게 보려고 고른 책인데 생각보다 재미있어요. 책 속 여행지도 너무 예쁘고."

"그래?"

하균은 책을 집어 들어 표지를 보곤, 제목을 외워뒀다. 그의 시선이 책에 머물러 있을 때였다.

수현이 잊고 있었다는 듯 물었다.

"근데, 갑자기 왜 밖으로 나오라고 한 거예요?"

"가자."

그의 입가에 뜻을 알 수 없는 미소가 떠올랐다.

"어딜요?"

어리둥절한 그녀의 표정이 묻고 있었다.

그는 수현 쪽으로 다가와 책을 챙겨 들고, 그녀의 손을 잡았다.

"엇, 하균 씨!"

수현은 휘둥그레 해진 눈으로 그의 손에 이끌려 카페를 나섰다.

얼마나 지났을까.

하균이 수현과 함께 백화점 안으로 들어서자, 그를 맞이하러 나온 직원 둘이 정중히 고개를 숙였다. 그리고 걸음을 옮기는 두 사람의 옆에 따라 붙어 안내했다.

이윽고 걸음이 멈춘 곳은, 백화점 내에 위치한 룸 형태의 VVIP 라운지였다.

얼결에 따라 들어온 수현의 입술이 살짝 벌어졌다.

'백화점 안에 이런 곳도 있었구나.'

유럽풍으로 꾸며진 라운지의 내부는 아무나 들어올 수 없는 공간처럼 보였다.

은은한 조명을 비추는 샹들리에부터, 그 아래로 넓은 테이블과 푹신한 소파, 정면으로는 완전히 걷힌 커튼 사이로 거대한 전신 거울이 놓여 있었다.

"오셨어요."

안에서 두 사람을 기다리고 있던 여 직원이 다가와 정중히 인사를 했다.

이내 하균과 시선을 마주친 그녀는, 수현을 보고는 노련한 눈썰미로 무언가를 빠르게 체크했다.

이윽고 여자는 부드러운 미소를 지으며 말했다.

"그럼 준비해 오겠습니다. 잠시만 앉아서 기다려 주세요."

그녀의 말에 하균은 소파에 기대앉으며, 빈 옆자리를 두드렸다.

"이리 와."

"아니……."

일단 수현은 그의 옆에 앉고는 물었다.

"갑자기 여긴 왜 온 거예요?"

"기다려 봐."

그와 함께 앉아서 기다리던 사이, 소파 앞 테이블 위에 따뜻한 차와 다과가 놓였다.

이윽고 여 직원은 다양한 원피스들이 걸려있는 행거를 옮겨와 두 사람 앞에 공손히 섰다.

"마음에 드는 걸로 골라 봐."

하균이 느긋한 표정으로 옷들을 가리켰다.

"여기서 옷을 고르라고요?"

"마음에 드는 거 없어?"

"그게 아니라, 난 옷 필요 없어요."

수현은 고개를 저었지만, 어느새 몸을 일으킨 하균은 원피스

하나를 집어 들곤 말했다.

"이게 좋겠네."

"하균 씨."

"혼자 입어 보기 힘들 것 같으면, 내가 직접 갈아입혀 주고."

"아, 아니에요!"

수현은 그에게서 원피스를 가져가며 품에 안고는 말했다.

그제야 하균은 빙긋이 웃으며 팔짱을 낀 채 수현을 기다렸다.

수현은 결국 하균의 뜻대로, 그가 고른 옷을 입어 보기 위해 직원을 따라갔다.

전신 거울 앞으로 수현을 안내한 직원은, 곧 걷혀 있던 커튼을 빈틈없이 닫았다.

잠시 뒤, 열린 커튼 사이로 수현이 어색한 발걸음과 함께 엉거주춤 걸어 나왔다.

한번 입어보긴 했는데…….

수현은 조심스럽게 그의 반응을 살폈다.

'혹시 이상한가?'

그는 한동안 말이 없었다.

기분이 상하지 않을 말을 고르고 있는 중일지도 모른다는 생각이 들었을 때.

하균의 나직한 음성이 들려왔다.

"시작부터 어울리면 곤란한데."

그의 말에, 수현은 빙그레 웃고 말았다.

하얀 얼굴 위에 옅은 홍조가 번졌다.

"그 말은 예쁘다는 거예요?"

하균은 소파에서 일어나며 말했다.

"음, 옷이 예쁘긴 하네."

"뭐라고요?"

"그 옷을 입은 여잔 더 예쁘고."

발그레해진 얼굴로 머리카락을 넘기는 그녀를 그윽이 바라보았다.

아마 수현은 알아채지 못했을 것이다.

실은 그녀를 향해 있는 눈동자가 반쯤 넋이 나가 있다는 것도.

동시에 심장은 쿵쾅쿵쾅, 미친 듯이 뛰고 있다는 것도.

아이보리 색상의 보트넥 레이스 원피스를 입은 그녀의 모습은, 당장 특별한 자리에 가도 될 만큼 우아하고 사랑스러웠다.

나는 오늘로 또 한 번 네게 반하고.

내일도, 그 이튿날도, 너에게 반하겠지.

아니, 생각해 보니까.

하루하루가 아니라, 매 순간 그래왔던 것 같다.

"여기."

하균은 한쪽에 서 있던 직원을 불러, 조용히 지시했다.

나머진 전부 그녀의 집으로 보내도록.

"가자."

그는 다시금 작은 손을 마주 잡았다.

"이렇게 입고요?"

하균은 고개를 끄덕였다.

"내가 정한 드레스코드야."

제멋대로인 건 여전하다니까.

수현은 기대하겠다는 듯 대답했다.

"이번엔 또 어딜 가자고 할지 궁금하네요."

하늘이 어두워지고, 도시의 불빛이 하나 둘 켜졌다.

오채영롱한 야경이 내려다보이는 호텔의 최고층.

"와……."

수현은 창밖을 내다보며 나직이 감탄사를 내보냈다.

"가끔은 이렇게 기분 전환 하는 날도 있어야지. 요새 거의 집에만 있었잖아."

하균은 깍지를 낀 채 그 위에 턱을 얹고, 그런 수현을 바라봤다.

갑작스러운 외출을 하게 만든 그의 의도가 드러났다.

그거야, 집 밖에 나가지 않아도 당신이 언제나 내 앞에 있었으니까.

라고 대답하려다, 가만히 미소를 지으며 물었다.

"나 이런 이벤트에 익숙해져서 매일 해 달라고 조르면 어떡할

래요?"

"기뻐서 울지도 모르겠는데. 넌 나한테 뭘 해달라고 조른 적이 없으니까."

"정말 울 거예요? 그럼 앞으로는 열심히 이것저것 졸라야겠다. 당신 우는 모습 구경하려면."

수현은 하균과 똑같이 깍지 낀 손등 위에 얼굴을 얹으며 말했다.

그리곤 다시 한 번 다채로운 밤의 풍경을 눈 안에 담았다.

"정말 예쁘다."

"마음에 든다니 다행이네."

"야경 보고 예쁘지 않다고 할 사람이 어디 있어요."

"그땐 야경 보고 있으면서도 울기 직전이었잖아, 너."

불현듯, 수현이 시선이 창가에서 떨어졌다.

하균은 그녀와 눈을 마주쳤다.

"쉘튼 호텔에서 선 보고 있을 때."

"그날……."

수현의 눈동자가 흔들렸다.

"봤거든."

너를 보자마자 묻고 싶은 것들은 이미 산더미였는데, 그 순간만큼은 다른 게 알고 싶어졌다.

넌 왜 그런 슬픈 표정을 짓고 있는 건지.

그리고 난 어째서 그런 너를 오래도록 보고 있던 건지.

네가 행복해 하고 있었다면 그것도 불공평하다고 생각했지만, 그날 네 얼굴엔 웃음기조차 없었고.

다른 사람 목숨을 대신해 살고 있는 운 좋은 여자였으면서, 비참해 보였다.

만약 그때 네가 그 남자와 결혼이라도 했으면, 어땠을까.

심장이 덜컥 내려앉고, 눈앞이 온통 암흑으로 변해버린다.

끝없이 너를 원망하고, 아프게 했던 내가 잘한 일이 하나 있었다면.

그날 널 데리고 나왔던 것.

그거 하나일 것이다.

"앞으론 좋은 기억들만 채워 줄게."

하균이 말했다.

새삼 눈물이 맺혔지만, 수현은 맑게 웃으며 대답했다.

"지금도 충분히 행복해요."

아파서 잊을 수밖에 없었던 기억들이,

이젠 점점 자연스럽게 흐릿해지고 있을 만큼.

*   *   *

며칠간 윤 회장은 잠을 이루지 못했다.

하성을 만났던 날의 충격은 쉽게 가시지 않았다.

회사에 대한 문제가 생각이 나지 않을 정도로, 아주 중요한 것을 상실한 기분이었다.

모든 게 하성을 망친 제 탓이었다고 하니, 믿을 수가 없었다. 그 사실을 인정하고 싶지도 않았다.

자신이 죽고 나서도 회사가 굳건하길 바랐고, 하성이 그것을 이어가겠다는 의사가 있다면.

제게 후계자 자격에 대한 믿음을 주기를 바랐다.

넓은 세상을 껴안고 다루려면, 그만한 그릇이 돼야하는 법이니까.

하성의 타고난 그릇이 성에 차지 않았던 건 사실이었다. 달리는 말에 채찍을 가하듯이 조금 더, 조금 더 해내기를 일부러 기대했다.

그 과정에서 하성이 느꼈을 부담은, 앞으로 그룹을 이끌며 지게 될 수많은 짐에 비하면 아무것도 아니었다.

모든 건 훗날 자신이 없어도 회사를 당당히 이끌어 나갈 하성의 미래를 위함이었는데…….

"당신이 아무리 날 숨 막히게 해도! 아무리 날 꼭두각시 취급을 해도! 또다시 당신 뜻대로 해 주겠다고……."

회사를 굴지의 기업으로 성장시켜나가는 동안, 그는 점점 형체를 알 수 없는 독초로 자라나고 있었다.

너를 믿는다는 말이, 넌 절대로 나를 실망시켜선 안 된다는 말이, 버려진다는 것에 대한 두려움에 떨고 있던 어린아이를 흉측한 괴물로 변모하도록 만들었다.

그럼에도 하성의 죄가 세상에 드러난 후 가장 먼저 걱정했던 건, 그룹이고 회사였다.

"어머니는, 저와 회사 둘 중 하나를 살려야한다면 회사를 살리시겠죠. 당신은 그런 분입니다."

큰 아들도 그렇게 떠났다.

신물이 난다고 했다. 더는 당신 손에 개처럼 끌려가고 싶지 않다고 했다.

일에만 몰두하는 부모에게 제대로 된 사랑을 받은 적이 없으니, 주는 방법도 몰랐던 그는 제 자식들마저도 버렸다.

그날 이후로 그를 영영 잃은 것이나 마찬가지였다.

그러나 그때까지만 해도 복에 겨워선 다 늦은 나이에 제게 반항을 하는 것이리라 괘씸히 여겼다.

이따금씩 생각이 나고, 얼굴이 보고 싶어도 독하게 참아냈다.

그리고 남겨진 어린 하성을 똑같이 길렀다.

아들은 실패했지만, 손자는 절대로 실패하지 않으리라는 다짐으로.

하지만 결국, 똑같은 실수였다.

그리고 더한 후폭풍이 되어 돌아왔다.

그 사실을 깨달았을 때.

윤 회장은 인정하지 않을 수가 없었다.

모든 것이, 제 욕심과 고집에서 비롯된 일임을.

*   *   *

수현은 내내 이야기꽃을 피우며 웃었고, 하균은 그런 그녀를 보며 웃었다.

얼마 남지 않은 한 해를 마무리하는 둘만의 파티를 하는 것 같았다.

그녀를 힐끗 힐끗 보는 남자들의 시선 때문에 하균은 이따금씩 기분이 가라앉기도 했지만.

집으로 되돌아오고 싶지 않은 그런 밤이자, 하루였다.

"맞다, 얼른 꽃병에 담아 놔야겠어요."

수현은 낮에 하균이 선물했던 안개꽃을 보며 말했다.

"잠 들 때까지 같이 있어 줄까?"

그가 물었다.

"괜찮아요. 당신도 피곤할 텐데 얼른 들어가서 자요."

띠링—

그때였다.

익숙한 소리일수록 잘 들리듯이, 복도 끝에서 들려온 엘리베이터 소리에 두 사람은 멈칫했다.

누군가 15층에 섰다.

두 사람의 시선이 엘리베이터에 집중 되었다.

열린 문 사이로, 비서와 함께 노인이 이쪽으로 걸어오고 있었다.

윤 회장을 본 하균은 몸을 바로하고, 정면에서 그녀를 뚫어져라 응시했다.

순식간에 주변 공기가 침묵으로 가라앉았다.

수현과 함께 있는 모습을 본 윤 회장은, 아랫입술을 사려 물었다.

모든 사건이 터졌을 때, 하성으로 인해 고통을 겪었던 저 아이는 눈에 들어오지 않았다.

하지만 지금.

수현을 직접 마주하니, 하성의 죄를 두 눈으로 똑똑히 보게 되는 것 같아서 가슴이 콱 막혀왔다.

"회사를 미련 없이 내버리고, 뭘 하나 했더니. 좋아 보이는 구나."

윤 회장의 첫마디에 길어졌던 침묵이 깨졌다.

하균이 싸늘히 대답했다.

"무슨 일로 대단하신 회장님께서 여기까지 직접 찾아오셨는지는 모르겠지만, 회사 때문이라면 소용없으실 겁니다."

회장님이라는 들은 수현은 노인이 누군지 짐작할 수 있었다. 반갑게 인사를 할 수 있는 사람이 아니라는 것까지도.

"너를 만나러 온 게 아니다."

윤 회장은 하균과 마주하던 눈길을 돌려, 수현을 바라봤다.

"회사 때문도 아니고."

얼굴은 늙어 주름졌을지라도, 총기는 살아있는 두 눈은 수현을 한참동안 보았다.

"지금 이 상황에서 회장님은 그룹 걱정을 하실 게 아니라, 형이 왜 그렇게 변했을까. 손자 때문에 다친 사람들에게 어떻게 사죄를 해야 할까! 그런 생각을 하셔야 하는 겁니다."

온갖 상처로 피투성이가 된 하성의 광기 어린 절규를 보고 나서.

회사에 대한 아집은 억눌러서라도 잠시 내려놓을 수밖에 없었다.

하균의 말대로…… 잘못을 깨달았다면, 하성을 대신해 사죄를 해야 할 사람이 남아 있었으니까.

윤 회장은 가까스로 마른침을 삼켰다.

그리고 수현을 바라보며 말했다.

"미안해요, 아가씨."

"……."

"이제야 사죄를 하러 찾아와서."

윤 회장은 두 눈을 감았다 떴다.

"내 손자라고 해서 그 죄를 감싸줄 생각은 없어요. 아가씨에게 용서를 바랄 자격이 없다는 것도 알고요. 다만."

그녀는 하던 말을 잠시 멈췄다가, 다시금 입을 열었다.

"아가씨가 겪었을 그 고통에는, 내 책임과 잘못도 있다는 것에 대해서도…… 사죄를 하고 싶군요."

"……!"

하균의 시선이 윤 회장에게 머물렀다.

본가에 찾아갔을 때에도, 수현과 거리를 두라 명령했던 그녀였다.

쉽게 꺾을 수 없는 고집과 자존심을 삶의 추동력인 것처럼 갖고 살아온 사람이, 수현에게 직접 찾아와 용서를 구한다.

하균은 어째서 갑자기 윤 회장의 마음이 바뀌었는지 알 수 없었다.

'손자.'

회장이란 직함을 갖고 있으니 정하성과 혈연관계라는 건 예상했지만, 정확히는 그에게 할머니일 분.

윤 회장을 바라보고만 서 있던 수현의 입술이 차츰 열렸다.

"전 아직도. 그 사람한테 목이 졸리는 꿈을 꿔요."

차갑고 건조한 대답이었다.

그리고, 아픈 대답이었다.

"자고 일어나면 그 사람이 날 바라보고 있지는 않을까, 또 내가 어딘가에 묶여 있는 건 아닐까. 갑자기 날 찾아오진 않을까,

아직도 겁이 나요. 길을 걷다가도 누군가의 시선이 느껴지면 식은땀이 흐르고, 온몸이 굳어서 움직일 수가 없어요."

하균의 심장에 생채기가 났다.

그동안 그녀가 웃는 모습을 볼 수 있어서 행복했다.

조금은 아픈 기억을 잊어가는 것 같아서, 안도했다.

그도 알고 있었다.

실은 웃기 위해, 수현이 무던히 애를 쓰고 있었다는 걸.

"그 사람 때문에 온갖 흉터로 뒤덮인 제 시간들……. 차라리 저도 책장 찢어내듯 그렇게 찢어 버렸으면 좋겠어요. 하지만 아무리 잊으려 발버둥 친다 해도 없던 일처럼 사라지지 않겠죠."

또다시 선명히 살아나려 꿈틀거리는 기억들.

수현은 바들거리기 시작하는 손을 꽉 쥐고, 더욱 윤 회장을 똑똑히 바라봤다.

윤 회장 역시 손의 떨림을 억누르는 수현의 모습을 그대로 보게 되었다.

저 아일 강간하려던 것도 모자라 목을 졸랐다고 했다.

하성의 광기 어린 부르짖음이 떠오르며, 자연스럽게 그가 수현의 목을 움켜쥐는 모습이 보이기 시작했다.

노인은 다시금 두 눈을 질끈 감았다.

자신이 만든 파국이 점차 피부로 와 닿아 수현과 다른 의미로 미세하게 몸이 떨렸다.

이윽고 수현은 마지막으로 입을 뗐다.

"그 사람은 평생 자기 죄가 뭔지도 모르고 살겠지만, 회장님이라도 아신다면."

정하성이 저지른 죄에 누구의 책임이 있든 변하는 건 없다.

어떤 이유가 있었든, 그의 악행은 피해자의 기억 속에 살아있고.

지금처럼, 언제 어디서든 그 기억이 되살아나 한 사람의 의식을 점령하고 소리 없이 죽이는 일이 반복될 테니까.

재생되는 기억 속에서 죽지는 않는다.

하지만 죽기 직전의 고통을 견뎌내야 하는 건 어째서 피해자의 몫일까?

수현은 있는 힘껏 입술을 깨물어, 차오르는 눈물을 내리 눌렀다.

"그 사람이 죗값을 전부 치르며 살 수 있도록. 본인의 죄가 뭔지 깨닫기 전까지는 세상 밖으로 나올 수 없도록. 그렇게 해 주세요."

툭—

그렇게 내리 눌렀는데도, 눈물이 떨어지는 걸 막을 순 없었다.

"그게 아주 조금이나마. 제 고통을 더는 일이니까요."

윤 회장에게 해 줄 수 있는 대답이자, 유일하게 바라는 건 그뿐이었다.

수현을 집 안에 들여보내다, 하균은 그녀를 끌어안으며 말했다.

"미안해."

그는 다시 한 번 하성을 형으로 둔 제 자신을 자책했다.

윤 회장이 정하성의 피해자인 그녀에게 사죄를 하러 온 건 당연한 일이었지만, 그 당연한 일을 너무 늦게 맞도록 한 것도 미안했다.

제 가족임에도 어떻게 할 수 없던 자신이 무능력하게 느껴졌다.

"당신이 모든 걸 다 짊어질 필요는 없어요."

그의 품에서 수현은 따뜻한 목소리로 말했다.

그리고 돌아간 윤 회장을 떠올렸다.

"그래도 이렇게 직접 찾아오실 줄은…… 몰랐네요."

그녀가 찾아오는 일은 어찌 보면 당연한 일이었다.

사람이라면, 응당 그래야 하는 게 상식이고 도리이니까.

1년 전 사고 때 유라 모녀에게 돈을 건네고 사건을 덮었던 사람이 정하성의 아내였다는 사실을 하균을 통해 알게 되었다.

그리고 하성과 그 아내 사이에 엮여 있던 비밀과 서지현이란 여자의 존재도 들었다.

윤 회장은 정하성과 그 아내보다 높은 위치의 사람이었다.

그건 그들보다 더 큰 힘을 가진 사람이란 뜻도 된다.

정하성의 아내처럼 안면을 몰수하고, 돈과 권력으로 어떻게든 그의 형량을 줄이려 한다면 그가 온전한 죗값을 치를 수 없을 수도 있었다.

윤 회장이 어떤 인물이고, 하균과 윤 회장 사이에 어떤 일이 있었는지 몰랐지만 적어도 최소한의 양심을 보인 건 사실이었다.

재벌가의 회장님이 제 손자의 죄를 대신 사죄하러 오리라고까진 기대하지 않았기에.

현재의 그녀는 정하성의 죄를 밝힌 것만으로도 안도하고 있었기에.

＊　　＊　　＊

이튿날 하균은 따로 윤 회장을 찾았다.

그리고 물었다.

"갑자기 마음을 바꾸신 의도가 뭡니까."

일전에 수현에게 사죄를 하라고 충고 한 적이 있었다.

그러나 제 충고로 움직일 사람이 아니었다.

그녀가 진심으로 찾아왔을 거라고 단번에 믿을 만큼 신뢰가 깊지도 않았다.

회사 때문이 아니라고 했지만, 이렇게 해서라도 자신의 마음을 조금이라도 움직여 보려던 게 아닌가 하는 생각도 배제할 순 없었다.

윤 회장은 본가 뒤뜰에 있는 유리 온실에서 정성껏 가꿔 왔던 꽃들을 보고 있었다.

"하성이 그놈이 그러더구나."

겨울의 눈이 내려도 온실은 따뜻했고, 조용했다.

유일하게 마음이 편해지는 그녀만의 공간이었다.

윤 회장은 꽃들에 시선을 고정한 채 말했다.

"내가 저를 숨 막히게 했고, 꼭두각시 취급을 했다고."

윤 회장 때문에 숨이 막혔던 꼭두각시.

그 말이 너무도 정확해서 하균은 조용히 웃을 수밖에 없었다.

가온그룹이란 대단한 집안의 풍파 속에서, 윤 회장의 눈초리마저 견디며 살아가는 하성이 대단하다고 생각했다.

그를 존경했고 아꼈던 동생으로서는 그 열정이 빛나 보이기까지 했다. 이해가 가지 않을 때도 있었다. 힘들면 쉬어가고, 힘들다고 말해도 되는데.

그는 이를 악물고, 이러다 죽겠다싶을 정도로 노력했다.

결국 정하성을 길러낸 부모나 다름없는 윤 회장에게 책임이 있단 사실이 더욱 명백해질 뿐이었다.

"쓸모가 없어지니까 버리는 것이냐 묻더구나. 그 아이를 버리겠다는 생각을 한 적이 단 한 번도 없었다. 난 단지……."

단지.

윤 회장은 호흡을 한 번 골랐다.

"하성이 만큼은 번듯하게 내 뒤를 이어줬으면 했다. 그런데 내 앞에서 눈물을 보인 적 없던 그놈이, 그동안 견딜 수 없이 힘들었단 것처럼 울었다."

하성이 우는 것을 한 번도 본 적이 없었다.

살면서 앓는 소리를 하는 것도 들어본 적이 없었다.

"그때 알았다."

윤 회장의 입가에 쓸쓸함인지, 조소인지 알 수 없는 감정이 실렸다.

"하성이 놈이 그렇게 된 데에는 내 잘못도 있었다는 걸."

"이제라도 깨달으셨다니, 다행이군요."

하균은 차갑게 말했다.

그러면서 독하게 마음을 다잡았다.

가슴을 울컥 쳐 오는 게 뭔지 알 수 없었지만 그에 대한 동정심 같은 건 갖고 싶지 않았다. 어떤 이유로도, 정하성이 저지른 죄는 정당화 될 수 없었으니까.

"이성을 잃은 하성일 보고 그제야 정신이 들었다. 며칠 동안 잠도 제대로 자지 못했어."

내내 그를 등지고 서 있던 윤 회장이 뒤를 돌아 그와 눈을 마주쳤다.

윤 회장 특유의 차가워 보이는 눈매는 여전했다.

"……그리고. 한수현, 그 아이한테도 미안해지더구나. 네가 믿든 안 믿든, 내가 했던 말은 진심이었다."

"회사 때문이 아니셨습니까. 그렇게라도 하면 제 마음이 조금이라도 움직일까, 하고."

하균이 조소를 지었다.

그러나 윤 회장의 눈동자에 동요는 없었다.

"지금 상황에서 네가 아쉽지 않다면 거짓말이겠지. 난 평생을 이렇게 살아와 여전히 회사에 대한 미련을 버리지 못한다는 것도 사실이다."

어떻게든 꺾이지 않으려는 고집 또한 여전했다.

하지만 왜인지 오늘 만큼은, 정이라곤 없었던 노인이 아주 조금 불쌍해 보인다.

자업자득이라지만.

처음부터 지금까지 그녀의 곁에 진심으로 남아 있는 사람은 아무도 없었고, 앞으로도 없을 테니까.

"그런데 하성이 놈 꼴을 보고도 널 붙잡는 건 내가 노망이 났단 걸 인정하는 거겠지."

형제의 아버지, 그리고 하성의 삶을 어그러지도록 만들었다.

뚜렷하게 표 내고 있지 않지만 그녀도 느끼고 있었다.

두 번이나 그들에게 고통을 줬으면서도 또다시 하균에게 그 뒤를 이으라고 말할 자격은 없다는 걸.

윤 회장은 쓰디쓴 침을 삼켜내며, 덧붙였다.

"회사는 다른 방법을 찾고 있으니, 네 뜻대로 살아라. 영국으로 떠나든 한국에서 지내든. ……한수현 그 아이와 결혼을 하든. 네 뜻대로 해."

믿든 안 믿든 진심이었다.

윤 회장의 말들이 그의 머릿속을 울리며 복잡하게 돌고 있었지만.

그녀의 표정, 그리고 마지막으로 마주쳤던 눈빛을 보았을 때.

그는 비로소 끝까지 거두지 않았던 의심을 그만둘 수밖에 없었다.

윤 회장이 꺼냈던 결혼이란 단어를 되뇌었다.

그리고 서점에 들러 수현이 보고 있던 책을 찾아 같은 것을 골랐다.

이내 시계를 확인한 하균은 은각과의 약속 시간이 되자, 약속 장소인 전통 찻집 안으로 들어갔다.

고즈넉한 분위기의 룸 안에 은각이 먼저 와 기다리고 있었다.

팔 한쪽에 깁스를 하고 있는 게 눈에 띄었지만, 어떻게 된 거냐고 물을 만큼 여유롭게 대할 상대는 아니었다.

"아."

하균의 눈길이 깁스한 팔에 닿아 있자, 은각은 하균과 달리 여유롭게 말했다.

"한수현 씨에겐 제 팔 얘긴 하지 않으셨으면 좋겠군요."

"그러지."

애초에 그럴 생각도 없었다.

그런데 알아서 숨기고자 하니, 하균의 입장에선 딱히 마음에 들지 않았던 그에게 그나마 마음에 드는 구석이었다.

나름 절친하게 지냈던 '동료'가 다쳤다는 것을 알면, 괜히 걱정할 테니까.

이윽고 두 사람은 서로를 마주 보며 앉았다.

그리고 전에 끝내지 못했던 대담을 이어가기 위해서였다.

앞에 놓인 찻잔을 두고, 하균이 먼저 입을 열었다.

"그동안 내 회사 안에 있던 줄은 몰랐는데."

은각의 정체를 비로소 확신하게 된 건 그의 비서가 해온 연락 때문이었다.

"나름의 철저함이라고 해 두죠. 정하성에 대한 사전 관찰이 필요했습니다."

어느 정도 예상했던 답변이었지만, 자유분방해 보이는 인상과는 달리 철두철미한 그의 성격은 의외였다.

하지만 하균이 진짜 듣고 싶은 건 따로 있었다.

"정하성을 잡는 데 도움을 준 건 고맙게 생각하고 있지만."

서느런 눈이, 전과 같은 경계심을 보이며 물었다.

"한수현이 정하성과 어떤 관련이 있는지 지금쯤이면 눈치챘을 거고, 더 이상 동료 아르바이트생 행세도 할 필요가 없는데도. 여태까지 가깝게 지내고 있는 이유가 뭐지?"

다른 질문이라면 쉽게 대답할 수 있었을 것이다.

그러나 방금 그 질문은, 은각 역시 아직까지 스스로에게 대답하지 못하고 있던 것이었다.

"정하성 사건은 마무리 됐는데, 그 피해자인 한수현과 제가 아직까지 접촉하는 게 거슬리십니까."

이번엔 그가 하균을 깊게 바라보며 물었다.

"왜죠?"

은각은 알고 싶었다.

한수현에게 정하균 대표는 어떤 존재인지.

그리고 이제야, 확실히 들을 수 있었다.

과녁판이 된 심장 한 가운데로 날아든 화살처럼,

아주 깊숙하게 가슴을 찔러오는 한마디를.

"내가 사랑하는 여자니까."

어렴풋이 느끼고 있었으면서도 한 번 더 물어야만 확신하게 되는 건 인간의 본능일까, 현실에 대한 부정일까?

사랑.

누가 만들었는지, 오늘따라 그 단어가 참 마음에 들지 않는다.

구태여 설명하지 않아도 그게 무슨 뜻인지 스스로 알아듣고 이해하게 만드는 바람에, 그는 두 배로 아픈 기분이었다.

머릿속이 잠깐 멍해졌다가, 곧 착잡해지는 건가 싶더니, 또다시 통증이 밀려들었다.

은각은 애써 태연히 대꾸했다.

"이제야 좀 이해가 가는군요. 이사님이 저와 한수현 씨 사이에 대해 민감한 반응을 보였던 이유 말입니다."

정하성의 처리도, 수현 때문이었던 건가.

그 사실마저 알아차리는 건, 오랜 시간이 걸리지 않았다.

하균에 대해 조사했을 때 그는 가온그룹 내의 자리싸움에 관심이 없다고 판단했다.

그런데 그가 정하성에 대해 파헤치고 있다는 사실을 알고 나선 자신이 뭔가 놓치고 있는 게 있나 싶었다.

결과적으로는 적대 관계인가, 협력 관계인가 하는 문제가 중요했기 때문에 더는 묻지 않았다.

하지만 궁극적인 목적이 수현을 위해서였다면 그가 직접 움직인 이유에 대한 의문은 쉽게 풀렸다.

정하성을 지키려는 것인지, 그의 죄를 밝혀내려는 것인지 물었을 때 알아챘어야 했다.

정하균, 그가 지키고자 했던 사람은 따로 있었다는 걸.

"더 궁금한 거 없으면, 이젠 내 질문에 대한 답을 해 줬으면 좋겠는데."

하균은 이 대화의 본론을 상기시키며 말했다.

"질문을 하고 싶은 건 이쪽이었거든."

은각은 처음부터 하균이 했던 질문의 의도가 그다지 유쾌하지 않았다.

마치 수현에게 불순한 뜻을 품고 의도적으로 접근하고 있다면, 그만 두라는 경고로 들려서.

"저한테 다른 뜻이 있는 거라고 생각하시는 것 같아서 말씀드리죠. 전 이제 정하성 쪽에는 관심 없습니다."

"그럼 한수현에게는 관심이 남았다, 뭐 그런 뜻인가?"

하균은 아주 날카롭게 묻고 있었다.

"……."

은각은 수현과 레스토랑에서 만났던 날을 떠올렸다.

대화를 나누는 두 사람을 보다가, 어느새 하균을 바라보는 그녀에게로 눈길을 돌렸다.

그를 보는 시선은 따뜻했고, 알고 있었는지는 모르겠지만 미소를 짓고 있었다.

목도리를 전해 주기 위해 온 그에게 미안해하면서도, 바라보는 것만으로도 좋은 것처럼. 다시 봐서 기쁜 것처럼.

그때 두 사람 사이의 견고하고도 묵직한 감정을 느낄 수 있었던 건.

수현도 정하균 대표와 같은 마음이었기 때문이겠지.

그런 생각을 마친 순간. 은각의 눈동자에 슬픔이 깃들었다.

"이사님도 알고 계시다시피, 한수현 씨는 좋은 사람이죠."

하균이 그를 뚫어져라 응시했다.

은각은 그대로 입술 끝을 말아 올렸다.

"좋은 사람과 관계를 유지하고 싶은 건 당연한 거 아닙니까?"

그녀가 그저 좋은 사람이기 때문이라고, 선을 긋고 있다.

수현은 그를 친한 동생이라 했었다.

같은 남자의 입장에선 달랐지.

그 친한 동생의 마음은 그녀와 동일하다 느껴지지 않았다.

"그래서 여태껏, 전직 검사. 검찰총장의 아들. 그리고 한 살 위인 김은각이라고 밝히지 않았던 거였나?"

하균은 재미있다는 듯 물었다.

은각은 부정하지 않는 걸로 대답을 대신했다.

그러다 다시 입을 열었다.

"동료 아르바이트생 김은각으로 남는 편이 한수현 씨에게 혼란을 주지 않을 테니까요."

은각의 표정은 진지했다.

깁스한 팔을 보여 주며 가볍게 미소 짓던 예의 여유로움은 가신 뒤였다.

"한수현 씨 앞에서 저에 대해 모른 척해 주셨던 건 감사하게 생각하고 있습니다."

하균은 고마워 할 필요 없다는 듯 대답했다.

"그 남자가 그쪽이라고 확신하지 못했고 따로 만나서 이야기하는 게 우선이라고 생각했으니까."

"한수현 씨에게는 때가 되면 말할 겁니다. 그러니 앞으로도 제 비밀, 지켜주시죠."

때가 되면 말할 생각이었다.

하균은 수현에 대한 그의 마음 중 어떤 게 진심이고, 본심인지는 정확히 가늠할 수는 없었다.

그러나 수현이 좋은 사람이기에, 사건이 끝났다고 해도 막역한 사이로 지내고 싶단 말은 꽤 그럴듯한 대답이었다.

지난 일에 대한 고마움이 있는 건 사실이었지만, 지금 이 자리의 의미에는 경고도 포함 돼 있었다.

"난 김은각 씨가 수현이에게 어떤 사람으로 남아 있든 그건 상관 안 해."

이윽고 나직한 음성이 어둡게 흘러나왔다.

"좋은 사람과 그 관계를 유지하고 싶은 친구로서의 선을 넘는 행동은 하지 않는 게 좋을 거야."

하균은 서점에 들러 샀던 여행 에세이 책을 들고 일어나며 말했다.

"뭐, 결혼식 청첩장 정도는 주지."

*   *   *

강아지의 미용을 마치고 막 돌아온 참이었다.

간식을 챙겨 주려는데, 초인종이 울렸다.

수현은 인터폰이 있는 곳으로 걸어가 화면을 확인했다.

"누구세요?"

"안녕하세요, 한수현 고객님. 로열백화점 퍼스널 쇼퍼 강윤회라고 합니다. 어제 뵀었는데, 기억하시는지요."

화면 속 여자를 응시하던 수현은, 그녀가 어제 하균과 함께 갔던 VVIP 라운지에서 본 백화점 직원이라는 것을 기억해 냈다.

"아, 네. 근데 갑자기 여기까진 어떻게……."

의아한 눈으로 물었다.

"어제 제가 보여드렸던 원피스들, 그리고 의상별로 어울리는 액세서리와 가방, 구두를 직접 전달해 드리러 왔습니다."

수현은 거실 한가운데에 잔뜩 쌓인 쇼핑백들을 잠시 멍하게 바라봤다.

이 많은 걸 언제 다 샀다는 걸까?

백화점을 나오면서 나머지 원피스까지 함께 샀단 말은 없던 그였다.

어제 입었던 원피스만으로도 예쁘고 고마웠다.

이제 백수라면서.

분명히 돈도 많을 썼을 텐데. 당장 이렇게 많은 옷과 액세서리들이 필요한 상황도 아니었다.

수현은 일단 하균에게 전화를 걸었다.

신호음이 얼마 지나지 않아, 그는 전화를 받았다.

그가 외출 중인 사실은 그녀도 알고 있었다.

["지금 들어가고 있는 중이야. 내가 그렇게 보고 싶었어?"]

"집에 온 물건들, 이게 다 뭐예요? 당신이 보낸 거라고 하던데."

["아, 그거. 필요할 것 같아서."]

"나 옷 없지 않아요, 하균 씨."

["이제 거의 도착했어."]

"하균 씨 잠깐……."

말을 채 끝맺기도 전에 초인종 소리가 들렸다.

수현은 휴대폰을 귀에 댄 상태로, 현관문을 열었다.

하균도 휴대폰을 귀에 대고 있었다. 한 손은 허리 뒤로 놓고, 책을 감췄다.

"선물이 마음에 안 든다고 하면, 안타깝지만 누군가 아주 상처받을 거야."

그는 휴대폰을 내려놓으며 작게 미소를 지었다.

살짝 말려 올라간 입술이 예쁘다.

하지만 뭔지 모를 의미심장함도 담고 있다.

"그 누군가가 하균 씨는 아니고요?"

수현도 통화를 끊고, 눈썹을 살짝 찡그리며 물었다.

"아니, 나 아니고 다른 사람."

"다른 사람이요?"

하균은 그 사람이 누구인지 자세히 설명해 주진 않았다.

"아무튼, 잘 갖고 있어 줘. 물론 마음에 드는 거 보이면 바로 입어도 되고."

"그래도 이건 너무 많아요."

"나한텐 한참 부족해. 너한테는 늘 좋은 것만, 아름답고 즐거운 것들만 안겨 주고 싶어. 그냥 고맙다고 받아주면 안 되나?"

이렇게 해 주지 않아도, 아주 흠뻑 사랑 받고 있다는 생각을 매일 한다.

그런데도 부족하다고 말하는 당신의 마음.

수현은 결국 알겠다는 듯, 고개를 끄덕였다.

"고마워요. 늘."

"고마운 건 나지. 늘."

*　　*　　*

유라는 빈 통장을 확인하면서 입술을 짓이겼다.

현재 만나고 있는 남자에게도 보는 눈이라는 게 있었다.

그의 수준에 맞는 행색 정도는 갖춰 주려면 돈이 필요했다.

그가 이것저것 선물해 준 옷이나 액세서리들도 몇 번 입고 착용했지만 이제 그것도 한계였다.

결국 선물 받은 것들까지 모두 팔아 버렸지만, 수중에 남은 돈은 한 푼도 없었다.

아빠와는 연 끊은 지 오래였고, 엄마가 식당일을 하면서 버는 돈은 방 값과 생활비였다.

당장 먹고 살 궁리를 하라는 미선의 등쌀에 일자리를 알아보지 않은 건 아니었다.

손에 물이 묻는 일이라거나, 험한 일 같은 건 손톱이 망가져서 일찌감치 패스. 그 외엔 쉽게 잡히질 않는 걸 어떡하느냐고.

가만히 머리를 굴리던 유라는 아랫입술을 지그시 물었다.

가늘게 뜨고 있던 눈이 빛났다.

그러고 보니……

'한수현.'

1년 전에 묻어뒀던 사건이 터지는 바람에, 수현을 정신병원에 넣고 해외로 뜨려던 계획은 수포로 돌아갔다.

아주 보기 좋게.

마지막으로 본 이후, 수현이 어떻게 살고 있는지는 아는 바가 없었다.

그러나 지금 다시 조명해 봐야 할 중요한 사실은.

한수현의 옆에…… 아직도 정하균 이사가 있다면?

가온그룹이란 재벌가에서 끝내 정하성 이사의 죄들이 들춰졌다는 건, 이미 내부에서 막을 수 없는 정도로 누군가 엄청난 정보를 제공했다는 것인데.

정하성 이사가 깨어났던 마당에, 수현 혼자 그 일을 해 냈을 리가 없었다.

하지만 수현이 집 앞에 찾아 왔을 때, 정하균 이사도 1년 전 사고에 대한 모든 진실을 듣게 됐다.

수현을 바라보는 눈빛은 예사롭지 않았고, 보통 사이가 아닌 것 같았던 판단이 틀리지 않았다면.

'설마 정하균 이사가 수현을 위해서 그 모든 일을 터트린 건…….'

의미심장한 빛들이 유라의 눈동자 위에서 넘실거렸다.

위기를 기회로 삼는 것도 때론 전략이었다.

한수현이 미치도록 싫지만, 쓸모 있는 구석을 아주 오랜만에 하나 건질 수 있었다.

1년 전, 이 미모를 가질 수 있도록 돈을 만들어 줬던 것처럼.

다신 그 재수 없는 얼굴을 보고 싶지 않아도, 지금은 생각이 바뀌었다.

일단은 수현을 만나서 그와의 관계 파악을 해 보는 게 우선이었다.

유라는 휴대폰 전화번호부 속 번호를 뒤져서, 수현에게 전화를 걸었다.

최대한 목소리를 잠기게 한 뒤,

"수현아…… 나야." 라고 말하고 싶었지만.

수현의 번호는 바뀐 뒤였고, 바뀐 번호로 연결 됐어도 받지 않았다.

"이게 진짜."

휴대폰을 꽉 쥔 유라는 차분하게 머리를 식혀냈다.

그리고 어떻게 수현과 만날 것인가에 대해 열심히 생각해 봤다.

* * *

"정하균 이사, 직접 만나 보니 어떠셨습니까?"

운전대를 잡고 있던 유 비서가 물었다.

뒷좌석에 앉아 있던 은각은 팔걸이 손을 올린 채 입술을 굳게 다물고 있었다.

대답할 기분이 아니신가 싶었던 즈음이었다.

"슈트 핏부터 남다르다. 목소리가 나보다 낮다. 반박 못할 말들만 골라 한다. 사람 기분을 바닥까지 내려앉도록 만드는 방법을, 아주 잘 안다."

"……."

짜증스럽게 멋지단 생각을 할 만큼, 한 여자를 사랑한다.

"뭐, 그런 생각이 들었습니다."

은각은 제가 무슨 말을 하고 있는지 알지 못했다.

결혼식 청첩장이라니.

그가 무슨 의도로 한 말인지 알고 있다.

"예?"

반면 유 비서는 방금 들은 말이 무슨 뜻인지 이해하지 못하고 있었다.

대체 무슨 대화를 나누었기에.

두 사람의 관계는 서로 상통하는 목적에 의해 만난 후, 그 목적을 이룬 뒤에는 자연스럽게 와해된 것으로 여겼다.

그 이상의 만남을 지속하는 건 의미가 없기 때문이었다.

하지만 은각은 정하성의 사건이 끝난 한참 후에야, 갑자기 정하균 이사와의 약속을 잡게 했다.

그리고 돌아가는 지금, 그의 표정은 한없이 어두워보였다.

"전에 물으셨죠."

은각이 불현듯 말을 이었다.

"좋아하는 사람이 생겼냐고요."

착각이라고 단언했다.

가끔 가다 누군가를 생각하고 있으면 그 사람은 수현이었고, 그러다 어느새 보고 싶단 생각에 휴대폰을 만지작거렸다.

쓸데없는 약속을 만들고 잘 입지도 않는 슈트를 고르는 동안 수현을 그리면, 가슴이 간질거리다 못해 쿵쿵 뛰어도.

그것만큼은 아니라고 부정했다.

그런데 계속 거짓말을 하고 있어서, 벌을 받았나 보다.

좋아한다, 그런 말을 해 볼 틈도.

수현의 마음에 끼어들어 볼 틈도 없었다.

"좋아했는데."

입술만 달싹이며 바라보기만 했던 벌로, 시작도 전에 모든 기회를 전부 잃어버린 고통이. 참 쓰다.

"좋아하는데……."

은각은 여린 미소를 지으며 말했다.

"비밀로 해 둬야 할 것 같아요."

* * *

미선은 지친 몸을 이끌고 돌아왔다.

오늘따라 몸이 견디기 힘들 정도로 좋지 않았다. 식당 사장에게 사정해서 한 시간 정도 일찍 일을 마쳤다.

"왔어."

유라는 누운 채로, 일어나 보지도 않았다.

팩을 하면서 뭔가를 깊게 생각하고 있었다.

미선은 머리꼭지가 핑 도는 느낌이었다.

아직도 일자리는커녕 어딜 그렇게 돌아다니는지 알 수 없었다.

식당 일로 방값과 생활비나 겨우 버는 수준인데, 유라가 나서서 일하지 않으면 이마저도 불안하다.

"한유라. 너 지금…… 생각이 있는 거야?"

미선이 유라에게 다가와 미간을 일그러뜨렸다.

"내가 뭘."

"일할 데 알아보라고 했잖아. 나 혼자서는 안 된다고 몇 번을 말해?"

"알아보고 있어. 그러니까 닦달하지 마. 그렇잖아도 스트레스 받는 일이 한두 가지가 아니니까."

"한유라!"

"왜이래 진짜?!"

팩을 하고 있는 도중에 자꾸 말을 하거나 얼굴을 찌푸리면 주름이 생긴다.

피곤할 텐데 잠이나 자지, 갑자기 잔소리를 늘어놓으니 짜증이 솟구쳤다.

"나도 힘들어. 그러니까 그만해."

"네가 뭐가 힘든데? 너 집 나와서 하는 일이 대체 뭐니? 수현이 팔아넘긴 돈 모조리 탕진하고 돌아온 주제에 네가 지금 뭘 하고 있느냐고!"

"지금 여기서 한수현 얘기가 왜 나와?!"

유라는 이미 구겨진 팩을 홱 떼어 냈다.

그리고 고개를 치켜들어 미선을 노려봤다.

"한수현 일, 나만 덮은 거 아니잖아. 지금 누굴 동정하고 누굴 탓하고 있는 거야, 엄마? 따지고 보면 엄마도 공범인 거 잊었어?"

"뭐라고?"

유라의 말에, 식은땀을 흘리고 있던 미선의 눈앞이 흐릿흐릿했다.

그때, 동시에 강한 복부 통증이 세차게 밀려들었다.

"아아……."

미선이 배를 움켜쥐며, 그대로 고꾸라졌다.

"엄마?"

유라가 이불을 걷고 벌떡 일어나, 미선의 얼굴을 확인했다.

식은땀투성이에, 의식이 없다.

"엄마!!!"

*   *   *

미선이 응급실에 실려 간 뒤, 의사는 CT촬영 결과를 설명하며
위 조직 검사를 해 보자고 했다.

미선을 입원시키고, 일주일이 흘렀다.

"조직 검사 결과, 위에서 악성종양이 발견됐습니다."

홀로 의사를 만난 후 문을 열고 나오던 유라는 소리 없이 웃
음을 터트렸다. 어이가 없어서 웃음밖에 나오지 않았다.

'왜 우린 늘 이런 식이야.'

뭐든 되는 일은 하나도 없고, 세상 구질구질한 건 다 겪는데도
그 끝이 보이질 않는다.

그리고 하필이면! 엄마가 쓰러지던 날의 마지막이 심한 말다
툼이었다.

유라는 현실을 부정하고 싶어서 두 손으로 머리를 싸매고 눈
을 꽉 감았다.

'아니야. 아니야…… 꿈이야, 이거. 다 꿈이라고, 한유라.'

반쯤 넋을 잃은 사람처럼 병원 복도를 걷다가 갑자기 울컥해
서 벽에 기대섰다.

차분하게 받아들이려고 숨을 크게 들이쉬었다가 내쉬어봤지

만, 나아지지가 않는다.

천만다행히 다른 장기로 전이 되지 않아 수술만 성공적으로 끝나면 살 가능성이 있다는 말이 유일한 희망이었다.

하지만 당장 병원비와 수술비를 감당할 돈이 없었다.

보험은커녕, 들어둔 적금도 없다.

당장 치장을 위해 필요한 돈이 문제가 아니었다.

유라의 눈앞에, 그제야 막막함이라는 벽이 숨을 죄어오듯 다가와 부딪쳤다.

유라는 입술을 거칠게 깨물었다.

이러고 있을 때가 아니었다.

일단은 어떻게든 돈을 구해야 한다.

하지만 어디서?

모든 걸 잃은 마당에 비빌 언덕이라고는…….

유라는 며칠 전 수현을 만나려고 했던 사실을 떠올렸다.

갑자기 미선이 쓰러지는 바람에 정신이 없어서 수현과 정하균 이사의 관계 파악은 하지 못했다.

하지만 수현의 옆에 그가 있는 게 확실하다면, 처음 생각했던 대로 돈을 구할 방법이 아주 없는 건 아니었다.

오래전 수현이 집을 떠나기 전에 엄마에게 남기고 간 오피스텔 주소가 있다는 걸 깜박했다.

병실로 가니 미선은 잠들어 있었다.

한편으론 다행이었다. 아무리 못된 딸이라도 엄마에게 암이란 애기를 아무렇지 않게 할 자신은 없었다.

미선을 보자 이상하게 눈물이 고여 들었다.

그동안 내뱉었던 말들을 되뇌어보면 분명히 슬퍼할 자격 같은 건 없다.

하지만 엄마가 잘못되기라도 하면, 세상에…… 혼자 남게 되겠지.

그건 또 싫은 걸 보니 여전히 이기적이고 막되긴 했다.

입 안쪽을 꽉 물고, 고개를 돌렸다.

'한수현 주소…… 어디다 메모해 둔 거야.'

독한 표정으로 미선의 가방을 뒤졌다.

미선이 잘 가지고 다니는 수첩을 꺼냈다.

수첩을 뒤져 봤지만, 적혀 있지 않았다.

유라는 살짝 눈썹을 일그러뜨리며 다시금 고민에 빠졌다.

그러다 이내, 혹시 휴대폰 메모장에 적어둔 건 아닌지 확인하기 위해 조용히 몸을 움직였다.

잠이 든 미선의 옆에 놓아둔 휴대폰을 집어 들었다.

이리저리 휴대폰 안을 뒤졌다.

오래전에 수현이 오피스텔 주소를 문자로 보내놓은 것을 발견했다.

그 주소를 휴대폰에 저장한 후, 병실을 나섰다.

　수현은 하균과 함께 마트에서 파스타 재료를 사서 돌아오는 길이었다.

　파스타는 하균이 해 주기로 한 오늘의 저녁 메뉴였다.

　같이 산책 나온 기분으로 그와 함께 걸어서 다녀왔다.

　하지만 날이 또다시 추워진 터라 입김이 번졌다.

　"춥다. 빨리 들어가요."

　"추워?"

　"얼른 들어가면 돼요."

　"감기 걸리면 내가 고생해."

　하균은 잠시 걸음을 멈춰 서고, 들고 있던 짐을 내려놓았다.

　그녀의 손을 잡고 따뜻한 입김을 불어주었다.

　그리고 수현의 손을 감싸 잡았다.

　수현의 얼굴에 미소가 떠올랐다.

　이윽고, 두 사람은 다시 나란히 걸었다.

　"참, 우리 저녁 먹고 이거 바로 해 봐요."

　문득 수현이 반대쪽 손에 든 봉투를 들어 보이며, 설렘 가득히 그를 바라봤다.

　"그러자."

　점심을 먹고 뭘 할까 하다가, 수현이 퍼즐을 제안했다.

　퍼즐에는 딱히 취미가 없지만, 수현과 하면 재미있을 것 같기도 해서 하나 사들고 온 상태였다.

오피스텔 입구에 거의 다다랐을 때쯤, 휴대폰이 울렸다.

모르는 번호였다.

어제도 모르는 번호로 전화가 왔었지만, 온 줄 모르고 있던 터라 받지 못했다.

다시 전화해 볼까하다가 급한 일이면 또다시 전화해 오겠지 하고 그만 두었다.

하지만 또다시 모르는 번호로부터 전화가 왔다.

어제 그 번호인 것 같기도 하고.

수현은 잠시 뜸을 들이다가 전화를 받으려 했지만, 곧 끊겼다.

유라는 휴대폰을 귀에서 뗐다. 주변이 어두워서 수현이 맞나 싶어 확인차 한 전화였다.

보이지 않는 곳에서 저 멀리 다정히 걸어오던 두 사람을 쭉 눈여겨보고 있었다.

손까지 맞잡고 다정히 웃으며 걸어오고 있는 모습에서, 유라는 원하던 정보를 얻을 수 있었다.

세상에 그런 비련의 여주인공 없는 것처럼 온갖 눈물 다 쏟아내더니.

우습게도 예상대로였다.

눈 돌아갈 만큼 좋은 곳에서, 분에 넘치는 남자와 웃고 있는 수현의 모습.

정하성 이사가 없는 세상이 천국인 듯 그 동생과 희희낙락하고 있는 꼴이 아주 웃기다.

며칠 전까지만 해도, 다른 목적으로 수현을 찾아가려 했었다.

지금은 상황이 다르지만, 까짓것 어차피 그러려고 했던 건데 못할 것도 없지.

손가락을 있는 힘껏 말아 쥔 유라의 손등이 하얗게 변했다.

*   *   *

두 사람은 1502호에 함께 있었다.

"와, 엄청 기대된다."

수현은 하균이 만든 파스타를 앞에 두고, 포크를 들었다.

예쁜 접시에 담긴 해물 토마토 파스타였다.

가만히 기다리고 있으란 명령 때문에, 잠자코 요리하는 그의 뒷모습을 바라보고만 있었다.

"먹어 봐. 맛있는지."

수현은 고개를 끄덕이곤, 포크로 면발을 돌돌 말았다.

마주 앉아 있던 하균은 조용히 침을 꼴깍 삼켰다.

일부러 맛은 보지 않아서 그도 맛이 있을지 없을지는 몰랐다.

그녀가 파스타를 한입 먹었다.

하균은 그녀의 표정을 가만히 살폈다.

"음……."

그가 긴장한 모습이 재미있어서 수현은 일부러 뜸을 들였다.

하균의 입술이 살짝 마르고 있었다.

수현에게 뭔가를 평가받는 건 처음인 것 같았다.

하지만 그녀가 빙그레 웃는 모습을 보고 나서야, 다행이란 생각이 밀려들었다.

"못하는 게 뭘까, 대체."

수현은 다시금 포크로 면을 돌돌 말며 혼잣말을 했다.

약간 매콤한 것까지도 딱 입맛에 맞았다.

"영국에서 혼자 살 때 이 정도는 가끔 만들어 먹었어."

하지만 누군가에게 요리를 해 주는 건, 수현이 처음이었다.

"맞다, 런던에서 살았다고 했죠. 밤에 보는 런던 아이하고…… 아. 빅벤이 되게 멋있다고 책에 나와 있었는데. 어때요?"

전에 산 여행 에세이에서 런던에 대해 읽은 기억이 있었다. 그가 오래도록 지냈던 나라라고 하니 더욱 유심히 읽었다.

하균은 한쪽 턱을 괴고, 그녀가 작은 입으로 오물거리는 모습을 지그시 보며 말했다.

"매번 봐도 멋지긴 해. 나중에 같이 보러 가자."

"약속한 거예요."

그녀는 엷게 미소 지으며, 파스타 속 새우를 입 안에 넣었다.

저녁 식사를 마친 두 사람은 러그가 깔린 바닥에 마주 앉았다.

테이블에 퍼즐을 올려놓고, 한참을 응시했다.

너무 많은 건 하기 힘들 것 같아서 500피스짜리를 골랐지만, 눈대중으로만 봐도 만만치 않아 보였다.

"완성하긴 힘들 것 같은데."

"그래도 해 봐야죠."

수현은 결의에 찬 눈으로 쏟아 놓은 퍼즐 조각을 하나 집어 들었다.

"원래 천 리 길도 한걸음부터잖아요."

비슷한 색상의 조각들을 하나둘씩 분류하면서, 그녀가 문득 말했다.

"이거 다 맞추면 이 그림이 되는 거 알죠? 진짜 예쁠 것 같아요."

수현은 퍼즐이 들어 있던 박스의 겉면을 가리키고 있었다.

그녀가 고른 건 명화 직소 퍼즐이었다.

"실은 이거, 내가 제일 좋아하는 그림이에요. 클림트의 키스."

"키스?"

수현은 상자를 들어 그에게 정면으로 보여 주며 말을 이었다.

"연인의 모습이 애틋해 보이는 그림이기도 하지만, 한편으론 슬퍼보여서 오래도록 기억에 남았거든요. 두 남녀가 서로 껴안고 입을 맞추려 하는데, 그림 아래쪽을 보면 발을 딛고 있는 곳이 꼭 벼랑처럼 보여요. 서로 사랑하지만 위태로운 상황에 놓여 있는 건 아닐까 싶은 느낌이죠."

"그렇게 보이기도 하네."

퍼즐 상자에 그려진 그림을 보는 기분은, 그에게도 묘하게 다가왔다.

비슷했다. 사랑하지만 위태로웠던 시간들이.

"그럼 해 볼까요?"

수현이 두 손을 모으며 싱긋 웃었다.

꽤 시간을 들여 색상별로 분류를 끝낸 뒤, 모서리 부분부터 맞춰가기 시작했다.

수현이 원해서 시작하긴 했지만 은근히 맞춰가는 재미가 있어서, 하균도 나름대로 신기하게 생각하고 있는 중이었다.

목 부근이 뻐근해졌다.

그는 손목시계를 확인했다.

벌써 오후 11시가 넘어가고 있었다.

수현은 여전히 골똘히 생각에 잠긴 채 퍼즐을 이리저리 맞춰보고 있었다.

마실 거라도 가져다 줄 생각으로 하균은 몸을 일으켰다.

그리고 커피를 내려 가져왔을 때, 그는 조용히 웃고 말았다.

이러다 밤새겠는데, 라고 생각했지만 아니었나 보다.

수현은 그 사이 테이블에 엎드려 웅크린 채로 잠이 들어 있었다.

머그컵을 내려놓고, 소파 한쪽에 개어져 있던 담요를 가져왔다.

조심스럽게 어깨에 덮어준 뒤 아까처럼 그녀의 맞은편에 앉아 비슷하게 엎드렸다.

하균은 팔짱을 낀 채 그 위에 얼굴을 얹고, 수현을 한참 동안 바라봤다.

"내 앞에서 이렇게 잠들면 곤란한데."

그리고 속삭이듯, 나직이 말했다.

"집에 가기 싫어지잖아."

수현은 침대 위에서 뒤척였다.

몇 번 뒤척이니 정신이 깨서 눈을 게슴츠레하게 떴다.

벌써 밖이 환한 아침이었다.

그대로 일어나 앉았다.

침대로 들어와 누운 기억은 없는데, 침대에 있다.

그녀는 곰곰이 기억을 더듬어봤다.

어제저녁을 먹고, 그와 마주 앉아서 퍼즐을 했는데…….

어느 순간 피곤해져서 눈이 감기고 있긴 했었다.

아무래도 잠이 들어버려서, 그가 침대까지 데려다 준 모양이었다.

그는 잘 들어갔을까?

침대에서 내려와 수현은 기지개를 켜며 거실로 나왔다.

"잘 잤어?"

아직 꿈결인 건지 의심되는 익숙한 음성.

그녀는 기지개를 켠 상태 그대로, 얼어붙었다.

눈앞에 보이는 남자가 그가 맞나 싶어서 수현은 눈을 비볐다.

"당신……."

하균이 커피 잔을 든 채로 서 있었다.

"하다 보니까 아침이더라고."

일어선 채로 그가 턱짓으로 가리킨 명화 퍼즐은, 무려 반이나 맞춰진 상태였다.

하균의 앞으로 가까이 다가간 수현은 퍼즐과 하균을 번갈아 바라봤다.

3일을 꼬박 새워도 맞추기 힘들다던데, 어째 하고 싶어서 산 사람보다 더 열심히 한 것 같다.

"난 어제 갑자기 졸음이 쏟아지는 바람에 잠들었나 봐요."

"누가 데려갈 줄 알고 그렇게 무방비한 상태로 잠들어."

"누가 데려가도 당신이 있어서 걱정 안 해요."

"그럼 나는,"

그가 수현에게로 성큼 다가와 허리에 팔을 감고 끌어당겼다.

야릇하게 말려 올라간 입술이 그녀의 입술 가까이 다가와 물었다.

"걱정 안 돼?"

기다리기라도 한 것처럼, 심장이 쿵쾅쿵쾅 뛰기 시작했다. 얼굴이 금세 달아오르고 난데없이 침이 꿀꺽 넘어갔다.

"아, 아침부터 뭐하는 거예요."

수현은 얼굴을 붉히며 입술을 앙다물었다.

"연인사이에 아침, 밤이 어디 있어. 물론 굳이 따지자면 난 밤을 더 선호하는 편이야."

"밤 새웠으면 피곤할 텐데 빨리 가서 잠이나 자요."

두 사람이 아웅다웅하던 중, 하균의 휴대폰이 울렸다.

"잠깐만."

하균은 그녀를 놓아주고 테이블 위에 놔뒀던 휴대폰을 들어 확인했다.

유한이었다.

"오랜만이네."

["오랜만이라는 말 왠지 어색하네."]

듣고 보니 그렇다고 생각했다.

얼마 전까지만 해도, 일적으로든 사적으로든 거의 매일을 얼굴을 보고 살던 처지였으니까.

곧 유한은 말을 이었다.

["나 런던 가기로 결정했다. 언제 돌아올지 모르니까 떠나기 전에 점심이나 한 끼 같이 하자고 연락한 거야. 수현 씨도 같이 와."]

하균이 회사를 그만두는 바람에 유한은 그동안 나름대로 휴식기간을 가졌다.

혼자 지내다 보니 쓸쓸하기도 하고, 오랜만의 동생의 얼굴도 볼 겸, 결국 런던에 잠시 다녀오기로 했다.

하균은 수현을 한 번 바라보더니, 이내 대답했다.

"그래, 그럼."

통화를 마친 하균에게, 수현의 눈은 무슨 전화냐는 듯 묻고
있었다.

"유한이야. 런던으로 떠나기 전에 같이 점심이나 먹자고."

정오가 되자, 약속이라도 한 듯 양쪽 집의 문이 열렸다.

하균은 같이 있다가 나가자고 했지만, 수현은 잠시 눈이라도
붙이게 할 생각으로 그를 돌려보냈다.

시간 맞춰 준비를 마치고 나온 그의 슈트 차림은 늘 근사했다.

이런 그를 보고 심장이 뛰지 않을 여자는 아마 없을 것이다.

두 사람은 서로 같은 생각을 하고 있는 중이었다.

"참, 이 옷."

수현은 홍조를 띠며 말했다.

"당신이 사준 것 중에서 골라서 입어 본 거예요."

저번과는 다른 심플한 블랙 원피스였다.

어깨에 코트를 걸치고 있었지만, 그녀의 몸매 굴곡에 시선이
갈 만큼 고혹적인 분위기를 자아냈다.

그러나 하균은 원피스가 그녀의 몸에 꼭 맞게 달라붙는 디자
인이라는 게 은근히 신경이 쓰이기 시작했다.

직접 보고 고른 건 아니었기 때문에, 저런 형태의 원피스가 있
는 줄은 몰랐다.

이내 하균은 그녀에게 성큼성큼 다가가, 그녀가 걸치고 있던 코트를 온전히 입혀 주었다.

"뭐하는 거예요?"

"밖에 엄청 추워. 눈 와."

그는 그녀의 팔을 넣어 입힌 코트를 단단히 여미며 덧붙였다.

수현은 피식 웃었지만, 못 이기는 척 그의 옆에 나란히 섰다.

엘리베이터를 타고 내려가며 물었다.

"유한 씨도 영국에서 살았어요?"

"아."

유한과는 정확히 어떤 사이인지 설명을 안 해 줬던가.

뭐, 앞으로 차차 설명해 주면 되겠지.

하균은 속으로 생각하며 대답했다.

"영국에서 만난 사이야."

두 사람이 단순한 사장과 비서의 관계가 아니라는 뜻처럼 들렸다. 물론 그동안 지켜본 두 사람은 서로를 형식적으로 대하지 않았다. 오히려 친구에 가까워보였다고 할까.

"수현 씨에게 이사님을 이해해달라는 말은 할 수 없겠죠. 다만, 이사님께 형은, 유일한 가족이었다는 것만큼은 알아주었으면 해서요."

수현은 유한이 예전에 해 주었던 조언을 떠올렸다.

그때 그는, 하균이 하지 못했을 말을 대신 전해 주려 노력하고 있었다.

"그렇잖아도 두 사람 왠지 모르게 친구관계처럼 보였거든요. 원래부터 친분이 있던 사이였구나."

"어쩌다 보니."

하균의 대답은 무심하게 들리기 했지만, 무정한 느낌은 아니었다.

수현은 어렴풋이 미소 지었다.

대답은 그러해도, 유한과 직접 만나서 나름의 송별회를 하러 가는 걸 보면 그와 유한은 꽤 깊은 관계이리라.

이윽고 열린 엘리베이터 문 사이로 걸어 나온 두 사람은 미리 대기 시켜 놓은 차로 향했다.

그때였다.

오피스텔의 출입문을 지나 하균과 함께 나오던 수현의 발걸음이 우뚝 멈췄다.

"한수현."

절대 찾아올 리 없을 거라고 생각했던 사람이, 버젓이 눈앞에 있다.

'한유라.'

유라를 마주한 수현의 얼굴이 차게 식었다.

5장

행복에 젖어 기억하고 싶지 않았다. 정하성과 함께 영영 잊고
싶었다.

잊을 만하면 고통이 되는 존재들에 대해서.

새엄마를 통해서 오피스텔의 위치를 알았으리라는 걸 알아차
렸다. 집을 나오면서 혹시 몰라 주소를 새엄마 편에 문자로 남겨
두고 나왔으니까.

"수현아."

나오라고 한다고 순순히 나와 줄 리 없을 것 같았다. 그래서
일단 기다리다 보면 한 번쯤은 얼굴을 비추겠지 싶었다.

"나도 알아. 너한테 찾아올 자격…… 없다는 거."

유라는 일부러 말끝을 늘이며 말했다.

하균과 함께 우아하게 고급 오피스텔에서 나오는 수현의 모습에, 열이 끓어올라서 돌아버릴 지경이었지만 꾹꾹 참아 눌렀다.

이미 수십 번을 깨물었던 입술을 마지막으로 강하게 짓눌렀다.

이윽고.

유라는 하나둘, 찬 바닥에 무릎을 굽혀 앉았다.

수현의 시야가 세차게 흔들렸다.

"뭐하는 거니."

그러나 높낮이 없는 목소리로 물었다.

유라는 무릎을 꿇은 채로 넘어가지 않는 침을 억지로 삼켰다.

지금 이 순간만큼은 어떤 감정도, 자존심도 비워내고 밟아 억눌러야 한다.

바들거리는 입술이, 모래처럼 입안에 머물렀던 한마디를 꺼냈다.

"미안해."

유라의 고개가 아래로 떨어지며 머리카락이 흘러내렸다.

"내가 돈에 눈이 멀었어. 그땐 너무 힘들어서, 나도 너무 힘들고 괴로워서……."

한껏 잠긴 목소리로, 고개를 바짝 숙였다.

"미안해 수현아."

냉기 때문에 손바닥이 얼어붙기 직전이었다.

"내가 다 잘못했으니까…… 내 죄 다 아니까……."

유라는 두 눈을 굳게 감으며, 본 목적을 꺼냈다.

"부탁이야. 제발 나 좀 도와줘. 엄마가 아파."

한수현에 대한 칭찬이랍시고 유일하게 끄집어낼 수 있는 건, 하나뿐이었다.

멍청하리만큼 착해 빠진 너는, 결국 마음 약한 딸이 될 거라는 걸.

거기다 엄마는 그동안 수현에게 나름 잘해 온 계모였고, 자신이 이렇게 무릎 꿇고 빌면서 죄를 뉘우치는 모습을 보였다.

돈을 꿀꺽한 죄는 쉽게 용서해 주지 않을 수 있어도, 한수현의 심성으론 저를 키워준 엄마가 아프다는데 외면하지는 않을 것이다.

"암이라 당장 수술비가 필요한데, 너밖에 찾아올 데가 없었어. 엄마와 나, 너한테 평생 사죄하면서 살게. 그래도 너 키워준 엄마잖아. 우리, 한 가족이었잖아. 이번 한 번만 도와주면 뭐든지 할게."

"……!"

수현은 유라가 무슨 의도로 찾아온 건지 그제야 알아차렸다.

진심으로 뉘우치고 잘못을 빈다고 해도, 쉽게 용서하지 못했을 텐데.

진실을 덮는데 공모한 새엄마를 위해서, 그 두꺼운 얼굴로 무릎을 꿇고 있었다.

'내 목숨 값이나 다름없던 돈을 가지고 사라졌던 네가, 나에게 새엄마를 살려 달라고 말하는구나.'

그동안 그녀가 어떤 비밀을 감추고 따뜻한 엄마 행세를 해 왔는지 생각하면, 동정심도 사치였다.

자신이 어떤 얼굴로, 어떤 모습으로 집으로 돌아왔는지 알면서 두 사람은 그 돈을 받았다.

제발 그 돈 돌려주라고 애원했을 때도 돈 가방을 품 안에 안고 좋아했다.

아직도, 날 팔아넘긴 대가로 받은 돈을 안고서 눈을 빛내던 너를.

난 잊을 수가 없다.

수현은 뼈가 시릴 만큼 황량한 이 기분을, 독하게 내리눌렀다.

"예전에 받은 돈. 그 돈은 전부 어쨌어?"

"그건······."

"이미 다 써 버렸으니까 없겠지."

그 돈을 가지고 빚을 갚은 것도 아니고, 미국으로 유학을 떠났었던 거라는 것도 뒤늦게 알았다.

지금의 외모도 전부 그 돈으로 바꾼 것일 터였다.

새엄마와 유라가 받았던 돈의 행방은 알지 못한 채, 열심히 빚을 갚겠다며 뛰어다니던 자신이 너무 바보 같아서 견딜 수가 없다.

하지만 분노, 슬픔, 그 어떤 감정도 더 이상 몰아치지 않았다.

오히려 일정 궤도에 오르니 무섭도록 초연해지는 게 이상할 뿐이다.

도와줄 능력도 없지만, 가슴에 칼을 꽂아 넣었던 사람들에게 연민이 들 만큼.

착한 사람이 아니었구나, 나.

"……가족이라고 했니."

수현은 무릎을 꿇고 앉아 있는 유라를 응시했다.

유라가 고개를 들고 수현과 눈을 마주쳤다.

이윽고 유라의 몸이 뻣뻣하게 굳었다.

수현은 등을 보이고 한 걸음, 한 걸음 걸어가며 말했다.

"그날, 먼저 가족을 버린 게 누군지 생각해 봐."

＊　　＊　　＊

"……하."

홀로 우두커니 무릎을 꿇고 앉아 있던 유라가 실소를 터트렸다.

자존심이고 뭐고 이 악물고 접었다.

우리가 널 버렸다고?

그래서 네가 죽기라도 했니?

엄마는 지금 죽을 지도 모르는 상황에 놓여 있었다.

그땐 사정이 그랬을 뿐이다.

그 돈이 절실히 필요했고, 정하성을 신고한다고 해서 될 일이
아니었다.

여태껏 정하성 때문에 울고불고 난리를 치더니. 결국 그 사람
동생과 만나서 잘 살고 있으면, 억울할 것도 없는 거잖아?

되는 사람은 된다고, 결국 한수현은 또다시 모든 걸 다 가지게
됐고, 이제 돈 때문에 아등바등 살 필요도 없을 것이다.

그럼 더 이상 엄마와 자신을 원망할 이유가 없는 게 아닌가?

한계까지 바르쥔 주먹이 파르르 떨렸다.

그래, 두고 보자고. 한수현.

나도 잘난 남자 만나서 떵떵거리며 살아줄 테니까.

내가 보란 듯이 잘사는 모습, 그게 너한테 줄 수 있는 최대한
의 고통이겠지.

느릿하게 땅바닥에서 몸을 일으킨 유라는 초점 흐린 눈으로
걷기 시작했다.

일단은 뭘 하든 수술할 돈부터 구해야 한다.

그러나 즉시 일을 시작한다고 해도, 급전이 나올 리는 더더욱
없었다.

당장 급하게 돈을 마련할 수 있는 곳은…….

이윽고 유라의 시선이 바닥에 떨어져 있던 명함에 머물렀다.

*　　　*　　　*

하균과 함께 차를 타고 가면서 수현은 자조적으로 웃었다.

'찾아올 데가 나밖에 없었다고?'

무릎을 꿇고 미안하다고 말했을 때, 아주 잠깐 흔들렸다.

정하성의 죄가 만천하에 드러나고, 유라와 새엄마도 본인들의 잘못이 뭔지 스스로 느낀 것일까 싶었다.

그러나 역시 사람은 쉽게 바뀌지 않고, 누울 자리를 보고 발을 뻗는 법이다.

본가로 새엄마를 만나러 갔을 때, 유라는 일찌감치 하균을 본 적이 있었다.

오피스텔까지 찾아온 걸 보면, 이미 하균과 자신을 지켜보고 있었을지도 모른다는 생각이 들었다.

결국 어떤 방식으로든 그와의 관계를 눈치챘을 것이다.

태도를 바꾸고 용서를 빌면서 새엄마가 아프다고 호소하면, 하균이 도와줄 수도 있을 거란 계산이 이미 깔려 있던 거겠지.

하지만 수현은 기다리고 있었다.

제게서 돈을 뜯어내는 데 실패한 한유라가 어떻게 나올지를.

그리고 그건 하균도 궁금한 바였다.

이미 출발하기 전, 어디론가 전화를 걸어뒀던 그였다.

이윽고 유한과 만나기로 한 약속 장소에 도착해 들어갈 때.

하균의 휴대폰이 울렸다.

생각보다 빠르게 연락이 와서 그는 좀 의아한 표정이었다.

애초에 수현 모르게, 그녀의 의붓동생과 계모의 삶에 영원히 관여를 해야겠다는 생각을 하던 참이었다.

그러나 굳이 손을 쓰지 않아도 될 선택을 스스로 했으니, 유감이다.

이내 통화를 마친 하균이 말했다.

"한유라. 대부업자한테 찾아갔다고 하는군."

그의 말을 들은 수현이 가던 걸음을 멈췄다.

오히려 유라에 대해 더 잘 알고 있는 건 수현이었다.

끝내 언니는 도와주지 않았고.

만약 정말 돈이 급한 게 사실이라면, 한유라의 상식으로는 그게 최종적 결론이었을 것이다.

"빚에 허덕이며 사채업자들에게 쫓기는 지옥이, 다시 시작되겠네요."

유라에게 돌아섰을 때, 이미 생각했던 그녀였다.

"이제 가요."

수현은 알겠다는 듯, 애써 엷은 미소를 짓고는 돌아섰다.

"……."

그 뒷모습에, 가슴이 욱신거린다.

더 이상 신경 쓰지 않아도 될 일이라고 했다.

어차피, 자신의 인생 속에서 지워 버린 사람들이니까. 정하성과 함께 기억 속에서 묻어버릴 쓰레기 같은 인간들일 뿐이니까.

제게만큼은 거짓말을 하지 않으리라고 생각했는데, 거짓말이었다. 애써 괜찮은 표정을 짓는 건 그만했으면 좋겠다.

수현의 기억을 덮는 대가로 돈을 받았던 사람들이었다. 그것도 모자라 가족이란 이름을 앞세워 돈을 달라며 찾아왔다.

수현에게는 미안하지만, 하균은 아니었다.

그녀의 말이라면 뭐든 들을 준비가 돼 있었어도 이번만큼은 그가 독단적으로 행동했다.

그럼에도 곧 그녀에게 한유라의 행방에 대해 말해 준 건, 그것 정도는 수현이 알아야 할 것 같다는 생각이 들었기 때문이었다.

그러나 수현은 놀라지 않았다.

그녀는 이미 예상했던 것 같으니까. 그래서 한유라가 무릎을 꿇고 빌었던 것과는 상관없이, 도와 달라 내민 손을 뿌리쳤던 것일 테니까.

하균은 그녀에게로 저벅저벅 걸어갔다.

그녀를 돌려세워, 빈틈없이 그러안았다. 작은 몸이 그의 팔 안에 꽉 안겼다.

여기까지 오는 내내 담담해 보이려 노력했던 걸 알고 있다. 무릎을 꿇고 용서를 구했던 동생의 마음이 진심이었다면, 수현은 그 자리에서 울음을 터트렸을 지도 모른다.

하지만 울지 못했다.

울 수 없었을 것이다.

수현을 지켜보던 그는 심장에 수십 번, 수백 번 난도질당하는 것 같은 고통을 참고, 또 참았다.

그러지 않았다면 그 자리에서 수현의 앞에서 거짓 눈물을 보이는 그 여자를 어떻게 했을지, 자신조차 알 수 없었으니까.

차라리 수현이 먼저 제 품에 안겨 힘들어했다면 가슴이 덜 아팠을 것이다.

하균은 그녀의 아픔의 정도를 헤아려 볼 수는 없어도, 이해한다고는 말할 수 있었다.

슬픔과 분노가 극에 달해 어느 순간 초연해진 그녀의 감정은, 자신이 마지막으로 형을 마주했을 때의 그것과 같았으리라.

수현의 머리에 입을 맞추는 그의 눈가가 뜨거워졌다.

그의 품에 얼굴을 감출 수 있을 때에야, 수현의 눈가가 젖어들었다.

나는 무슨 잘못을 했을까.

도대체 어떤 큰 벌을 받을 짓을 했길래, 그들은 끝까지 내 발목을 붙잡고 이미 너덜너덜해진 가슴을 북북 찢어놓는 걸까.

제 것이 아닌 심장의 울림이 피부에 닿아 느껴진다.

수현은 그의 심장소리를 들으며 눈을 감았다.

혼자서는 견딜 수 없어 기억을 지울 수밖에 없었지만, 이젠 그러지 않아도 된다.

나를 안아주고 있는 이 사람이 있어서 이제 아무래도 괜찮다. 그들에 대한 모든 기억들을, 그들로 인한 상처들을, 이 사람만 있다면 견디고 지워낼 수 있을 것 같다.

그들은 절대로 행복해질 수 없겠지만,

나는 이 사람과 행복하게 살 수 있을 테니까.

그거면 더 이상 그들을 떠올리며 아파하지 않을 수 있을 것 같으니까. 결국 그들이 더 이상 떠오르지 않을 테니까.

처음 그의 품에 안겼던 날처럼 차가운 눈이 내렸다.

그러나 여전히. 단 한 순간도 춥지 않다.

두 사람의 주변을 둘러싼 시간이 정지되었다.

아무런 말도 오가지 않았지만 서로의 생각을, 서로의 마음을 느낄 수 있는 지금이.

너무도 따뜻한 위로이자, 대화였다.

이내 하균의 음성이 낮게 내려앉았다.

"몸이 안 좋아서 좀 쉬어야겠어."

물기 어린 수현의 눈동자가 하균을 올려다보며 물었다.

갑자기 무슨 뜻이냐는 듯이.

시선을 내려 그녀와 눈을 맞춘 그는 부드럽게, 그러나 단호하게 말했다.

"너 때문이 아니라, 내가 몸이 안 좋아서. 기분 좋게 작별 인사 못 하겠어."

그렇게 하균은 유한에게 따로 연락을 했다.

갑자기 컨디션이 좋지 않으니 식사는 다음에 해야 할 것 같다고.

정하균의 비서 노릇, 친구 노릇을 하다 보면 눈치는 백단을 넘어 천단이어야 한다.

유한은 그의 말을 어느 정도 알아들었다.

수현에게 무슨 일이 생겼거나, 그녀의 컨디션이 좋지 않다는 뜻이라고.

당장 내일 떠나는 것도 아닌데, 기꺼이 고개를 끄덕일 수 있었다.

뭐, 혼자서 호텔 레스토랑에 앉아 있는 기분이 조금 쓸쓸하긴 하지만.

＊   ＊   ＊

"따지고 보면 도련님은 아직 고백을 안 하신 건데, 실연은 아니지 않습니까."

유 비서가 말했다.

"네, 알고 있습니다. 그래서 저는 아무렇지 않습니다."

"아무렇지 않으신 분이 꼭 실연당한 것처럼 보여서요."

유 비서는 눈앞의 은각을 보며 대답했다.

은각은 한쪽 뺨을 책상 위에 대고 엎드려, 그대로 축 늘어져 있는 중이었다.

하균을 만나고 돌아온 후 며칠 간 이따금씩 이렇게 머릿속이 멍해졌다.

팔은 나았지만 가슴 언저리를 따끔거리게 하는 아픔은 사라지지 않고 있었다.

저릿저릿한 심장을 꽉 눌러가며 마음을 접어보려 노력했는데도 쉽지가 않다. 그녀를 생각하지 않고 담아두는 게 맞는데도, 떠올리게 된다.

예전에는 한 곳에 가면 볼 수 있었는데.

지금 그 자리에 그녀는 없다.

보고 싶다. 전처럼 마주 보고 앉아만 있어도 좋을 것 같다.

유 비서의 말에 몸을 일으킨 은각이 옆에 있던 책을 펴 들었다.

"책 보다가 힘들어서 그런 겁니다."

그러자 유 비서는 담담한 눈으로 말했다.

"거꾸로 보고 계시는 것 같습니다만."

첫사랑에다가, 짝사랑, 그리고 이미 다른 남자의 여자이기까지 한 악조건을 두루 갖춘 도련님을 어찌해야 한단 말인가.

정하성 사건 이후 벌써 다른 사건들을 찾아오라 지시하고 브리핑을 하도록 시켰을 텐데. 아직까지 별다른 분부가 없는 상태였다.

여유로워 보여도 빈틈은 없는 은각에게도 이런 시절이 오는구나 싶기도 하다.

여태 그를 완벽하게 보필해 온 유 비서로서는, 자신이 유일하게 도울 수 없는 일이라 안타까울 뿐이었다.

"그렇게 보고 싶으시면 얼굴 정도는 봐도 되는 것 아닙니까."

은각은 순간 유 비서에게 마음을 읽힌 것 같아서 뜨끔했다.

그러나 굳게 대답했다.

"당분간은 얼굴을 보지 않는 편이 나을 것 같아서요."

그 당분간이 언제까지일지는 알 수 없겠지만.

유 비서는 그를 깊게 바라보다가 물었다.

"도련님의 진짜 정체는 이대로 계속 감추실 생각이신지요. 비록 한수현 씨와 다른 사람으로서 만났지만, 결과적으로는 한수현 씨를 도운 셈이지 않았습니까."

은각의 눈동자에 짙은 어둠이 어렸다가, 사라졌다.

아직 수현에게 제 정체에 대해서는 말하지 않았다.

"네, 말하지 않을 겁니다."

그리고 여전히 말하지 않는 편이 나을 것 같았다.

하균에게 말했던 것처럼 그녀와 좋은 친구로 남으려면.

"화 낼 것 같거든요."

실은 동생인줄 알았던 녀석이 저보다 오빠인 걸 알게 되면.

사랑도 받지 못하는데, 미움까지 받는 건 너무 잔인하다.

이윽고 은각은 책상 한쪽에 놓여 있던 쇼핑백을 응시했다.

예전에 수현이 건넨 그대로였다.

가만히 보고 있으니, 수현에게 둘러줬던 기억도 떠오르지만……

"여자들은 정하균 이사 같은 스타일을 좋아합니까?"

덩달아 떠오르는 사람이 있다.

"예……?"

"돈 많고, 능력 있고, 잘생기고."

'그건 도련님도…….'

라고 하려 했지만, 유 비서는 곧 그의 말을 이해했다.

은각의 '그녀'에게 그는, 평범하지만 평범하지만은 않은 인상의 연하로 남았다.

크로스 백, 캐주얼한 옷을 주로 입고, 귀에 이어폰을 꽂은 채 유유히 걷는 평소 모습은, 졸업한지 한참 지났지만 여느 대학생의 느낌이 강했다.

'그렇게 친다면 정하균 이사와는 조금 거리가 있는 것 같기도…….'

라는 생각 역시 유 비서는 조용히 눌러두기로 했다.

그 사이, 은각이 진지한 얼굴로 말했다.

"나도 회사 하나 키워 봐야 하는 건가."

*   *   *

그동안 어떻게 지나갔는지 모를 시간은, 어느새 얼마 남지 않은 봄을 기다리고 있었다.

다니엘과 약속했던 세 달도 지났다.

화창한 오후, 고급 세단이 오피스텔 앞에 스르륵 멈춰 섰다.

뒷좌석 문이 열리고, 슈트 차림의 춘식이 선글라스를 낀 채 내렸다.

"내가 돌아왔어요~!"

춘식은 수현과 하균을 보자마자 선글라스를 벗고, 두 팔을 벌린 채 다가왔다.

수현과 하균도 나름 옷을 갖춰 입으며 그를 맞이하기 위한 준비를 하고 나왔다.

늘 그랬든 하균의 시선은 곱지 않았지만, 춘식은 아랑곳하지 않았다.

"어머, 수현 씨!!"

반가움을 감추지 못하고, 수현을 보자마자 부둥켜안았다.

살짝 당황한 것도 잠시, 그녀도 미소 띤 얼굴로 그와 포옹했다.

"지금 누굴 껴안는 거야."

하균이 미간을 좁히며 노려봤다.

수현을 놔준 춘식은 고개를 비스듬히 기울이며 물었다.

"수현 씨와 해후의 기쁨을 나누겠다는데, 문제 있어 조카?"

즉시 하균의 눈매가 날카로워지자, 춘식은 수현의 발밑에 있던 강아지를 확 들어 올렸다.

"하균아~! 우리 하균이도 잘 있었어?"

그의 입에서 나온 이름 때문에, 하균의 표정이 반사적으로 굳었다.

그러나 춘식이 말하고 있는 상대가 조그만 강아지 녀석이라는 것을 안 그는 어금니를 조용히 물었다.

"그 강아지 이름, 내 앞에서 부르지 말라고 했지."

"하균이 너, 어쩨 그 사이에 날 좀 어색해하는 것 같다?"

춘식은 못들은 척, 강아지를 요리조리 돌아보며 묻고 있었다.

"그동안 예쁜 미인께서 돌봐 줬다고 너 그새 주인이 누군지 잊은 거 아냐?"

춘식의 말에, 수현이 작게 웃음을 터트렸다.

오랜만에 다시 만나도 그는 여전히 유쾌하고, 맑은 기운을 전파하는 사람이었다.

'참.'

수현은 두 손을 가지런히 모으고, 잠시 입술을 달싹이다 말문을 열었다.

"저…… 드릴 말씀이 있어요."

강아지를 안은 춘식이 수현을 바라봤다.

그가 오면 말을 하리라고 다짐했던 이야길 꺼내려 했을 때였다.

"음, 수현 씨가 무슨 말을 하려는지 알 것 같은데."

춘식이 부드럽게 미소를 지으며, 그녀 대신 말했다.

"네……?"

아직 제대로 얘기를 꺼내지도 않았기에, 수현의 눈동자가 살짝 흔들렸다.

강아지를 내려놓은 춘식은, 수현의 손을 잡으며 또박또박 말했다.

"난 우리 하균이가 지금처럼 건강한 모습이면 만족해. 사실 나조차도 제대로 신경 못 써 줄 때가 많은걸."

강아지에 관한 이야기를 하려던 걸, 다니엘이 어떻게 알고 있는 걸까.

"수현 씨가 내 제안을 받아준 것만으로도 난 고맙게 생각하고 있어. 누가 절대로 안 봐준다고 해서 내가 진짜 절박했거든."

춘식이 작게 덧붙였다.

"알잖아, 우리 하균이가 굉,장,히 까다로운 거."

누굴 지칭하는 건지 헷갈리도록, 그의 시선은 하균에게 닿아 있었다.

하균은 다른 곳에 눈길을 뒀다.

자신이 보기엔 이 정도면 충분히 잘 돌봐 준 것 같다고 생각함에도 불구하고…….

춘식이 돌아오면, 그녀가 분명 강아지에게 온전히 신경 써 주지 못한 것에 대해 미안해 할 것을 염두에 둔 그였다.

거기다 파리에 머물고 있었어도 춘식 역시 하성의 사건에 대해서 기사로 이미 알게 됐을 터였다.

출국 전날, 평소라면 거의 전화를 하지 않는 그에게 먼저 연락을 했다. 그리고 자세한 사정을 파악하기 전까지 함구하기로 했던 일을 설명했다.

이윽고 춘식의 표정과 말투는 언제 그랬냐는 듯, 특유의 장난스러운 분위기가 사라졌다.

그는 진지한 눈으로 수현을 바라보며 말을 이었다.

"실은 하균이한테 들었어. 수현 씨가 왜 세 달 전 하균이와 그렇게 심각한 모습이었는지, 그리고 그동안…… 무슨 일이 있었는지."

평소에 전화를 하지도 않지만, 할 일이 있다고 해도 비서를 시키는 조카가 직접 전화를 했다.

그러면서 수현을 어찌나 감싸던지. 춘식으로서는 그간의 이야기를 들으면서도 다른 의미로 놀란 일이었다.

그렇게 하균이 그토록 수현을 미워하고, 싫어했던 건 오해에서 비롯된 일이었다는 걸 뒤늦게 알게 되었다.

오히려 수현이 하성 때문에 고통을 겪었던 피해자라는 사실도, 현재는 하균과 결코 떨어질 수 없는 사이가 되었다는 것까지도.

제 형을 자기 자신보다도 아꼈던 하균이었다.

춘식은 하균 생모의 남동생인 관계로 가온그룹과 직접적 교류가 없었지만, 그 역시 하성에 대한 하균의 마음을 잘 알고 있던 터라 분노와 배신감을 감출 수는 없었다.

그러나 누구보다도 힘든 시간을 겪었을 사람은, 이 두 사람일 것이다.

두 사람이 서로 사랑하게 되었다니, 제가 없는 동안 많은 일들이 일어나 있었고, 어떻게 보면 아이러니한 일이기도 하지만……

춘식은 내심 그것만큼은 좋은 소식이라고 생각했다.

하균에게 소중한 사람이 생겼다는 건, 그에게도 기쁜 일이었으니까.

"그러셨구나."

수현과 천천히 고개를 돌려 하균과 눈을 마주쳤다. 하균도 그녀를 바라보고 있었다.

그러고 보니 다니엘은 세 달 전 그와 제 모습을 기억하고 있을 것이다. 하지만 지금처럼 나란히 웃으며 서 있는 것에 대한 의문을 품고 있지 않았다.

하균을 바라보고 있는 그녀의 눈가가 아주 살짝 붉어졌다.

강아지에 대한 이야기를 하면서, 그동안 있었던 일에 대해 어떻게 설명을 해야 할까 고민을 참 많이 했다.

하지만 하균은 늘 제 마음을 읽고 있기라도 한 것처럼 이렇게, 사람을 먹먹하게 만든다.

이윽고 수현은 다시 춘식을 향해 말했다.

"저한테 아무리 힘든 일이 있었어도 처음 약속대로 강아지를 모자람 없이 돌보지 못했던 건 제 잘못이에요. 죄송해요, 다니엘 씨."

춘식은 엷은 미소를 띠며 고개를 가로저었다.

"그런 거라면 난 신경 쓰지 않아도 된다고 말했잖아. 듣자 하니, 이제 우린 가족 아닌가?"

수현과 눈을 맞대고 빙그레 웃은 그는, 강아지를 내려 놓고 다시 한 번 그녀를 따뜻하게 껴안아주었다.

"그동안 고생했어요."

그가 무슨 뜻으로 하는 말인지, 느낄 수 있었다.

그 따뜻함에, 수현의 눈가가 금세 젖어들었다.

"다음에 또 출장 가실 일이 있다면, 제가 언제든 도와 드릴게요. 저도 하균이가 너무 사랑스럽고, 또 많이 보고 싶을 것 같거든요."

포옹을 풀고, 입꼬리를 올린 춘식이 대답했다.

"나야 그럼 완전 땡큐라 사양하고 싶지가 않아요, 솔직히. 내가 매번 우리 하균이 봐줄 사람 찾느냐고 얼마나 고생을 했는지 생각하면……."

"어딜 또 맡기려고."

하균이 춘식을 서늘한 눈으로 바라봤다.

강아지를 돌봐 준답시고 수현이 신경 쓰고 고생하는 건 이제 그만 보고 싶었다.

입술을 샐쭉 내밀던 중년의 디자이너는 문득 수현이 코트 안에 입고 있던 원피스를 가만히 응시했다.

비록 눈짐작이지만 제 자식은 알아보는 법이라, 짧은 순간에 파악했다.

"수현 씨가 지금 입고 있는 원피스 말이야. 어디서 많이 본 건데."

그가 의미심장한 눈동자로 중얼거렸다.

"아, 이거 하균 씨가……."

"설마."

"……?"

"설마, 정하균 저놈이 사 준 거야?"

춘식은 믿을 수 없다는 듯 반문했다.

수현이 샀다고 하기에는 아무래도 부담이 될 옷이었다.

까칠함을 넘어 정이라곤 없는 것처럼 행동하던 조카께서 드디어 죽을 때가 된 건가 싶었다.

제게 직접 전화를 한 것도 그렇고, 수현에게 사 준 옷도 그렇고…….

생각해 보니 하균이 자신을 마중 나와 있다는 것도 난생처음 있는 일이 아닌가.

"네. 하균 씨가 저한테 선물해 준 거예요."

수현은 '왜 그러지?' 하는 얼굴로 일단 고개를 끄덕여 보았다.

곧 춘식의 입가에 또 한 번 의미심장한 미소가 걸렸다.

"하여튼 우리 조카님께서 보는 눈은 있다니까."

그의 말을 곰곰이 생각해 보던 수현은 곧, 그 의미를 깨달았다.

전에 이 옷을 받지 않으면 누군가 엄청 서운해 할 거라고 하더니.

"설마 이 옷……."

그녀는 다니엘과 눈을 마주치며 묻고 있었다.

"내 옷 아무나 못 입는 거, 비밀은 아니야. 호호."

춘식이 입을 가리며 웃었다.

다니엘 박이 전속 디자이너인 브랜드는 알만 한 사람들만이 알고 있는 최고가 브랜드 중 하나였다.

쇼핑백에 브랜드 로고가 있긴 했어도 크게 의미를 두지 않았던 수현으로서는, 다니엘이 디자인한 옷일 줄은 상상도 못하고 있었다.

신기한 듯 눈을 몇 번 깜박이던 수현은, 곧 하균을 향해 말했다.

"그동안 모르고 있었잖아요. 그때 안 받으면 다른 사람이 서운해 할 거라고 하더니. 난 그 사람이 당신인 줄 알고 있었어요."

"정말이야? 조카, 조카가 날 이렇게 생각하고 있었는지는 꿈에도 몰랐어."

수현의 말을 들은 춘식은 한껏 감동받은 얼굴이었다.

하균은 그런 춘식을 응시하며 매정하게 대꾸했다.

"하도 많이 사다 보니 한두 벌 끼어 있던 거야."

하균이 자신의 삼촌에 대해 딱 하나 인정하는 건, 패션 디자이너로서의 능력과 감각이었다. 굳이 말한 적은 없으니 춘식이 그 사실을 알 리는 없었지만.

백화점에 갔을 때 퍼스널 쇼퍼에게 삼촌 브랜드의 옷들을 위주로 골라오게 했다.

예상했던 것보다 그녀만을 위한 디자인인 듯 잘 어울려서, 어쩌다 보니 그의 옷을 잔뜩 사게 됐다.

"그래도 삼촌이신데, 좀 다정하게 말하면 얼마나 좋아요."

삼촌에게 차갑기만 한 하균을 수현이 나무라곤, 다니엘을 바라보며 환하게 웃었다.

"옷들이 전부 하나같이 예뻐서 마음에 들지 않은 게 없었어요."

"그럼, 누구 옷인데."

춘식이 으쓱하며 호호호 웃었다.

* * *

"수현이 짐은 전부 빼 놨고, 청소도 다 끝내둔 상태니까 들어가기만 하면 돼."

15층의 복도에서, 하균은 춘식에게 말했다.

"그리고 이제 그 녀석은 주인이 돌봐."

그가 까만 눈을 깜박이고 있는 포메라니안을 내려다보며 덧붙였다.

수현은 그동안 강아지 때문에 외출도 되도록 자제하고, 밖에 나가는 일이 있어도 오래 비우지는 않으려 했다.

수현에게서 강아지를 떼어 내 버리면 이제 어디든 자유롭게 움직일 수 있으리라.

"안녕, 하균아."

수현은 무릎을 접어 앉으면서, 조그만 머리를 부드럽게 쓰다듬었다.

정이 많이 들었는데. 일상을 함께하던 너를 못 보게 되면 많이 생각나겠지?

수현은 강아지를 바라보며 눈빛으로 말했다.

'네가 나를 좋아해 준 덕분에, 내가 여기 이 자리에 있는 걸지도 몰라.'

많은 순간들이 스쳐 지나가면서, 갑자기 코끝이 시려 왔다.

수현은 강아지를 안아서 보드라운 털을 얼굴에 문댔다.

"잘 지내고 있어. 자주 보러 올게."

그녀는 다니엘의 품에 강아지를 안겨 주며 입가에 애틋한 미소를 담았다.

"고마웠어, 수현 씨."

강아지를 안아 든 다니엘도 미소를 지었다.

그러다 그는 잊고 있었다는 듯 물었다.

"수현 씨는 이제 집으로 돌아가는 건가?"

"그래야죠."

그녀는 고개를 끄덕이며 대답했다.

그동안 수현은 혼자 지내고 있던 성수에게도 이미 몇 번 다녀온 뒤였다.

아주 오랜만에 다시 만난 아빠와는 우는 것 외엔 제대로 대화를 나누지 못했지만, 이제는 어느덧 웃을 수 있게 됐다.

그리고 처음부터 다시 시작하기로 했다. 그녀가 바라고 바랐던 것처럼, 행복한 미래를 꿈꾸면서.

"조카는?"

"회사로 가야지. 누구 때문에 출근을 두 시간이나 미뤘는데."

"예, 대단하신 이사님께서 하찮은 삼촌 따위를 기다리시느라 출근도 못하고 계셨네요."

그때, 하균의 휴대폰이 울렸다.

화면에 뜬 발신인을 본 하균이 살짝 미간을 좁히다가 전화를 받았다.

["이사님, 회의 시간 30분 남았습니다."]

시간 맞춰 하균을 데리러 온 유한의 전화였다.

"데려다줄게."

"회사 가야죠."

"네가 먼저지."

"짐도 없는데, 나 혼자 가도 돼요. 당신 회의 있다면서요."

짐이라고는 그가 사준 옷들과 캐리어 하나뿐이라서 정리하는 데 오래 걸리지는 않았다.

게다가 하균은 아침에 기사를 시켜서 그 짐을 전날 모두 수현의 집으로 보내 놓도록 했다. 그리고 사람을 불러 오피스텔 청소 및 정돈까지 완벽히 마친 상태였다.

이제 1502호에는 그녀가 없다.

춘식을 쫓아낼 수도 없고. 쫓아낸다고 해도, 수현이 계속 남아 있을 리도 없고. 여러모로 수현의 몸이 멀어진다는 것에, 하균은 상당히 암울하고 심기가 불편했다.

내 집에서 지내라고도 하고 싶었지만, 무작정 그럴 수도 없는 노릇이었다.

아직까지는.

하균은 꽤 오랜 시간 공들여 계획했던 것들을 상기하며, 가까스로 인내심을 발휘했다.

"이제 가요."

이제 이 집도 오늘이면 떠나는구나.

수현은 복도 한가운데 서서 지금껏 지내던 집을 빤히 바라봤다. 그러다 그 맞은편 집을 응시했다.

매일 가까운 곳에 살다가, 걸어서는 갈 수 없는 곳으로 떨어져 살게 되니 아쉽지 않다는 건 거짓말이었다.

하지만 이제 강아지를 돌봐주는 일이 끝났고, 다른 일을 시작하면서, 새롭게, 바쁘게 살고 싶다.

그리고 거기에 오래오래 행복하게, 도 넣을 수 있으면 좋겠다.

물론 당신과 함께.

수현과 하균, 두 사람이 서로를 바라보는 눈동자에 달콤함이 가득했다.

*   *   *

춘식의 입국시간에 맞춰 자리를 잠시 비운 상태라, 다시 회사로 돌아가는 길이었다.

"오늘 회의가 끝나고 처리해야 할 서류들이 줄줄이 대기 중이라, 야근 확정이십니다."

유한이 알림 사항을 전달했다.

차에 타자마자 야근이라는 소리를 들으니, 하균은 머리가 지끈거렸다. 퇴근 즉시 수현을 만나러 가야겠단 생각을 하고 있었기 때문이었다.

"오늘은 일만 하기엔 아까운 날씨이긴 하네."

유한이 미묘하게 웃으며 덧붙였다.

두어 달 전까지만 해도 유한은 불만이 가득한 상태였다.

영국에서 동생을 만나고, 나름의 휴가를 보내고 있던 중, 얼마 되지도 않아서 다시 한국으로 소환된 사정 때문이었다.

"그거 꽤 고소하단 소리로 들리는데."

뒷좌석에 앉아 있던 하균이 한쪽 눈썹을 치켜 올렸다.

"네가 갑자기 한국으로 들어오라는 말만 하지 않았어도, 지금쯤 나도 사랑하는 여자와 깨 볶고 있었겠지."

유한은 눈을 가늘게 뜨고는, 룸미러로 그 머릿속을 종잡을 수 없는 전 상사이자 친구를 보고 있었다.

아니지, 이젠 또다시 그의 비서로서의 2막이 시작됐으니 현 상사도 된다.

하균이 회사를 그만뒀다는 말에, 졸지에 직장을 잃었지만 딱히 우울하기까지 한 건 아니었다.

새로 일할 곳을 구하기 전까지는 충분한 휴식을 취하며, 이건 숨 가쁘게 달려왔던 시간에 대한 보상이라고 생각했다.

영국으로 떠나면서도 한국에서의 삶보다는 좀 더 여유로우리 라 예상했다.

먼저 결혼한 동생 부부와 귀여운 조카도 만나고, 늘 한가로운 그린파크에서 책을 보다가 햇빛 아래 낮잠을 자기도 했다.

그러다가, 운명처럼 이상형의 여자를 만났다. 그것도 같은 한 국인이었다. 가뜩이나 쓸쓸했던 때에 만나게 돼서 그런지, 놓치 고 싶지 않았고 흔히 말하는 썸 단계에까지 발전했다.

하지만 거기서 상대가 아닌 제가, 물거품처럼 사라지게 될 줄 누가 알았겠느냐고.

"몇 달 전까지만 해도 나한테 좋은 사람 찾아보라고 한 게 누 구였는지 기억하고 싶지 않다."

영국에 도착한 지 불과 며칠 만이었다. 워낙 그 속을 알 수 없 고, 제멋대로인 녀석이라는 건 알고 있었지만.

"네가 필요해."

라며 연락을 해 온 그였다.

하균이 자신을 필요로 한다면, 늘 기꺼이, 라는 대답을 하기로 한 다짐을 잊지는 않았다.

"거기에 대해서는 미안하다."

문득 하균이 미안하다는 말을 하자, 유한은 입을 꼭 다물 수밖에 없었다.

"뭐, 말이 그렇단 얘기지."

그리고 오늘도 홀로 한숨을 삼켰다.

불만까진 토로할 수 있어도, 정하균 앞에서 최유한은 언제나 약자이기 때문이었다.

그건 유한이 정한 철칙이기도 했다.

"아무튼 오늘로 또 한 번 회사 다시 맡은 거, 후회 되지 않으십니까, 이사님?"

거기에 대해서도 하균은 할 말이 없었다.

무얼 하든 말든 그건 언제나 제 선택이고, 제 마음이었다.

그러나 가끔은 제 마음대로 무심코 턱 결정한 부분들이 원망스러울 때도 있었다.

몇 달 전까지만 해도 수현과 달콤한 나날들을 보냈지만 지금은 할 일이 왜 그렇게도 많은 건지.

거기다 요즘은 야근의 연속이었다.

가장 암담한 건, 오늘부터는 힘들게 일을 하고 집으로 돌아가도 수현을 볼 수 없단 사실이다.

지금 같아서는 다시 시간을 되돌리고 싶은 심정이었다.

그날 거기서 왜 마음이 바뀌어서는.

그러나 딱히 후회가 되지는 않기에 그는 유한의 물음에 그렇다고 대답하지는 않았다.

* * *

윤 회장의 비서에게서 연락이 온 건 춘식이 돌아오기 전, 그러니까 본가에 마지막으로 다녀간 지 얼마 되지 않았을 때였다.

"저…… 회장님께서 많이 아프십니다."

다른 집안사람들이야 잦게 본가에 드나들지만, 하균은 거의 발길을 끊고 지냈다.

윤 회장이 연락을 하라고 시켰을 리가 없다. 그러나 그녀의 충직한 여 비서는 그에게 연락을 해야 할 필요가 있다고 생각한 모양이었다.

하균은 윤 회장을 미워했고, 그녀에 대한 정이 없다고 생각했다. 그러나 그토록 커 보이기만 했던 노인이 약해졌단 사실이 그다지 즐겁지는 않았다.

그러면서도 수현을 생각하면, 이상한 기분은 사라졌다. 수현에게 상처를 준 사람들에게는 윤 회장도 당연하게 포함돼 있었으니까.

하지만 수현은 그와 다른 생각을 하고 있었다. 그녀에게는 결코 달가운 사람이 아닐 텐데도, 윤 회장이 그의 할머니라는 사실을 상기시켰다.

　　"적어도 회장님께서는 진심으로 용서를 구하셨고, 부탁에도
응해 주신다고 하셨으니…… 난 이제 더 이상 그분에 대한 유감
은 가지지 않으려고 해요. 그러니까 당신이 회장님께 가지 않으
려는 이유가 나 때문이라면, 난 괜찮아요, 하균 씨."

　하균도 기억하고 있었다.

　비록 잠시뿐이었겠지만 모든 자존심과 고집을 내려놓고, 윤
회장이 수현에게 진심을 사죄를 하러 온 사실을.

　그래서 이번만큼은 비서의 말을 외면하지 않기로 한 것일지
도 모른다.

　"네가 여긴 어쩐 일이냐."

　거대한 저택을 홀로 지키던 윤 회장이 그를 마주했다.

　침대에 기댄 채, 팔에는 링거를 꽂고 있던 그녀의 눈동자는 안
본 새에 많이 탁해져 있었다.

　아무리 노력해도 인간은 세월 앞에 무기력해질 수밖에 없다
는 걸 알고 있다. 그러나 그건 윤 회장에게는 해당되지 않는 말
이라고 믿었다.

　믿었던 것들이 산산조각났던 건 하균뿐만이 아니었다.

　삶을 지탱하고 있던 지지대가 사라진 윤 회장은, 내색하지 않
으려 해도 뜻대로 되고 있지 않은 것처럼 보였다.

몸이 상해 가고 있단 기색을 전혀 보이지 않아서 모르고 있었지만, 노인의 양 볼이 눈에 띄게 푹 꺼져 있는 걸 보니, 하균은 또다시 기분이 묘했다.

그럴수록 차갑게 말했다.

"오랫동안 잊고 살았지만 회장님께선 제 조부모시고 곧 결혼하는 것 정도는 알려드리는 도리는 하려고 온 겁니다."

그러자 실소를 짓던 윤 회장은 쉰 목소리로 대답했다.

"그래."

결혼을 하는구나. 윤 회장은 그리 놀라지도 않는, 그 정도의 반응이었다.

처음부터 하균이 어떤 삶을 살든 그녀의 뜻대로 할 수 있는 건 없었다. 그래서 수없이 부딪쳤고, 그런 모습이 큰 아들과 닮아 있단 사실이 더해져 더욱 마음에 들지 않았다.

그러나 지금은 더더욱 그의 선택에 관해 이러저러한 말을 할 권리가 없다.

옳다고 믿었던 것들이 사실은 틀렸다는 걸, 처음부터 끝까지 말하고 있던 그에게 무슨 할 말을 더 할 수 있을까.

두 사람은 인정하지 않겠지만, 하균은 윤 회장을 닮은 구석 역시 있었다. 꺼내도 괜찮은 마음을 담아두기만 하는 무뚝뚝함은 윤 회장도 마찬가지였다.

윤 회장이 흐려진 눈으로 혼잣말 하듯 말했다.

"무슨 이유로 왔든…… 싫지만은 않구나."

늘 그랬듯 딱딱했던 그의 눈동자에 미세한 변화가 일었다.

"적어도 넌 나한테 무얼 바라고 오진 않으니까."

노인은 자조적으로 웃었다.

그리고 약속이나 한 것처럼, 윤 회장이 쓰러졌다는 소식에 득달같이 달려온 이들이 있었다.

"회장님!"

정두영 사장부터, 그의 아들인 호진, 그리고 하균의 고모들 내외였다.

넓은 방 안으로 밀려든 집안사람들을 돌아본 하균은 이내 윤 회장에게로 다시 시선을 돌렸다.

윤 회장은 그들이 올 것을 예상이라도 한 듯 태연했다.

노인을 보고 울기 직전의 표정을 짓고 있던 두영은, 곁에 서 있던 하균을 발견하자 낯빛을 싹 바꿨다.

하지만 윤 회장이 있으니, 부드럽게 물었다.

"하균이 네가 여긴 웬일이냐."

윤 회장이 아프단 소식에도 찾아올 녀석이 아니니, 하균의 뜻밖의 등장에 모두들 같은 생각을 하고 있었다.

"전 이만 가 보겠습니다."

병원에서의 만남과 별반 다를 게 없었다.

하균은 대답하지 않은 채, 윤 회장에게 인사를 하곤 돌아서서 뚜벅뚜벅 걸어갔다.

"회장님, 몸은 좀 어떠십니까?"

두영이 물었다.

"아직 살만하다."

윤 회장은 보이는 것과 달리 대수롭지 않게 대답했다.

그래서인지, 두영을 비롯한 호진과 고모들 내외는 자신들이 왜 여기에 온 것인지 망각이라도 한 듯 서로 무언의 눈빛을 교환하고 있었다.

물론 대표로 나서서 말을 꺼낸 건, 둘째 아들인 두영이었다.

"……회장님. 이제 서서히 후계를 다시 정하셔야 하지 않겠습니까."

하균이 가던 걸음을 멈췄다.

저들이 들고 온 건 걱정 어린 얼굴들과 꽃바구니 정도였지만, 하는 말은 윤 회장이 얼마 남지 않았음을 염두에 두고 있었다.

"회장님, 전 정말 가온전자를 잘 이끌 자신이 있습니다."

호진은 여전히 미련히 버리지 못했다는 듯, 진지한 눈으로 말했다. 실은 거의 애원이나 다름없는 눈빛이었다.

그가 먼저 선수를 치자, 옆에 있던 중년의 여자가 눈을 홱 찢으며 받아쳤다.

"호진이 네가 퍽이나 잘 이끌겠다. 지금 상무로 있는 가온상사도 말아먹지나 않으면 다행인 거 몰라서 하는 소리니?"

"고모. 지금 뭐라고 하셨어요?"

"정혜영. 너 지금 우리 호진이 자질을 의심하는 거냐?"

"왜 이래, 호진이나 오빠나 똑같잖아."

여전히 정신을 차리지 못하고 있는 집안사람들의 작태는 하균의 눈동자를 싸늘하게 식혔다.

본인들끼리의 얘기도 아직 덜 끝난 상태에서, 아픈 노인을 앞에 두고 또다시 진흙탕에서 뒤엉키는 꼴들이 가관이었다.

윤 회장이 하성만을 바라보고 있었던 건, 처음부터 자식들에게서는 회사의 미래가 보이지 않은 점이 어느 정도 작용했을 것이다.

호진을 포함한 다른 손녀, 손자들도 그 부모의 그 자식들인 건 빤했다. 이미 정신과 의사로 제 갈 길을 찾아간 현우는 예외이겠지만.

'정하균······.'

호진은 아직 돌아가지 않은 하균을 바라보며 보이지 않게 미소를 지었다.

"어차피 하균이 녀석은 절대로 회사를 맡을 생각이 없으시니, 소용없다는 거 잘 아시잖습니까."

"······."

가만히 그들의 목소리를 듣던 하균의 속에서 뭔가가 뒤틀렸다.

윤 회장의 책임도 있었지만, 결국 가온전자를 누가 차지하느냐의 문제 때문에, 지난 사달이 났다는 건 까마득히 잊은 지 오래라는 건가.

또다시 지긋지긋한 싸움의 서막이었다.

스무 살의 정하균이었다면, 저 지옥 속에서 벗어나 저들과는 상관없는 사람처럼 유유자적하며 사는 길을 택했을 것이다.

그러나 여태까지 겪어온 무수한 시간들을 돌아보면, 저 싸움에 또 어떤 사태가 벌어질지 알 수 없다. 그리고 그 싸움에 어떤 사람들이 휘말리게 될지, 누가 다치게 될지도 알 수 없다.

극한의 이골이 나는 지겨운 사슬을, 이젠 끊어 버리고 싶은 충동이 그의 속에서 일렁거리기 시작했다.

이윽고 하균은 두 눈을 눌러 감았다 떴다.

한순간의 선택으로 훗날 제 일이 아주 귀찮아질 것이리라는 것을 알고 있음에도 불구하고. 왜인지 모르게 마음이 바뀌었다.

그리고 그 순간.

"……아직도."

낮고도 또렷한 음성이 이목을 집중시켰다.

발길을 돌려, 윤 회장을 응시하던 하균이 나직이 물었다.

"제가 필요하십니까."

"……!"

차가운 얼굴로 입을 다물고 있던 윤 회장이 그에게로 천천히 고개를 틀었다.

"뭐하는 거냐, 너?"

호진이 하균을 노려보며 눈썹을 꿈틀거렸다.

저 새끼가 지금 무슨 말을 하고 있는 거야.

기세 좋게 대표 자리 내 놓고 나가더니, 이제 와 뭐라고?

'네놈이 나를 끝까지 못된 할머니로 만드는구나.'

하균의 말에 노인은 콱 막혔던 가슴이 서서히 뚫리며 소강하고 있음을 느꼈다.

다른 놈들이었다면, 그 말이 무척이나 건방지고 노엽게 들렸을 것이다.

하지만 처음으로, 고맙다는 말이 목구멍까지 차올랐다. 미안하다는 말도 아직 꺼내지 못했건만.

이윽고 윤 회장이 말했다.

"넌 염치없다고 하겠지만, 그렇구나. 난 여전히…… 네가 필요하다."

그렇게, 가온전자 대표로서의 삶이 다시 시작되었다.

그의 복귀에 가온전자는 기다렸다는 듯이 순조롭게 돌아가기 시작했다.

"도착했습니다, 이사님."

유한이 차를 세우며 말했다.

차에서 내려 사옥 로비로 들어서는 그의 앞으로 직원들이 나란히 서서 일제히 고개를 숙였다.

하균은 시간을 돌리고 싶다고 생각하면서도, 의외로 책임감 있게 업무에 매진하고 있었다.

능력은 능력이니, 하성의 사건 이후로 주춤했던 가온그룹의 주가는 정상을 찾고 언제 그랬냐는 듯 자리를 잡아갔다.

시간이 흐를수록 전의 업계 1위 명성과 여전히 건재함을 보여 주며, 유능한 대표의 경영 하에 가온전자는 활력을 찾았다.

그러나 하균은 새롭게 시작한 일에 대하여, 오로지 하성을 대신해 회사를 맡았던 지난날과는 의미를 달리했다.

어찌 되었든 제 의지가 작용한 일이었고, 기왕 다시 일을 시작하게 된 거, 사랑하는 사람을 굶기지 않으려면.

제대로 된 직업 하나쯤은 갖는 것도 나쁘지 않을 것 같았다.

자신의 재산에 대해 가늠하지 못하고 있는 그녀는, 평생 동안은 백수로 살 수는 없을 것이라고 믿고 있었다.

수현의 걱정 어린 얼굴을 떠올린 하균은 유한과 함께 걸어가며 피식 웃었다.

"참, 수현 씨가 나한테 우리 회사 카페에서 다시 일할 수 있을지 물어보던데."

불현듯 옆에 있던 유한이 잊고 있었다는 듯 말했다.

"뭐라고?"

수현에게는 이미 한도 제한이 없는 카드를 준 상태였다. 그거면 일을 하지 않아도 생활에 아무런 지장이 없다.

하지만 유한이 하균에겐 약자이듯, 하균은 수현에게 약자였다.

그녀가 원한다면 뭐든 뜻대로 따라주기로 했기에, 속은 타지만 삼킬 수밖에 없었다.

그러나 하균은 가만히 미간을 좁히다가 곧, 의미심장한 미소를 지었다.

수현이 원한다면, 들어주는 게 맞겠지.

*　　　*　　　*

오피스텔 앞에서 하균과 인사를 나눈 수현은, 버스를 타고 본가로 향했다.

생각해 보니, 오랜만에 버스를 탄다.

그동안 어디 밖으로 나갈 일만 있으면 하균이 굳이 데려다 주겠다고 해서, 걸어 다니거나 대중교통을 이용할 일이 없었다.

집에 도착하면 또 여러 가지 할 일이 기다리고 있었다.

아침에 보낸 짐들도 정리하고, 또 쌓여 있을지 모르는 집안일이 있는지도 봐야 했다.

아빠는 무던히 노력하고 있다고 하지만, 혼자 사는 남자의 집이 그렇듯 아직까진 수현이 도와야 할 부분이 많았다.

얼굴을 봤다가 오피스텔로 다시 돌아가는 게 아니라, 앞으로는 쭉 집에서 지내게 된 것을 기뻐할 아빠의 모습이 눈에 선하다.

'마트에 들러 장을 보고 맛있는 저녁도 해 드려야지.'

창밖을 바라보며, 지금껏 머물렀던 동네를 떠나던 수현은 기분 좋게 웃었다.

하균은 손목시계를 보고 한숨을 내쉬었다.

최대한 일을 빠르게 마치려고 서두르긴 했는데, 시간은 오후 11시를 넘어가고 있었다.

해가 져도 한참 전에 졌다.

수현은 아침부터 분주하게 움직이느라 피곤했을 테고, 일찍 잠자리에 들었겠지.

오늘 할 일을 내일로 미루지 않는 게 좋지만, 그녀를 생각해 보고 싶은 마음은 눌러 덮었다.

업무를 끝내고 자리에서 일어났을 때, 유한이 노크를 하며 안으로 들어왔다.

차를 대기시켜 놓았다는 것을 알릴 겸, 낮에 하균이 지시했던 일에 대한 결과를 보고하기 위해서였다.

"수현 씨가 일하기에 적당한 부서가 있더라고. 대학 전공과도 맞을 거고, 마침 자리 하나가 비어."

"누가 들어가도 아무런 문제없도록 잘 꾸며 놔."

"물론이지."

유한은 당연한 걸 묻느냐는 듯 대답했다.

이내 외투를 입는 하균의 입가에 만족스러운 미소가 실렸다.

그를 유심히 보던 유한이 물었다.

"뭔가 되게 기쁜 표정이다, 너."

"그래, 엄청 기쁘네."

하균은 딱히 부정하지 않았다.

그녀가 일을 할 수 있도록 하면서, 앞으로 보고 싶으면 회사에서 매일 볼 수 있을 테니까.

하균의 대답에, 유한은 도통 적응되지 않는다는 듯 천천히 고개를 저었다.

바뀌어도 한참 바뀐 하균을 보며 그러려니 할 수 있으려면, 얼마나 더 많은 시간이 필요할까?

그런 생각을 하고 있을 즈음, 하균이 다른 걸 물었다.

"아, 그리고 한 가지 더. 예전에 준비해 두라고 했던 건 마무리 됐어?"

왜 안 묻나 했다.

하균이 꽤 오래전부터 지시했고, 최대한 신경 쓰기를 바랐던 일이었다.

유한은 빙긋 웃으며 여유롭게 대답했다.

"비행기 표까지 전부 준비 완료."

"여기 확실한 거지?"

하균은 책상 한쪽에 놔뒀던 책을 펼쳐 보이며 재차 물었다.

이쯤이면 저 책 내용을 달달 외우고도 남겠다.

책 속의 사진도 이미 질리도록 본 터라, 유한은 그렇다고 고개를 끄덕거렸다.

　　　　　＊　　　＊　　　＊

"한유라 씨. 돈을 빌리셨으면 제 때 제 때 갚아야 우리도 밥 벌어 먹고 살 거 아니야, 어?!"

악독한 인상을 가진 남자가 유라의 머리채를 잡고 확 뒤로 젖혔다.

"꺄악—!"

뜯어져나갈 것 같은 머리카락을 붙잡으며 유라는 비명을 질렀다. 어떻게 알고 득달같이 찾아온 사채업자들이었다.

병원비를 대고 남은 돈으로 필요한 쇼핑도 하고, 병원 근처에 셋방을 구해 지냈다. 하지만 당장 돈을 갚아야 할 날짜는 무시무시한 속도로 다가왔다.

미선은 수술 후 병원에서 회복을 하며 남은 치료를 받고 있는 중이었다. 그러나 급하게 빌린 큰돈에 대한 후폭풍을, 감당할 능력이 없었다.

병원비도 만만치 않은데다가, 이자까지 몇 달 만에 눈덩이처럼 불어나고 있었다.

"현찰로 갚는 거 말고 다른 방법도 많은데, 어떻게 확!"

"가, 갚을 게요!! 갚을 테니까, 제발……."

순간 이들이 저를 어떻게 할지 모른다는 두려움에 입술이 덜덜 떨렸다.

땀과 눈물로 화장은 다 망가졌고, 애써 공들였던 머리는 잔뜩 엉켜버렸다.

"서로 피곤하게 이러지 좀 말자, 응? 시작부터 이러면 곤란하
잖아."

남자의 말에 유라는 서둘러 고개를 연신 끄덕였다.

뒷머리를 잡고 있던 손의 힘이 그제야 풀렸다.

동시에 유라는 줄곧 숨을 죽이다 터진 호흡을 골랐다.

"그럼 또 보자고."

사채업자들이 침을 카악 뱉으며 돌아가자, 혼자 남은 유라는
주먹을 바르쥐었다.

아빠의 빚 때문에 이미 지긋지긋하게 쫓겨 다녔다.

그런데 이 미치도록 구질구질하고 더러운 현실의 쳇바퀴가
다시 돌기 시작했다. 눈알이 튀어나와도 주워 담을 수 없을 정도
로 빠르게 돌고 있어서, 절대 빠져나갈 수가 없다.

그나마 한수현이 있을 때는 대신 당하고 갚아주기라도 했지,
혼자서 오롯하게 감당하려니 죽을 맛이었다.

그녀는 발악을 하듯 소리를 지르며 손에 짚이는 물건을 던졌
다.

"그깟 돈, 금방 갚아주면 될 거 아니야. 조금만 있으면 갚고도
남는다고!"

독기 어린 눈동자로 중얼거리던 그녀는, 곧 힘겹게 몸을 끌어
움직인 뒤 가방에서 콤팩트를 꺼냈다.

급히 얼굴 상태를 확인했다. 아무래도 다시 화장을 해야겠다.

비록 입은 거지가 됐더라도, 마지막 희망은 악착같이 놓지 않으려고 발버둥 쳤다.

도박이 필요하긴 했지만, 지금 만나고 있는 남자에게 한유라는 프리랜서 패션일러스트레이터이자, 평범한 집에서 사랑받으며 자라난 여자였다.

고맙게도 그는 한유라라는 사람 그 자체를 사랑해 주는 퍼펙트한 동아줄이었다. 그래서 가끔은 그가 오직 동아줄로만 보이지 않을 때도 있었다.

워낙 바쁜 사람이라 자주 만나지는 못하지만, 그를 만날 때면 늘, 누구에게도 사랑받지 못했던 한유라가 사랑받고 있다 느껴지곤 했다.

그동안 스스로 신데렐라가 되려고 얼마나 많은 노력을 했는데. 제 측으로는, 곧 프러포즈를 할 것도 같은 기분이었다.

이대로 그와 결혼에만 골인한다면, 빚이고 뭐고 깔끔하게 청산한 후 남부럽지 않게 살 수 있겠지.

원래는 철야 근무라던 그에게 서프라이즈 이벤트를 하려고 나서던 길이었다. 갑자기 오밤중에 들이닥친 사채업자들 때문에 외출 준비를 다시 해야 하겠지만.

밤늦게까지 일을 하느라 고생하고 있을 그를 생각 하면서, 유라는 손에 든 도시락 가방을 흘끗 내려다봤다.

그리고 사랑하는 그가 업무를 보고 있을 변호사 사무실로 향했다.

이 시간이면 배도 고플 거고, 지쳐 있을 텐데 도시락을 싸 들고 나타나면 감동 좀 하겠지?

미소를 지으며, 손거울로 얼굴과 옷 상태를 확인한 후 그녀는 멋들어진 건물 안으로 들어갔다.

이내 엘리베이터에서 내려 그의 사무실 앞에 도착했다.

목소리를 가다듬고, 문을 연 순간.

한쪽 소파 위에 누워 있는 낯선 여자와, 그 여자의 위에 올라타 있는…… 아는 남자.

"뭐야, 넌?"

가슴골이 훤히 보이는 상태 그대로 누워 있던 여자가 립스틱이 번진 입술로 물었다.

고개를 들어 유라를 본 남자에게서 낮은 욕설이 튀어나왔다.

이내 그는 귀찮게 됐다는 듯 눈을 눌러 감았다 뜨곤, 헝클어진 넥타이를 바로잡으며 몸을 일으켰다.

미주 선 그가 고개를 비스듬히 기울이며 나른하게 눈을 떴다.

"오려면 연락을 하고 와야죠, 유라 씨."

싸늘함과 비아냥거림이 섞인 목소리.

"당신이 어떻게……."

피가 거꾸로 솟다 못해, 전신이 잿더미가 되어 파삭 주저앉은 느낌에 몸이 바르르 떨리기 시작했다.

유일한 동아줄이, 처음으로 사랑받고 있다 느꼈던 남자가, 폐기 처분도 안 되는 쓰레기…….

유라는 핏발 선 눈동자로 그에게 성큼성큼 다가가 뺨따귀를
날렸다.

분에 받쳐 한 번 더 손을 들어 올렸지만, 남자는 고개를 저으
며 손쉽게 유라의 손목을 틀어잡았다.

이윽고 안타깝다는 듯 돌변한 눈동자가, 온갖 악취 서린 말들
을 서슴없이 뱉어 냈다.

"너 같은 여자들 허언증이야, 뭐 안 봐도 비디오고. 처음 봤을
때부터 얼굴, 몸매, 꽤 나쁘지 않아 밤이 심심할 때마다 데리고
놀아줬더니 이러면 안 되지."

"뭐라고?"

거지같은 인생의 종지부를 찍기 위해 이 남자에게 전부를 걸
었다. 사랑은 바라지도 않았지만, 자신을 보며 사랑한다고 말하
던 눈과 입술을 진심이라고 믿기 시작했는데…… 뭐?

두 연놈들 모두 제 눈앞에서 찢어 버리고 싶은 충동에 유라의
눈동자가 핏물로 물들었다.

손목을 빼내어 다시 그의 얼굴을 후려치려고 안간힘을 쓰던
순간, 남자는 그녀를 던지듯 떨쳐내 버렸다.

동시에 쿵— 하는 소리와 함께 유라의 전신이 바닥에 그대로
내동댕이쳐졌다.

눈을 똑똑히 뜬 상태에서 비참함과 분노가 엉긴 눈물이 뚝, 뚝
굵게 떨어졌다. 처음 느껴보는 완연한 배신감에 어깨가 바들바

들 떨렸다.

그런 그녀에게, 남자는 무릎을 쪼그리고 앉아서 경고했다.

"마침 너도 슬슬 질려서 다른 장난감으로 바꾸려고 했는데. 이렇게 된 거, 질척거리지 말고 꺼져. 아, 뺨따귀도 법적으로 폭행이거든? 증인도 있겠다, 지금 바로 고소당하기 싫으면 곱게 보내 줄 때 가."

*   *   *

띠링—

오피스텔 엘리베이터에서 내린 하균은 저벅저벅 복도를 걸었다.

그는 현관 비밀번호를 누르려다 잠시 손을 거뒀다. 뒤를 한 번 돌아봤다.

지금도 벨을 누르면 수현이 뛰어 나올 것 같다.

같이 있을 때, 조금 더 많이 보고, 조금 더 많이 안아둘 걸 그 랬나. 혼자 남겨진 주위를 둘러싼 모든 공기가 한산해지는 기분 이었다.

사실 수현과 함께 지냈던 시간 보다 혼자 살았던 시간이 훨씬 길다. 그런데, 가슴을 꽉 채우던 사람이 없다는 이유로, 금세 이 안이 텅 빈 것 같다.

다시 비밀번호를 누르고, 문을 열었다.

문득 문자메시지 알림이 울리자 하균은 휴대폰을 꺼내 들었다.

피곤에 젖어 움푹 들어갔던 눈동자는 언제 그랬냐는 듯, 활기를 찾았다.

[집에는 잘 들어갔어요?]

수현에게서 온 문자.

밤이 깊었는데, 잠을 못자고 있는 건지 걱정이 들면서도, 여린 미소가 지어졌다.

문자를 할까 하다가, 이내 전화를 걸었다.

수현은 답장을 기다리고 있던 것처럼 곧바로 받았다.

["목소리 듣고 싶었던 거, 어떻게 알았어요."]

작게 웃으면서도 조용조용 말하는 그녀의 목소리가 들려왔다.

첫 마디마저 사랑스럽다.

"얼굴은 안 보고 싶어?"

하균은 넥타이를 느슨하게 끌러 내면서 물었다.

실은 내가 그러하다는 듯이.

["얼굴을 못 보니까…… 목소리라도 듣고 싶었던 거잖아요."]

수줍어하는 목소리도 귀엽고, 하는 말은 더 귀엽고.

당장 볼 수 없단 사실이 또 애틋하고, 사람을 애달프게 만드는 것 같기도 하고.

이걸 좋다고 해야 돼, 싫다고 해야 돼. 하균은 무의식적으로 자신의 삶에서 손꼽히는 난제에 빠졌다.

["하균 씨?"]

그녀의 말에 잠시 고민하던 그가 물었다.

"시간 늦은 거 아는데, 지금 내가 거기로 갈까?"

["지금요?"]

이윽고 하균은, 집 안에 놔둔 차키를 집어든 뒤, 다시 밖으로 나왔다. 넥타이도 다시 바로 맸다.

"마침 집에 들어가기 직전이었거든."

먼저 잠든 아빠가 깰까 봐, 수현은 살금살금 집을 빠져나왔다.

대문이 끼익 열리는 소리에 놀라 살짝 움츠러들었다가, 최대한 조용히 문을 닫으며 나왔다.

달밤에 뭘 하고 있는 걸까, 하는 생각이 들면서 웃음이 새어 나왔다. 그러면서도 몰래 연애를 하는 것 같은 설렘에 심장이 두근두근 뛰었다.

"밤 산책 어때."

집 앞에 서 있던 하균이 제 팔을 가리키며, 물었다.

눈을 맞춘 순간 머릿속이 멍해질 만큼 훤칠한 얼굴. 목이 뻐근해질 정도로 키가 큰 남자가 집 앞에 서 있는 모습은, 잠시 현실인지 꿈결인지 헷갈리게 했다.

자정이란 시간의 마법에 홀린 것처럼, 그가 왔다는 사실에 쿵쾅쿵쾅 심장이 먼저 세차게 뛴다.

당신이 싫다는 거짓말은 아마 평생 못 하겠지. 가슴에 손을 얹어보거나, 꼭 끌어안긴다면 금세 들통 날 테니까.

"귀신 나오면 당신이 나 지켜 줘야 돼요."

순간 빠졌던 감상에서 깨어나, 수현은 그의 팔에 제 팔을 끼워 넣으며 속삭였다.

드문드문 켜진 가로등 불빛 아래, 두 사람은 동네를 한 바퀴 돌며 걸었다.

"많이 피곤할 텐데, 바로 들어가지 왜 여기까지 왔어요, 라고 말하는 게 맞겠지만."

수현은 잠시 말을 끊었다가, 이어 말했다.

"당신이 와서 정말 좋아요."

환하게 웃는 그녀의 얼굴이 그의 눈동자를 채웠다.

이 빛나는 눈동자를, 사랑스러운 미소를 보게 된 것만으로도 하루 동안의 고단함과 번민이 싹 가신다.

당분간은 어떻게든 하루에 한 번쯤은 꼭 그녀를 봐야겠다고, 하균은 어느 순간 다짐하고 있었다.

"지금쯤이면 잠 들었을 줄 알았어."

다정한 음성이 따뜻하게 감겼다.

"이상하게 잠이 오지 않더니만, 당신이 올 줄 알았나 봐요."

앞으로는 문을 열어도 당신이 없다고 생각하니까 조금 우울해지기도 했다.

그런데 오늘만큼은 다른 곳에서 문을 열어도, 당신이 있어서

참 기뻤다. 다음에는 내가 당신이 있는 곳의 문을 두드려야지.

기분 좋은 설렘이 작은 웃음을 자아냈다.

그러던 중, 하균이 자연스럽게 물었다.

"우리 회사 카페에서 일하고 싶다고 했다며."

그는 모르는 게 없다. 유한 씨가 얘기해 준 거겠지만, 오늘 아침에 조심스레 물어봤던 거라 수현은 좀 놀랐다.

"전에 하던 일도 끝났고 해서 내가 아는 든든한 분께 살짝 여쭤 봤죠."

'든든한 분? 최유한?'

진짜 든든한 사람이 누군지, 잘못 짚어도 한참 잘못 짚었다고 대답하려던 차에, 수현은 말을 이었다.

"그리고 이젠 이것저것 준비 많이 해서 직장도 잡아보려고요. 전에는 그럴 여유가 없어서 어려웠는데, 지금은 열심히 준비하면 뭐든 될 것 같은 기분이거든요."

마침 그런 뜻도 있었다면, 칭찬받을 일을 하나 하긴 했지. 하균은 오늘 정한 일에 대해서 꽤 뿌듯해하며, 은근히 떠오르는 미소를 감췄다.

곧 그는 담담한 말투로 대답했다.

"굳이 고생할 필요가 있나. 어느 이름 있는 회사의 대표이사가 옆에 떡 버티고 있는데."

"……?"

"카페 말고, 우리 회사에서 일해."

수현이 걷던 걸음을 멈추고, 옆에서 그를 올려다봤다.

커진 두 눈이 그의 제안에 대한 유혹으로 일렁였지만, 그녀는 곧 단념하자는 듯 고개를 저었다.

"아니에요. 열심히 준비하기만 하면, 좋은 회사 들어갈 자신 있어요."

하균은 고개를 끄덕이며 수긍해 주는 듯 하다가,

"다른 데 다니면, 그 회사에 너 자르라고 친히 연락할 거야."

그녀가 옴짝달싹할 수 없도록 꽉 붙들었다.

코끝 가까이 다가온 그의 지긋한 시선이, 수현의 온 신경을 사로잡았다.

"어디서든 내 옆에 있어, 한수현."

되돌아 온 집 앞, 하균이 오묘한 눈동자로 은근하게 물었다.

"밤길 위험한데, 나 여기서 자고 갈까?"

그의 눈빛을 보고 있으면, 수현도 궁금해지곤 했다.

언제쯤 그와 이렇게 헤어지지 않아도 되는 걸까?

나도 매일 아침 눈을 뜨면 가장 먼저 당신이 보였으면 좋겠고, 마주 보고 누운 당신과 눈을 맞추며 함께 웃고 싶다.

애가 타는 속도 모르고 그는 여유로워 보여서, 그녀는 한숨이 푹 나오는 걸 애써 넘겼다.

아무래도 먼저 청혼을 해야 할까, 고민에 빠졌을 때였다.

"……!"

달싹이던 그녀의 입술 위에, 하균의 입술이 포개졌다.

부드러이 닿은 온기에 공허했던 기분이 나아지고, 이어진 그의 한마디에 텅 빈 것만 같던 마음의 방이 꽉 채워진다.

"기다려. 이제 이렇게 안 들여보낼 거니까."

그렇기에, 나는 당신을 원망할 수도, 사랑하지 않을 수도 없다.

해사하게 웃는 그녀의 뺨이 복숭아 빛으로 물들었다.

이 두근거리는 마음으로는, 제대로 된 작별 인사를 하기 힘들 것 같다. 수현은 급히 하늘을 올려다보며 말했다.

"와, 별 엄청 떴다."

"……?"

그녀의 시선에 따라 하균도 고개를 들었을 때.

"사랑해요."

까치발을 든 수현이 그의 입술에 쪽, 입맞춤을 하고는 후다닥 대문을 열고 들어갔다.

눈 깜짝할 새에 범해진 입술이 화끈거리다가도, 서둘러 문을 열고 들어가는 모습에 하균은 웃음을 터트릴 수밖에 없었다.

이윽고 그 자리에 서서, 그는 나직이 대답했다.

"나도, 아주 많이."

*   *   *

그렇게 따뜻한 봄날이었다.

수현은 한가득 들뜬 얼굴로, 열심히 외출 준비를 했다.

아침 일찍 일어나길 잘했다고 생각했다.

간만에 마음먹고 최대한 공들여 화장을 시도하지만, 하면 할수록 이상해지는 날. 꼭 그 그런 날이 있기 때문이었다.

오늘도 예외는 아니었다. 조금만 마음에 들지 않아도 여러 번 수정을 하고, 끝으로 봄에 어울리는 핑크빛 블러셔까지 하고 나서야 메이크업을 끝냈다.

옷을 고르는 데만 해도 얼마만큼의 시간이 흘렀는지 알 수 없다.

이왕이면 옷 취향을 알아둘걸. 되짚어보니 그가 어떤 스타일을 좋아하는지 물어본 적이 없던 것 같다.

오래도록 고민한 끝에, 가장 괜찮아 보이는 걸로 골랐다.

머리 손질까지 마친 뒤, 시간을 확인한 그녀의 눈이 커졌다.

오후 1시에 만나기로 했는데 어느새 10분이나 지나 있다.

"어떡해, 늦었다."

그가 벌써 왔을지도 모른다는 생각에, 수현은 다급히 가방을 챙기고 신발을 신었다.

계속되는 야근과 출장으로 늘 바쁘기만 했던 그가, 오늘 하루는 그녀에게 온전히 선물하겠다고 한 기적 같은 주말이었다.

한쪽은 한 회사의 최고경영자로서 회사를 움직이느라, 한쪽은 갓 입사한 회사 일에 적응하느라 바빴지만, 실은 하균이 훨씬 더 바빴다.

처음에는 혹시 모를 일을 우려해 당분간만이라도 회사를 조용히 다니는 게 좋을 것 같다고 그와 결론을 내렸다.

그러나 우연인지 아닌지는 모르겠지만 그 결단이 무색하게도 시시때때로 그와 맞닥뜨리곤 했다.

하지만 그렇게라도 하루 한 번쯤, 그의 얼굴을 볼 수 있었던 건 정말 다행이었다.

회사 안에서의 그의 당돌한 행동에 한껏 놀라다가도, 언제부터인가 그렇게라도 볼 수 있어서 좋다는 생각이 먼저 들었으니까.

수현이 모르는 유한의 입장에서는, 하균이 틈만 나면 그녀를 보러 내려가려고 해서 어지간히 진땀이 나고 있었다.

유한이 생각하기에도 수현이 안정적으로 자리를 잡을 때까지는 하균이 먼저 자제하는 게 좋을 것 같건만, 충고는 충고일 뿐이었다.

덕분에 때로는 007 작전을 펼쳐야하기도, 때로는 어설픈 연기가 필요한 적이 한두 번이 아니었다.

하균은 어제도 잔소리를 들었지만, 그다지 신경 쓰지 않았다. 어차피 누구든 곧 알게 될 일이니까.

대문이 열리는 소리에, 하균은 소중하게 보고 있던 뭔가를 급히 뒤로 감췄다. 그러면서 자연스럽게 차에 기대고 있던 몸을 바로 했다.

"늦어서 미안해요."

익숙한 목소리가 들려 고개를 들었을 때.

하늘하늘한 린넨 블라우스를 입은 그녀의 걸음 하나하나가 눈에 담기며, 쿵쿵 울리는 심장 소리가 귓가에 들리기 시작했다.

수현을 보자마자 시야에 가득 들어차는 다채로운 빛들.

어둡기만 했던 그의 안을 서서히 밝혀 온 빛은, 목적 없이 살고 있던 그에게 밝은 미래를 꿈꾸게 만들었다.

그러한 그녀를 위해 살고, 그녀를 따라가며 움직이는 정하균은 이제 그녀 없인 어떤 것도 보지 못하고, 아무것도 할 수 없다.

그런 네가 내게 왔다는 것에, 나는 한없이 감사하고, 행복해.

수현을 보며 뭉근한 미소를 짓고 있던 하균은 작은 상자를 감춘 손을 뒤로한 채, 조수석 차문을 열어 주었다.

"어서 타시죠."

점심을 먹으며 그동안 깊게 하지 못했던 이야기들을 나눴다. 그리고 두 사람은 나란히 근처 공원 강가를 거닐었다.

한가로운 오후의 낭만을 즐기러 온 사람들 사이에서 손을 맞잡고 걷다가, 벚나무 가지 위에 꽃봉오리가 조금씩 피기 시작한 것을 올려다봤다.

'이제 봄이구나.'

그와 맞잡은 손을 코트 주머니에 넣으며 걷던 날.

따뜻한 봄이 오면 함께 벚꽃 길을 걷고 싶다고 생각했던 게 엊그제 같은데, 이제 꽃이 필 시기도 얼마 남지 않았다.

"맛있어?"

그의 물음에 어느새 빠져 있던 감상에서 벗어났다.

반대쪽 손으로 그가 사준 아이스크림을 들고 있던 수현은, 옆에 있던 하균에게 아이스크림을 내밀며 말했다.

"하균 씨도 먹을래요?"

의외로 하균이 살짝 입술을 벌리자, 수현은 의미심장하게 웃으며 그에게 가까이 아이스크림을 가져갔다.

그러다가,

다시 제게로 가져와 한입을 베어 물었다.

"한수현. 장난칠래?"

그가 살짝 코끝을 찡그리는 모습이 귀여워서, 수현은 웃음을 터트렸다.

그리고 서둘러 그의 주의를 돌리듯, 잔디밭이 있는 곳을 가리키며 말했다.

"아, 다리 아프다. 우리도 어디 앉아요."

화사한 햇살을 받으며, 하균이 수현의 무릎을 베고 누웠다. 바람결이 두 사람을 부드럽게 어루만지고, 어디서부터 오는 건지 모를 달콤한 향기를 실어 왔다.

돗자리 위에 앉아 있는 수현의 무릎에 누운 채로, 그는 그녀의 맑은 눈동자를 바라봤다.

오늘역시 그녀의 미소 띤 입술에 입을 맞추고 싶은 충동이 그를 건드렸다.

하균은 한 손을 뻗어 수현의 뺨에 손을 얹어 보았다.

적당한 온기, 손끝에 닿는 부드러움이 전부 환상일까 봐 늘 겁이 났던 시간들이 꿈결처럼 흐릿해져 간다.

이렇게 마음 놓고 네 무릎에서 쉬기까지, 참 오랜 시간이 걸렸다.

그리고 이제는 영원히 네 옆에, 이 시간 속에, 멈춰 있고 싶다.

"눈, 감아 봐."

그가 부드럽게 말했다.

그녀는 의아한 눈을 하다가, 곧 가만히 눈을 감았다.

하균은 그런 그녀의 얼굴을 오래도록 바라보면서, 운을 뗐다.

"먼 나라 어딘가에, 블레드 호수라는 곳이 있더라."

"……."

"나룻배를 타고 호수 한가운데로 가면, 작은 섬에 도착해. 그리고 그 배에서 내리자마자 보이는 수십 개의 돌계단을 걸어 올라가면, 하얀 성당이 있어."

'거긴…….'

전부 한눈에 시선을 빼앗길 정도로 아름다워서, 책의 사진 속그 낙원 같은 곳을 멍하니 바라본 적이 있었다.

그곳을…… 당신이 어떻게 알고 있는 걸까.

눈을 감고 있던 수현의 심장에 작은 파동이 일었을 때,

부드러운 손길이 그녀의 한 손을 어디론가 가져갔다.

이윽고 뭔가가 손가락을 감싸는 느낌에 수현은 천천히 눈을
떴다.

네 번째 손가락에 끼워진 다이아몬드 반지.

그리고 들려온 목소리와 함께,

"거기서, 우리가 결혼할 거야."

하균이 그대로 몸을 일으키며 그녀의 입술을 머금었다.

동시에 그녀의 눈가가 젖어들고, 이내 흐른 눈물이 그의 뺨을
적셨다.

한참 후 입술이 떨어졌을 때에야, 하균은 그녀의 일렁이는 눈
동자를 마주 봤다.

촉촉이 젖은 시선 너머로 보이는 그의 새카만 눈동자가 그녀
를 담은 채.

"결혼해 줘, 수현아."

오랜 시간 간직했던 한마디를 꺼냈다.

그 말을 얼마나 기다렸는지, 당신은 알까.

대답대신 수현은 그의 목을 끌어안으며,

그의 입술에 오래도록 입을 맞췄다.

＊　　＊　　＊

그녀는 그제야 알게 되었다.

훗날 회사 일에 지장을 주지 않도록 무리하게 업무 일정을 당

겨서 소화하느라, 그동안 그가 눈코 뜰 새 없이 바빴다는 걸.

긴 여행을 위해 많은 준비를 해 왔던 그의 손에도, 그녀의 것과 같은 책이 들려 있었다는 걸.

"나 괜찮아?"

하균이 긴장된 얼굴로 심호흡을 하며 물었다.

수현은 빙그레 웃으며 그의 넥타이를 매만져주곤 말했다.

"걱정하지 말아요. 세상에서 가장 멋지니까."

이윽고 두 사람은 콩닥거리는 가슴을 안고, 결혼 허락을 받기 위해 수현의 집 안으로 들어갔다.

수현의 아버지로서 이미 오래전 두 사람에 관한 모든 것을 듣고 알게 되었지만……

이렇게 보는 것만으로도 애틋한 두 사람을 보며.

환해진 딸의 얼굴을 보며.

성수는 차오른 눈물 속에 미소를 담아 말했다.

수현이 네가 행복하다면, 나는 그걸로 됐다고.

결혼식을 올리기 전, 두 사람만의 여행이 시작되었다.

하균과 수현은 후일 함께 가기로 약속했던 영국에 가장 먼저 도착했다.

그가 지냈던 공간을 둘러보며 곳곳에 묻어 있는 추억에 대해 듣고, 일몰에는 템즈강을 따라 걷다가 어둠 속에서 빛나는 런던 아이와 타워브리지의 야경을 바라봤다.

하균이 가장 잘 알고 있는 나라에서 몇 날을 보내는 것을 시작으로, 그들만의 세계 일주 버킷리스트도 지워져 가고 있었다.

정각마다 반짝이는 파리의 에펠탑 아래서의 달콤한 키스하기. 이탈리아와 독일을 지나, 프라하의 구시가광장 노천카페에 앉아서 시원한 맥주를 마시며 하루 종일 수다 늘어놓기.

오스트리아에서는 드레스와 슈트를 갖춰 입고 오케스트라의 공연을 보는가 하면, 크로아티아에서는 두브로브니크 성벽 길을 따라 걸으며 푸르게 펼쳐진 아드리아 해를 두 눈에 담았다.

그러다 갑자기 불어온 시원한 바람에 수현의 모자가 떨어지자, 하균은 허리를 굽혀 집어 들어서 머리에 씌워주었다.

흩날리는 머리카락 사이에서 서로를 바라보며 맑게 웃는 두 사람은, 그렇게 세상에 더 없을 행복한 시간을 보냈다.

그리고 여행의 마지막 날.

하균과 수현이 발을 내디딘 곳은, 눈부시도록 청명한 하늘 아래의 영원을 약속한 장소였다.

베일을 쓰고 순백색의 웨딩드레스를 입은 수현과, 나비넥타이에 턱시도를 입은 하균이 탄 나룻배가 파란 물결 위를 가르며 섬에 닿았다.

"신랑, 신부 입장합니다!"

유한을 비롯해, 여행을 떠나오기 전에 보냈던 청첩장을 받은 하객들이 미소 띤 얼굴로 두 사람을 기다리고 있었다.

수현의 아버지인 성수와 하균의 삼촌인 다니엘 박, 그리고 조금씩 기운을 차려 참석한 윤 회장까지.

끝으로 어느 한 사람에게도 청첩장이 갔지만, 그는 참석 대신 싱그러운 포인세티아 꽃다발을 보내왔다.

"어머, 어머, 드레스 조심해서 붙잡아줘요! 내가 얼마나 공들여서 만든 건데!"

배에서 내리는 수현을 보며, 춘식은 혹시라도 오늘의 신부에게 최고의 아름다움을 선사해 줄 드레스가 망가질까 안절부절못했다.

그녀가 입고 있는 드레스는 세계적 디자이너인 다니엘 박이 심혈을 기울여 만든, 세상에 단 하나뿐인 웨딩드레스였으니까.

"신랑, 신부는 이쪽으로 서 주시겠습니까."

가장 앞서서 두 사람을 맞이한 유한이 옆으로 한 걸음 물러나며, 계단이 있는 곳으로 한 손을 뻗었다.

이윽고 신랑, 신부는 눈앞에 펼쳐진 99개의 돌계단 앞에 나란히 섰다.

하균과 함께 계단 끝, 부케를 들고 고색창연한 성당을 멀거니 바라보는 수현의 가슴에 뭉클함이 번졌다.

보석들을 흩뿌려놓은 듯한 호수 한가운데의 섬에서 오늘, 사랑하는 사람과의 결혼식을 올린다.

"자, 신랑은 신부를 안아 주시고요."

유한이 생글생글 웃으며 말했다.

그러면서도 오늘을 위해 하균이 그동안 얼마나 팔 운동을 했는지 알고 있는 그로서는, 기대 반 걱정 반으로 친구를 바라봤다.

수현 또한 조금 걱정스러운 얼굴이었지만, 그것도 잠시,

"꺄악—!"

그녀의 작은 몸이 그의 품에 안겨 들어 올려졌다.

하균은 수현을 단단한 팔로 받치고, 그 어느 때보다도 사랑스러운 눈빛 속에 그녀를 품에 안았다.

이윽고 순백색 드레스를 입은 신부를 안은 그가 눈앞에 펼쳐져 있는 계단을 밟아 올라가기 시작했다.

신랑이 신부를 안고 99개의 계단을 전부 올라가면, 오래 오래 행복하게 산다는 전설.

뜨겁게 뛰는 심장으로 오롯이 감싸 안은 그녀를 바라보면서, 하균은 맹세했다.

네 모든 기쁨과 슬픔의 순간 속을, 언제나 내가 함께 하겠다고.

끝내 심장이 멎는 순간에도, 너를 놓지 않겠다고.

찬란한 빛이 계단 끝에 다다라가는 두 사람을 아스라이 에워쌌다.

〈완결〉